巴黎有片榕树林

海外温州人的家国情怀

朱晓军 著

浙江教育出版社·杭州

巴黎有片橙樹林

目　录

3

引　言

海外温州人的信仰

　　深厚的家国情怀与深沉的历史意识，为中华民族打下了维护大一统的人心根基，成为中华民族历经千难万险而不断复兴的精神支撑。

——习近平

　　有人说，有太阳升起来的地方就有温州人。2023年10月14日，激情被火红的枫树点燃，灯舞龙台①的温州瓯海奥体中心一片沸腾，近千个来自世界不同时区的温州人"走归眙眙"②。

　　往昔，家国天下，纸短情长；今朝，群贤毕至，少长咸集，乡音灌耳，乡情满怀。有人说，走遍千山万水，眷恋仍是温州。也有人说，有一种想念叫家乡的味道，再好的西餐也不如家乡的一碗鱼丸面、馄饨汤。

　　会场内，一面巨大的橘红色的背景墙上，左边是镂空的"2023世界温州人大会"中文与英文，中间是顶天立地的"温"字。

---

①龙台是中国古代常见的一种建筑形式，是一种台基建筑，其形状像一条龙摆开的长尾，因此得名"龙台"。

②温州话，意为"回家看看"。

截至2023年，世界温州人大会共举办了六届，首届于2003年举办。会议指出，世界温州人大会展示了温州人热恋故土、爱国爱乡的赤子情怀，体现了全世界温州人增进乡谊、加强合作、造福桑梓的信心和力量。

温州位于浙江省东南部，地势自西向东倾斜，西部属浙南山区，迤东高度逐渐降低，以丘陵地为主，东部是沿海平原。温州是历史文化名城、"海上丝绸之路"的重要节点。温州拥有千年侨史，为浙江省重点侨乡。在海外的浙江人，温州的最多，大约每三个人中就有一个温州人。

温州"七山二水一分田"①，资源匮乏，在1998年6月11日金温铁路全线通车前，只有"水路一条"。可是，这些都没能阻挡温州人走向世界的脚步。据统计，当下有175万温州人分布在祖国各地；68.9万人分布在世界131个国家和地区，其中29万人在意大利，9.45万人在法国。90%以上的海外温州人是改革开放后走出国门的。1949年，海外温州人仅有3.8万人；1978年，也只有5万余人。

社会学家认为，海外温州人绝大多数为非精英移民。据温州白门乡统计："1979—1988年的出国人员中，文盲占比11.19%，小学学历的占比38.99%，初中学历的占比41.16%，高中学历的占比8.3%，大学学历的占比0.36%。"②他们绝大多数为"负翁"，20世纪二三十年代，温饱无望的温州农民揣着借来的四五百块银圆漂洋过海，到国外淘金；八九十年代，一大批怀着让父母和妻儿过上好日子梦想的温州农民，

---

① 周望森.浙江华侨史 [M].北京：中国华侨出版社，2010：35.
② 张志诚.温州华侨史 [M].北京：今日中国出版社，1999：108-109.

以敢想、敢闯、敢试、敢拼的温州精神背负十几万元重债出国圆梦。

有人说，温州人的头发都是空心的，他们体内有与生俱来的温州基因，他们长于经商，精明绝顶；也有人说，海外温州人的勤奋与努力是其他人的二次方。在意大利，他们被称为"不死的中国人"①，可以像永动机一样不停地工作，改变着意大利；在法国，他们把巴黎第三区的庙街、第十一区的伏尔泰街变成了温州街，把第十九区与第二十区交界的美丽城、第九十三区的奥贝维耶勒变成了具有温州元素的商业空间，把"温州制造""中国制造"远销到欧洲……

从中国温州到法国巴黎直线距离近1万公里，到意大利罗马约1.4万公里，可有谁知道，从"负翁"到千万富翁、亿万富翁，从没有文化的农民到出入总统府的侨领，从"非精英移民"到移民中的精英，到成为全国人大海外代表、全国政协海外委员，回国参加两会和国家庆典，其距离有多么遥远？有多少不可逾越的沟壑、无法攀缘的峭壁？这些海外温州人是如何创造奇迹，将一把烂得不能再烂的牌打到极致，成为赢家的呢？

温州人是特殊的、富有活力的群体。温州的最大财富是温州精神，最大资源是温州人。温州人知道家是最小国，国是千万家，他们最爱抱团，也最重情重义亲乡土。在意大利的温州侨领刘光华说："不论在哪里，我的心时时刻刻和祖国在一起，为家乡的建设奉献自己的光和热。"在法国的温州侨领蔡足焕说："家乡永远是家乡，把根留住，为家乡的发展繁荣出份力，是我们海外华侨华人的心声。"在温州人的眼

---

① 拉菲尔·欧利阿尼，李卡多·斯达亚诺."不死的中国人"——他们干活，挣钱，改变着意大利，因此令当地人害怕 [M].北京：社会科学文献出版社，2011：18.

里，根是生命之本、信仰之源，是家国，是乡愁。有根就有力量，有梦就有远方。

对他们来说，故乡不仅是割舍不断的乡情，也是在外拼搏的原动力。20世纪三四十年代，海外温州人赚到钱就会回家置地建房，让父母、妻儿和兄弟过上好日子。往往子欲养而亲不待，著名爱国侨领任岩松在母亲坟前泣立一碑："松年二十有一，为图生计远涉重洋来法谋生，历经坎坷，薄积欲归，以报萱堂。奈欧亚战事蔓延，航路阻塞，松深念母恩，唯望洋兴叹耳。1943年先妣不幸仙逝，松未能扶柩送终，呜呼哀哉，岂非人生之大憾乎！"

他们对父母的孝心感天动地。

20世纪七八十年代，海外温州人纷纷回乡修桥筑路，建自来水厂、电影院。为让家乡的孩子有书读，平素节俭到连瓶水都舍不得买、哪怕剩一口饭也要带回家的任岩松倾其所有在家乡建了学校，并设立了奖学金和教学基金。

法国华侨华人会副主席王云弟说："在国外赚到了钱，你也要认清自己是谁，来自哪里。无论你发展得是好是坏，不能忘本和忘祖。祖国需要时，我们必须出一份力。"疫情防控期间，他们心急如焚，在第一时间采购大量防疫物资，包机运回中国。

他们在海外创办357个侨团，在"一带一路"沿线区域建立三个国家级境外经贸合作区和一个省级境外经贸合作区。在第六届世界温州人大会上，签约59个重大项目，总投资超700亿元。前五届世界温州人大会累计签订230个温商回归项目，总投资约3300亿元。

如果说，家国情怀是中国人的信仰，海外温州人则是忠实的信仰者。

丽岙是温州著名侨乡，是任岩松等侨领的家乡，它像一片生机勃勃的桑叶①生长在瓯海区东南角。丽岙的户籍人口仅3.8万，有3.3万人在海外，其中1.8万人在法国，1.3万人在意大利，余下的像蒲公英飘散在五大洲四大洋的25个国家和地区。丽岙居民存款额高达200多亿元，是中国人均存款最多的地方之一。

40年前，丽岙是个名不见经传的小乡镇，如今在海外的华侨当时或在老家种田，或还没出生。不过，丽岙拥有近百年侨史，据史料记载，1927年，9个丽岙农民漂洋过海到了欧洲，7人去了法国，2人去了荷兰。

1937年，欧洲已有302个丽岙人，其中281人在法国，11人在意大利，10人在荷兰。他们犹如家乡的榕树气根相连，柱枝相托，枝叶扩展，渐次成林。

百年来，丽岙出现过两次出国潮，这是第一次。第二次是在1978年至2008年。如果说第一次出国潮如涓涓细流，那么第二次出国潮则汹涌澎湃。

春风又绿江南岸，为了解读海外温州人，讲述他们的故事，我走进到处洋溢着欧洲风情的丽岙，探寻他们的轨迹……

①丽岙在地图上的形状像片桑叶。

第一章　出生在巴黎的"杰让"与"大年"

第二次世界大战（以下简称"二战"）终于结束了，林永迪没有忘记出国的初心——让父母和兄弟过上好日子。他抱着儿子杰让，领着法国太太归国。大年一岁时被一对法国夫妇领养，生父去看望时，教他两个汉字——"中國"。九岁那年，生父把他带回了温州。

一

　　1945年9月2日，人类史上规模最大的战争——二战终于落下帷幕。

　　10月9日，巴黎第十区的圣路易医院里传出"呜哇，呜哇"的啼哭声，哭声那么响亮，那么理直气壮，似乎在向这刚走出血腥与苦难的世界宣布："我来了！"

　　来自温州丽岙镇下呈村的张月富的儿子出生了。这是件可喜可贺之事，更何况张月富四十有二才有后人。中国农村有一说法：庄稼收成有大年、小年之分，大年意味着丰产丰收，硕果累累。也许张月富觉得仅有一个儿子还不够，希望自己的妻子莱奥卡迪·格兰德生育更多的孩子，就给儿子取名大年，即张大年。

　　在巴黎的温州人的后代中，张大年不是第一个"大年"，在他出生的前一年就有了一个"大年"——邵大年，是丽岙镇河头村邵炳柳的儿子。邵大年也许是温州人生在巴黎的第一个"大年"，也许不是，不过他起码是温州丽岙人生在巴黎的第一个"大年"。

　　张大年出生6个月后，1946年4月8日，河头村林永迪的儿子出生了，这孩子没叫"大年"。据法国巴黎警察局的户籍卡记载，他叫林扬·杰让，其生母叫戈凡·艾德蒙，其生父叫让奴。让奴是林永迪的法国名字。让奴给儿子申报户口时犯了个小错误，本想给儿子取名"林·杰让"，却把自己中文名中前两个字的拼音填上了，而且还没有填对，结果儿子有了一个既不法国，也不中国的姓氏——"林扬"。

天主教是法国历史上占统治地位的宗教，天主教徒的孩子要有教父和教母。孩子的父母如发生意外，教父和教母要把他抚养成人。林永迪和艾德蒙给杰让选择的教父是徐伯祥——他是林永迪的同乡好友，选择的教母是艾德蒙的姐姐。教父、教母或许是艾德蒙的说法，温州人则称之为干爹、干妈。

让奴——林永迪是1937年到法国的，那年他17岁，怀揣着家里借来的数百块银圆，和同村的邵炳柳一起离开了河头村，坐船到了上海。出国对温州人来说，是一条让人感到既驾轻就熟又人地生疏的羊肠小道。温州"七山二水一分田"，人多地少，无论温州农民多么勤奋都难以摆脱"火笼当棉袄，竹篾当灯草，番薯吃到老"[1]的日子。为此，他们宁可债台高筑也要出国去赚钱，这是改变生存状况的一线希望。

林永迪他们在上海十六铺码头登上了开往法国马赛的轮船。河头村侨史上第36位和第37位出国者就这样离开了中国，他们比丽岙第一拨去法国的7人迟了10年，比最早到法国的温州人——占阿有[2]晚了49年。林永迪出国那年，丽岙有11人出国[3]，其中10人去了法国，有多少人是与林永迪他们同行的，已不得而知。

---

① 即以小陶罐装炭火取暖当棉衣，以竹篾代替油灯，以番薯为主食。

② 占阿有，青田县魁市村人。青田县过去隶属温州，1963年改属丽水。

③ 徐辉，孙芸荪，章志诚.丽岙华侨百年 [M].长春：吉林大学出版社，2021：6.

　　林永迪他们买的是最廉价的船票，位于底舱，没舷窗，人犹如钻进浮游瓶，里边灯光昏暗，弥漫着呕吐物和排泄物的秽气。在大洋上漂泊40多天后，"浮游瓶"终于抵达法国马赛。

　　林永迪的同乡，后来成为著名爱国侨领的任岩松也是这么出去的。任岩松比林永迪年长9岁，据说当时有十多个温州人与他同行，他们在海上漂泊35天后，在马赛上岸。

　　据《温州华侨史》记载：1918年至1998年，温州有过三次出国潮，第一次为1918年至1923年8月；第二次为1929年至1937年6月；第三次为1979年至1998年。[①]按此说法，林永迪和邵炳柳是在第二次出国潮走出去的。

　　第一次世界大战（以下简称"一战"）期间，英法两国在中国招募了14万劳工，其中有两千多名温州人。一战结束后，法国总统雷蒙·普恩加莱在接见中国劳工时表示，"愿意留在法国的，政府配赠住房，以供永久居住，如需就业就学，政府无条件协助辅导。另外，总统还颁发荣誉国民证，证上注明，如有任何困难，可直接觐见总统，可免费到政府各医院就医，可享受清贫救济"[②]。可是，绝大多数中国劳工选择回国，仅三千余人留下，其中温州人居多。

　　林永迪出国那年，法国陷入财政危机，工业衰退，工业总产值降到还不及德国的一半。在法国的温州人生存十分艰难。在马赛，做了几年提篮小卖的叔叔先教林永迪辨识1法郎、5法郎和10法郎，再教他几句常用的法语，如"你好""先生""太太""不贵"。最后，叔叔给

---

①张志诚.温州华侨史［M］.北京：今日中国出版社，1999：16-17.
②王春光.巴黎的温州人——一个移民群体的跨社会建构行动［M］.南昌：江西人民出版社，2000：33.

他发了个"结业证"——装有领带、灯泡、花瓶和香水的小木箱。

林永迪背着"结业证"敲开第一户人家的门，他按叔叔教的绝招做——先把一只脚伸进门里，主人就关不上门了，"先生、太太，不贵，不贵"，门里一对中年法国夫妻瞪着蓝色的眼睛摇头摆手。叔叔教的第二招是从木箱里拿出对方感兴趣的东西——领带、花瓶或香水，他却乱了阵脚，不知拿什么好……最后，他收拾起失落和沮丧，去敲第二家的门……

做小贩不易。叔叔给林永迪讲过一个真实而心酸的故事：法国人在礼拜天爱睡懒觉。一大早就被"咚咚咚"的敲门声惊醒，男主人睡眼惺忪地爬下床，打开门一看，是一个华人小贩。他很不高兴，拒绝了。等他回到卧室，爬回床上，刚刚入睡，门又被敲响。开门一看，又来了个华人小贩，法国人恼火地大吼："不要，不要！""嘭"的一声把门关上了。懒觉就这样被搅了，他越想越来气，正憋着一肚子火没处撒，门又被敲响了，第三个华人小贩站在门外："先生，不贵，不贵。"这下，法国人被激怒了，夺过小贩的小木箱就扔。木箱"叽里咣啷"地滚下了台阶，箱里的灯泡、花瓶和香水瓶都摔碎了，小贩不禁放声大哭。

对林永迪他们来说，在异国他乡，这样的事是经常发生的。邹韬奋在《萍踪寄语》中写道："这种小贩教育程度当然无可言，不懂话（指当地的语言），不识字，不知道警察所的规章，动辄被外国的警察驱逐毒打，他们受着痛苦，还莫名其妙！当然更说不到有谁出来说话，有谁出来保护！"据统计，丽岙下呈村 90 名旅欧华侨中有 80% 的人被关过半个月以上①，最长的被关过半年之久。

他们的生活条件极差，大多挤在一间废弃的、昏暗潮湿的仓库或车棚里，吃的是干面包加盐水。林永迪还不错，跟八九个同乡挤住在简陋的小屋里。他年纪最小，资历最浅，买菜做饭自然成了他分内的事。他们吃的是最廉价的碎米饭，菜以捡来的为主，偶尔会买些土豆。

"我们今天吃点儿好的。"一天，叔叔掏出点法郎对林永迪说。

他上街拎回一只鱿鱼。见有鱿鱼吃，沉闷的小屋仿佛从寒冷肃杀的严冬掉进生机勃勃的春天，骤然活跃了起来。

"水，多放一点啊。"一人过来，掀开锅盖，充满期待地说。

"盐，多加一点啊。"又一人过来，转一圈儿，闻闻味道。

菜烧好了，出锅了，一人急巴巴地伸出筷子，夹了一大块鱿鱼。

"你吃得那么凶？大家都没吃呢，看你那没出息的样子！"有人恼恨地说。

饭还没开吃就吵了起来。

二

"世上有那么多城镇，城镇中有那么多酒馆，可她偏偏走进我这家。"②1944年春天，法国女孩戈凡·艾德蒙就这样走进林永迪的皮件厂，进入他的视野。

二战爆发时，旅法华人大部分都回国了，但52个温州丽岙人没有

---

① 张志诚.温州华侨史［M］.北京：今日中国出版社，1999：92.
② 电影《卡萨布兰卡》中的台词。

回去，滞留在法国，从法国东南部的重要港口城市马赛漂泊到首都巴黎。20世纪，海外华人靠"三把刀"打天下：一是菜刀，开中餐馆，被称为海外华人的"第一职业"；二是剪刀，开服装店和皮件厂；三是剃刀，开理发店。在这52个丽岙人中，有11人在巴黎第三区和第四区开餐馆或皮件厂。①他们的皮件厂不过是个小作坊，制作皮包、皮带和西方人穿背带裤用的背带。其他不愿担风险的人选择打工，干一天活赚一天钱。

林永迪和徐伯祥在第四区租了一间阁楼，买来缝纫机、打扣机和几把剪刀，他们的皮件厂就开张了。皮包是常销品，皮带、背带是刚需，有需求就有生意，有生意就有钱赚。林永迪凭着温州人的聪明和吃苦耐劳的精神赚到了钱，从剪裁、缝纫和销售"一担挑"变成管理三五个或七八个工人的小老板。工人中有华人，也有法国人。

1940年6月，"欧洲第一陆军强国"——法国惨败，德军耀武扬威地穿过凯旋门。巴黎变得乌烟瘴气。那时物资极度匮乏，食品凭票供应，巴黎每人每月仅供应两枚鸡蛋、1盎司②食用油、2盎司人造黄油。肉类更是少得可怜，有人开玩笑说，一张两指多宽的地铁票就可以把供应的肉包起来；还有人风趣地说，那张地铁票还得没检过，检过会打孔，肉会从孔里掉下去。③

脑袋灵活的温州人像挤柠檬似的从钞票中挤出额外价值。当其他人站在面包店门前，排着长队等待购买凭票供应的黑面包时，温州人

---

①徐辉，孙芸苏，章志诚.丽岙华侨百年［M］.长春：吉林大学出版社，2021：42.

②1盎司约等于28.35克。

③拉莱·科林斯，多米尼克·拉皮埃尔.巴黎烧了吗？［M］.董乐山，译.南京：译林出版社，2002：57.

已将热气腾腾的、散发着麦香的白面包从后门拿走了；当其他人凭票购买人造黄油和食用油时，温州人已拎回黄油、奶酪、巧克力和牛排；当其他人为能吃到鸡蛋、鸡肉，在阁楼、屋顶和放杂物的壁橱养鸡时，温州人已从乡下拎回了鸡和蛋。

林永迪每个周末都要去巴黎郊区，从农民手里买鸡买鸭，有时还会跟别人合买一头小猪，让农民杀掉，用报纸包裹好塞进皮箱，乘坐地铁带回巴黎。这在当时风险很大，胆小懦弱者是不敢干的。有一次，不知是鸭子没包好，还是血没控净，林永迪返回时，鸭血从皮包里渗出来，一滴滴落在街道上。一条瘦得像搓衣板的狗发现了，紧跟在他身后舔舐滴在地上的血。这可把他吓坏了。可是，不论他怎么赶，那条饥肠辘辘的狗就是不依不挠，紧随其后。直到他上了地铁，才把它甩掉。

二战中，法国约有21万军人阵亡，女多男少问题凸显。于是，勤劳勇敢、精明强干的温州男人得到了法国姑娘的青睐。其实，中法联姻源远流长，据史料记载，1713年，首个定居巴黎的中国人——黄嘉略与法国巴黎姑娘玛丽·克劳德·蕾妮结了婚。一战期间，英法两国在中国招募了14万劳工，其中一人在索姆省与一名法国少女相爱。一战结束后，这个中国男人实在太想家了，便跟随大批劳工回了国。可是，他怎么也忘不掉心爱的姑娘，恨不得变成一只鸟儿飞回她的身边。一天，这个男人背起行囊上路了。盘缠不够，他只好一边打工，一边往法国走。一千多个日夜过去了，他终于到了法国，找到了那个姑娘。当初他们分别后，姑娘深信他会回来，也一直在等他。最后，他们结了婚，有了孩子。二战时，这个中国男人参加了抵抗运动，英勇顽强。后来他和爱人幸福美满，白头偕老。这是一个感人的故事，也是真实的故事。这是在公祭一战中遇难的华人劳工时，一个名叫让·马克的法国人讲述的。故事里的那个中国男人就是他的外公。

滞留在法国的温州男人大多娶了法国姑娘。有时同一天结婚的人太多，亲朋好友分身乏术，他们只好举办集体婚礼，十几位穿着洁白婚纱的法国新娘站成一排，像盛开的白玫瑰，站在她们身边的是身着西装、头发光亮的十几位温州新郎，景象蔚为壮观。

丽岙任宅村的任岩松和茜梦南相爱了，她是二战中从诺曼底逃出来的女孩。

河头村的邵炳柳找到了雷蒙。

后中村的张者洪娶了格兰德家的长女，她生于波兰的偏僻乡村。家乡被德军侵占后，一家人逃亡到法国，没多久法国也沦陷了，他们无处可逃，犹如秋天的梧桐树叶随风漂泊。

张月富是张者洪的同乡，两人比较要好，在巴黎住得又不远，时常见面。见张月富人不错，张者洪的妻子便把妹妹莱奥卡迪·格兰德介绍给了他。16岁的莱奥卡迪长得妩媚动人，性格开朗，又泼辣能干。

▲张月富和妻子莱奥卡迪·格兰德

年已不惑的张月富在法国漂泊了十个寒暑，最让他苦恼的是膝下无子。古人说："不孝有三，无后为大。"他深以为然。

失去男人的家庭中，女人不得不进厂做工，养家糊口。艾德蒙也是如此，她的几个姐夫被德军俘虏。也许她的到来让林永迪有机会近距离接触法国姑娘，发现了她的美。艾德蒙的确很美，浓密的头发，深邃的目光，挺拔的鼻子，圆润的下巴，线条优美的颈部，窈窕轻盈的身材。不知是"窈窕淑女，君子好逑"，还是那不可抗拒的食物俘虏了艾德蒙。每次从乡下回来，林永迪就会把买来的猪肉或鸡鸭肉放锅里煮熟，连汤带肉倒进缸里存放。吃饭时捞几块肉，或舀几勺凝在上面的白花花的荤油，分给工人。艾德蒙家的餐桌上很少有肉，她有时会把姐姐和弟弟领来解一下馋。林永迪知道她家的窘境，时不时地接济一点儿，给她一些面包、黄油，甚至巴黎人难以吃到的牛排，让她带回去跟家人分享。

条条大道通罗马，婚姻何尝不是如此？林永迪和艾德蒙是怎么相爱的，已无人知晓，但他们终于走到了一起，接着有了杰让。

杰让出生半年后，巴黎传出了一个男人和两个孩子悲恸欲绝的哭声——年仅19岁的莱奥卡迪·格兰德过世了。这位整洁而要强的女性，女儿还没满月就边照料两个孩子，边操持家务。她拎水洗衣服时大出血，送医院抢救了过来。可是，她大意了，

▲张大年与生母唯一的合影

也许是忍受不了家里的脏乱，又跑去拎水，结果悲剧发生了，这次没能抢救过来。她失去了性命。

格兰德留下两个孩子，一个刚满周岁，一个刚满月。张月富要赚钱，不赚钱不仅养活不了两个孩子，自己也没法生存。他只好忍痛把女儿送到距巴黎300多公里外的梅兹，托付给格兰德的母亲。儿子怎么办？这也是他的骨肉，他咬了咬牙，送给巴尼奥雷市的一对法国夫妻收养。他们不富裕，可是为人勤劳而善良，丈夫安东·维吉尔53岁，每天推车拾荒，妻子蕾内·维吉尔38岁，在工厂做工，他们有一个十几岁的女儿。

三

"通航了，回家喽，回家喽！"对滞留在法国的温州人来说，这是多么激动人心、让人闻之落泪的呼声。

二战结束了，可以回家了。林永迪他们出国的目的很明确——赚钱，赚到钱自然就要回家置地建房，过好日子，即便在巴黎有了老婆孩子，有了产业，也不会忘记初心。他们从法国各地赶往马赛，一拨拨地乘坐轮船归国。没有赚到钱的只能眼巴巴地看着同乡回家：在海外待了十几年，总不能空着两只手回去吧？离家时亲朋好友都送了红包，回去总得回赠礼物吧？为出国所欠的债没还清的就更不能回去了，债主堵门怎么办？

"赚点儿钱再回去吧，叶落总要归根的，不能客死他乡。"回不了家的人凄然一笑说道。

1947年春，林永迪领着妻子艾德蒙，抱着儿子杰让，登上归国的客轮，同行的还有杰让的干爹徐伯祥。这时，艾德蒙怀孕六七个月了。

第二年，在巴黎出生的第一个"大年"也跟随父亲邵炳柳回到了丽岙，一起回来的还有邵大年的妈妈雷蒙和他的两个姐姐。

1954年9月，巴黎进入秋天，气温像一不小心从山头滚落似的，街道两边的"行道树之王"——欧洲椴的树叶黄了，不时有三五片心形的树叶打着旋儿飘落下来。

阿爸张月富突然来了，他和法国养父母谈着什么，三人的表情是9岁的张大年描述不出来的。大年和养父母住在巴尼奥雷一间简陋的平房里，房间不大，进门就是阿爸和法国养父母谈话的客厅，左边是厨房，里边是卧室，穿过客厅是仓房，那是养父堆放废品的地方。仓房后边有厕所和菜地，地里种着他们一家人吃的蔬菜。

阿爸隔些日子就会来看看大年，像察看地里庄稼的长势，逢年过节还会把他接到巴黎住两天。在大年的记忆中，阿爸住的那条街又脏又乱。阿爸的房间比大年在巴尼奥雷的家还简陋：一张混杂着男人气息和浓郁烟味的床，一个不太整洁的厨房，没有厕所。每层楼有一间公共厕所。阿爸烟吸得凶猛，一支接一支地吸，睡觉时也要叼着一支烟，被子被烧出一个又一个指甲盖大小的黑洞。

阿爸在巴黎跟别人合伙开了家礼品店，卖的"礼品"是自产自销的皮包。礼品店的楼上有家皮件厂，也是他们的，做的是店里卖的"礼品"。阿爸负责送货，今天沃尔夫，明天波尔多，后天马赛，天南海北地奔波。他的脚步遍及法国各地，客户是在各地摆摊的华人，有的是类似于林永迪当年做过的小贩。

阿爸对大年很好，带他去中餐馆吃中国菜，看中国电影，见他的温州朋友。中国给大年的印象只是一把伞、两个汉字。伞是一把油纸伞，伞面上画着鲜艳的牡丹，煞是漂亮，在法国是见不到的，法国的伞都是布做的。大年是在中国影片中看到的，他好奇地问阿爸那是什么，阿爸说，是伞，我们中国的伞。他记住了。阿爸还说："你是中国人。"

大年跟同学说："我是中国人。"

"你是中国人？中国字怎么写？"

同学认为大年在吹牛。大年长着一张欧洲人的脸，没有人会相信他是中国人。

再次见到阿爸时，大年问阿爸中国字怎么写。阿爸找了份中文报纸给他看，还教他两个字——"中國"。大年到学校里写给同学看，他说，这两个字就是法语中的"Chine"。

"这么难写啊!"同学惊叫起来。

大年在他们的惊叫声中感到自豪。

阿爸说，要带大年去中国度假。可是，学校就要开学了，大年要上学，不想去度假。养父告诉过大年，中国在很远很远的东方，那里很穷，吃的鱼像木头板子似的硬。养父也没去过中国，他服兵役时在越南驻扎过，那儿紧挨着中国。

不久前，阿爸领大年到梅兹看望外婆、妹妹和大姨妈。那地方很远，他们坐了四五个小时火车，又坐了一小时汽车。大姨妈喜欢大年，领着他和妹妹，还有姨妈家的表弟罗兰和罗兰的妹妹去法国西部海滨度了一次假。

▲张大年和父亲及妹妹

养母流着泪给大年穿上西服和皮鞋，这是他过节时才能穿的。他们本来不同意大年去中国，或许认为"度假"不过是借口。阿爸一次没谈成，又带几个同乡来劝说，发誓三个月后肯定把大年送回来。或许因为他们都生存于社会底层，彼此间有着不同寻常的理解与同情；或许养父母知道张月富已五十有一，膝下仅这么一个儿子，他们答应了。

养父母是办过收养手续的，大年的户籍在他们家。他们将大年视若己出，领大年上街时总是理直气壮，不，豪情万丈地对别人说："这是我们的儿子！"八年来，大年已成为这个家里不可或缺，不，是不可分割的一部分。他们对他既宠爱有加，又管教严厉。他们不在家时，不许他到外边乱跑。可是，对孩子来说，家不过是吃饭、睡觉的地方，哪有外边精彩？外边才是他们的世界，有着不可抗拒的诱惑。

诱惑大年的有门前的草坪，大男孩在那踢球，马戏团也会在那搭棚表演。大年是个活泼、调皮的淘小子，养父母不在家时他就偷偷跑出去玩。远远看见养父推车回来，他就赶紧跑回家。养父或许是年老眼花，或许是假装没看见，总是笑呵呵地让他出去玩一会儿。养母很忙，起早贪黑地在工厂做工，礼拜天都不休息，大年上下学都是由养父接送的。

或许答应后就后悔了，养母在给大年穿鞋时，把他紧紧搂在怀里，悄声说："大年，妈妈在你的鞋底放了法郎。到马赛你要想办法逃跑，买张火车票回家。"

火车"呜呜"吼叫几声，老牛上山似的开动了。大年望着窗外，想养父母，想巴尼奥雷的家，想那片草坪了。火车跑了将近一天，终于在马赛站①停下。大年可以实施逃跑计划了，却发现鞋底的法郎不见了。在火车上，大年怕法郎丢了，不时脱下鞋来看。看到了，心里就踏实了，过一会儿心又悬起来，脱鞋再看。那几张法郎关系到他能不能回巴尼奥雷，能不能再见到养父母。他不知看了多少遍。它们像丢在储蓄罐里的零钱，老老实实地藏在鞋底，偏偏到马赛却不见了。

丢在哪儿呢？他想不起来。会不会被阿爸拿走了呢？他不敢问。

马赛是阿爸的据点。阿爸的朋友很多，都是温州人。他们轮番请阿爸吃饭，说着大年听不懂的温州话，有时说着说着潸然泪下，哭得一塌糊涂，也不怕大年笑话。大年不愿跟他们在一起，觉得很不好玩。他要出去玩，阿爸的朋友就三三两两地紧跟在他后边。

在马赛等了数日，终于可以登船了，阿爸长舒了口气，志得意满地牵着大年的小手上了轮船。"哇，这船太大了！"大年折过无数小纸船，还没见过真正的轮船。他兴奋地跑上跑下，东看看，西看看。孩子的好奇心就像大海，无风三尺浪。大年开心极了，在甲板上跑着跳着，喊着叫着，终于跑累了，也喊乏了，突然想起养父母的话："千万不要上轮船，不要坐船离开马赛，离开马赛你就找不回家了！"他慌忙寻找舷梯下船，却发现码头的影子比指头还小，轮船已行驶在一片汪洋中……

①20世纪50年代法国火车时速仅四五十公里，巴黎距马赛近800公里，单趟要20来个小时。

▲张大年和父亲

第二章 | 到最有钱赚的地方去

20世纪80年代，梦想像早晨的太阳在每个人的心头冉冉升起。侨乡丽香第二次出国潮的引力悄然形成，"到国外去，到最有钱赚的地方去"成为当地农民的最强音。

一

　　冬天，天刚蒙蒙亮，吴时敏就从床上爬起来，套上像从寒冷的洪殿河水里捞上来的、皱巴巴的高领衫，随手扯过一件外衣穿上，到院子里把前一天准备好的蔬菜装上车，匆匆推出家门。

　　吴时敏是后东村人。后东村是丽岙辖下的一个村。

　　1986年，吴时敏刚成家，他21岁，妻子19岁，都还带着几分青涩。在"噼里啪啦"的鞭炮声和亲朋好友的祝福声中，他们走到了一起。妻子也是丽岙人，娘家在隔壁村。两人打小就认识，却够不上青梅竹马，童年时连句话都没讲过，只能说是看着对方长大的。他们很早就订了婚，这是丽岙的习俗。

　　冬日的阳光很慵懒，直到吴时敏赶到市区时，才睡眼惺忪地缓缓漫上来，映在吴时敏那张有着尖尖下颏的娃娃脸上。这时，他拎着一杆秤，一秤又一秤地忙碌着。他的菜品种多，有的是自家种的，有的是从别人家收购的。菜的品种多生意才好，生意好才有钱赚。

别看吴时敏年纪不大，他已做了十来年生意。

20世纪70年代末，上海老北站的候车室内混杂着辛辣的烟味和各种秽气，到处都是人，男男女女、高高矮矮、胖胖瘦瘦的人裹在灰突突的蓝色、黑色、黄色的衣服里。墙上的大钟对着人群转着，一过晚上9时，喇叭里便传来"开往金华的列车开始检票，开往金华的列车开始检票"的声音，夹在两排长椅间，手拎肩扛、大包小包的旅客像海浪似的挨肩擦背地向前拥去。十二三岁的吴时敏背着硕大的袋子，两只机灵、乌黑的大眼睛四处张望，身子像漂浮在河流中的树叶一样向前移动着。

他通过检票口，爬上了列车。拥挤的车厢，令人昏昏欲睡的顶灯，困倦的旅客耷拉着脑袋睡着了，睡姿千奇百怪。吴时敏不睡，瞪大眼看着他的袋子，像守着猎物的豹子。上海到温州，吴时敏不知独自跑过多少趟。来来往往中，他的胆量渐渐变大了，自主意识也变强了。一人在外，只能自己对自己负责，对自己的东西负责。他小学还没毕业就跟着母亲到上海卖布票、粮票。那时候，物资匮乏，吃穿用度大都凭票供应：买单衣要布票，买棉衣还要额外再加棉花票；买香烟要烟票，买酒要酒票，买肉要肉票；买自行车要自行车票，买缝纫机要缝纫机票；连买块肥皂都要肥皂票……有的烟票不够，有的酒票不够，有的人不吸烟不喝酒，烟票酒票没有用，脑袋灵活些的就把它们悄悄卖掉，换点紧缺的钞票。供应票是地域性的，你不能拿着上海的烟票到温州买烟，吴时敏他们要在上海买好烟带回温州。那年头交通落后，从上海到温州是一段漫长的旅途，要在火车上"咣当"一宿到金华，再换长途汽车在盘山道上转悠十几个小时才到温州西站。温州西站不是火车站，是长途客车站。

"那时候，在金华出站时要查的，查到有倒卖的东西是要被没收的。"吴时敏后来回忆道。

15岁那年，吴时敏初中毕业了，一边跟着爸爸种田，一边跟着妈妈做生意。究竟是种田兼做生意，还是做生意兼种田，说不大清楚。他做的是"游商"，没有店铺，没有自己的摊位，也没有主营商品，随意性很大。他平日去温州卖菜，盛夏去卖冰棍，赶上生意好一天有十块八块好赚，比卖菜赚得还多。当时温州普通工人的月薪也就二三十块，十块八块够他们挣个十天八天了，吴时敏能赚那么多钱，足可以在丽岙中路上昂首挺胸地走两步了。

这天，吴时敏有点儿性急，顾不上跟买菜的大妈大婶讨价还价，想早点把菜卖掉，好赶往江心屿。盟兄弟程国华的爸爸回来了，这次不仅像以往那样带回厚厚一沓法郎，还要把老婆孩子带去法国。程国华要去法国了，十个兄弟得聚聚，拍张纪念照。丽岙没照相馆，有人说江心屿旅游景点里有照相的，大家约好在那见面。丽岙有结拜十兄弟和十姐妹的习俗，男孩、女孩十来岁时就结拜为兄弟姐妹。结拜后，要有难同当，有福同享，相互帮衬，携手并进。有这种习俗的地方大多很贫困。经济发达地区的孩子讲究个人奋斗，不大会有这种习俗。

吴时敏是在读小学二年级时结拜的。十兄弟分布在后东、路溪、上胜、梓上、梓河五个自然村，距离不过千八百米，彼此是同学、邻居，父母也都认识。最年长的是杨忠銮，他比吴时敏高一级，1962年生；刘林春排行老四，1964年生；1965年生的有三四个，吴时敏生于冬月，年纪最小，排行老十。结盟酒自然要在老大家里摆，喝的是啤酒，喝了多少已不记得了。结拜后，十兄弟每年八月十五聚一次，从老二到老十，轮番摆酒，周而复始。父母亲们都很随俗，帮忙操办。

十兄弟中，吴时敏跟程国华来往甚密，两人不仅同班，而且同桌。程国华性情内敛，文质彬彬，不会像其兄弟那样动不动就跟人吵架，吵不赢就上手。程国华跟书本较劲，题做不出来会急哭。吴时敏他们几个不这样，翻一翻书，晃一晃脑袋就把做不出来的题晃了过去，不再想了，该玩玩，该吃吃，什么也不耽误。

小学毕业，十兄弟升入同所中学。初中毕业时，仅有两人考上了高中，其中就有程国华。吴时敏以8分之差落榜，老师很替他惋惜，劝他复读。

"老师，我不是读书的料，就不读了。"他说。

吴时敏赶到江心屿时，其他兄弟基本到齐了。毕业后，大家各奔东西，见面的机会少了。张朝斌跟父亲学石匠手艺，到处造桥筑路，打地基建房子，一天有五六块钱好赚，也还不错。过去讲究"家财万贯不如一技在身"，有技能的人受尊重。丽岙人务实奋进，敢为人先，不会守着技能赚小钱，后来张朝斌改做生意了。

刘林春做生意比吴时敏还早。他的父亲是公社干部，有固定收入，家境比较殷实。可是，不知谁说的一句"小小生意也比打工好"像金桂银桂似的栽进了刘林春的心间，时不时桂花飘香，让他痴迷和向往。十二三岁时，他自制芝麻糖卖，还转手卖过甘蔗和糖果；15岁初中毕业，他卖苹果、雪梨和西瓜；18岁进社队企业，月薪24元。没上几天班，他又跑去转卖蔬菜，第一天赚了三元四角钱。"小小生意也比打工好"，千真万确啊。思路决定出路，他认定自己是一块做生意的料，做生意有广阔的天地，在厂打工等于在别人的垄沟里耕作。

1982年，对刘林春来说是人生的关键之年，他订了婚，辞了职，跟未来的岳母跑到上海做生意，卖全国粮票，还卖过布料和羊毛线。

20世纪80年代，其他地方的农民都安分守己，把自己跟庄稼一起种在广阔的田地间；温州地少人多，承载不了农民的期望，特立独行的温州人就像村里的河水流向外边。不同的是，他们不会像河水只朝一个方向流淌。上海，是长三角最富裕的地方之一，有钱的地方就有好生意做；没钱的地方，人往往都把自己的腰包捂紧，那生意就不好做。所以，十兄弟中有好几个都在上海做买卖。

1982—1986年，中共中央连续五年发布"一号文件"，推行家庭联产承包责任制，取消了农副产品统购派购制度，允许农民进城务工和经商。兄弟几人可以放心大胆地做生意了。

后来，十兄弟大多从上海转战广东。广东是中国改革开放的前沿阵地，是中国面向世界的一扇窗口，当时生产总值稳居全国第一，经济总量占全国的八分之一。吴时敏他们去广东时才十八九岁，在世人眼里还是"嘴上无毛，办事不牢"的孩子，可是他们已有点"老江湖"了，生意上的门道和弯弯绕可以说不止略晓一二。

"无限风光在险峰"，生意大，来钱快，赚得多，但风险也大，一不小心就会掉下深渊，连救命稻草都没有。吴时敏在广东折腾了一两年，赚过钱，也赔过钱，做最后一笔生意时，他孤注一掷，把之前赚的三万多块钱都砸了进去，结果这钱像杜十娘的百宝箱似的，扔入江中冒几个泡儿就不见了。他只得放弃远大的生意梦想，回家种地卖菜。

他买了张票，上了绿皮火车。火车"咣当咣当"像竞走似的，近乎逢站就停。到了韶关，经停五分钟，旅客们"呼啦"下了车，到月台买南雄板鸭、铜勺饼、啤酒或茶叶蛋什么的。车上拥挤，吴时敏下车透透气，没想到在月台发现了韶关生产的三合板，地球牌的。三合板这东西在温州很是紧俏。过去重生产、轻生活，改革开放后，出现了装修热、家具热，都要用到三合板。商机有时像只兔子，你越追它跑得越快，眨眼工夫就不见踪影，你放弃追赶，漫不经心地坐在树根底下吸根烟，它却跑了回来。

"爸，这个有的做！"吴时敏回家后兴奋地说。

"有的做？"

父亲谨慎，那动的可是真金白银，可不能在市场的大江大河中探一下头就被打到水底。可是，这万一是个机会呢？

"这个有的做，真有的做！"父亲找朋友商量时，对方兴奋地说。

父亲和朋友去了韶关，带回一卡车三合板。他们以15块7毛钱进的货，以二十八九块的价格卖了出去，短短几天的工夫一万多块钱落进腰包里。那年头"万元户"凤毛麟角，这足以让全村人震惊，让许多人睡不着觉——那神秘的"地球"哪儿来的？难道是从天上掉下来的不成？在温州人眼里，这"地球"相当于球场的足球，谁都可以抢，谁抢到算谁的，谁都不能像守门员似的把它紧紧地抱在怀里。

实践是检验真理的标准。三合板赚钱，这是落进父亲腰包里的钞票证明了的。做生意就要赚钱，赚钱就是要干赚钱的事，不干赔钱的事。做"地球"生意就是干赚钱的事。吴时敏和父亲跑了一趟韶关，又一卡车"地球"被销售一空，父子俩再接再厉，又带回几卡车三合板。

对聪明的温州人来说，想搞清"地球"，不算难事，没多久就有同乡搞回了几卡车"地球"。刘林春也在东莞找到一种非"地球"的三合板，运了回来。"地球"和非"地球"在温州展开一场激战后，三合板的市场如深秋的瓜果越来越不好看了，生意冷淡下来。吴时敏赚了两万多元，刘林春也有所斩获。

这次是十兄弟结拜后的第一次合影，兄弟们都很重视，有的还特意理了发，做了发型。刘林春和两位兄弟穿着西服，没系领带，那年代系领带的大多是华侨。有的兄弟穿着时尚猎装，精神抖擞。程国华和另一位兄弟穿的是军装。草绿色的军装是六七十年代最流行的服装，到80年代末就成了大城市打工者的工作服。穿着最邋遢的就是吴时敏，上衣掉了两个扣子，前襟像被鹈鹕踩过一脚，一大块污渍从右襟蔓延到左上兜。

▲结拜十兄弟的合影

面对镜头的一刹那，吴时敏、刘林春、程国华微微笑了一下，其他人则满脸严肃。

合影后，他们回到村里，坐在树下。那是一棵三百多岁的老榕树，枝繁叶茂，独木成林。树旁是座小桥，过小桥右转不远处就是程国华的家。想到程国华要走了，兄弟们围坐在一起有一句没一句、东一句西一句地聊着。

"阿华，你到法国后，不要把我们兄弟忘记了。"

"阿华，有机会一定要想办法把兄弟们带出去啊！"

这些车轱辘话不知滚了多少遍,程国华答应了一遍又一遍。话到这份上表达的已是兄弟间的恋恋难舍和浓浓情谊。

兄弟们都羡慕程国华,他可以到法国狠狠赚几年钱,回来时腰缠万贯,到那时,兄弟们就没法跟他比了。这就像赛跑,人家占的赛道好,没有障碍,很快就会接近终点,你的赛道不好,坎坷泥泞,甚至有些地方根本就过不去。

在吴时敏的记忆中,国华的爸爸回来过几次。有一次,听说国华的爸爸回来,他们几位盟兄弟过去看望他。国华的爸爸脚蹬精致的皮鞋,身着合体的西服,系着领带,个子依旧,体魄也没健壮多少,底气却足了许多。国华家的老房子矮趴趴、黑洞洞的,堂屋里摆放的电视机像颗明珠,使得老房子蓬荜生辉。

国华告诉吴时敏:"我爸爸还带回6000法郎[①]。"

"法郎?什么是法郎?"

国华说,法郎可以兑换外汇券,用外汇券可以在友谊商店买原装进口的日立、索尼、松下和东芝牌电视机,也可以买上海的凤凰牌、永久牌自行车,以及中华牌、凤凰牌香烟。那个年代,这些都是极其紧俏的商品,寻常人家即便有钱也买不到。

"哇,法郎这么值钱?"

国华的爸爸过去是采购员,这在丽岙可是最吃香的差事,走南闯北,见多识广。国华读初中时,爸爸放弃了让人眼热的差事去了法国。

---

①6000法郎是根据被访者的回忆,因年代久远,未必确切。

1981年，弗朗索瓦·密特朗当选总统后大赦①，他拿到居留证，办了家庭团聚移民②。

20世纪80年代，丽岙犹如地震带，震波不断："某某出国了，某某某一家人出国了！"震波像上涨的河水奔流而下，冲击着几十个自然村那古老的河床。有时，一波没过，一波又起，人心像棵树，在这一波波的震动和冲击下动摇了，活泛了，出国的欲望也与日俱增。

岂止是丽岙，隔壁仙岩镇、茶山镇也是如此。

仙岩河口塘村的蔡足焕出国了。他25岁时跟亲友合伙创办电器配件厂，仅两三年的时间年产值就高达200多万元。1984年，他们厂被推荐申报民营企业联合体优秀单位，年底蔡足焕拿到三四万元的分红。1985年，蔡足焕却去了法国，跟弟弟开办一家皮件厂。

跟蔡足焕同村的刘光华也出国了。刘光华在当地很有名气，他14岁开始做生意，不到20岁就创办了汽配厂和电器开关厂。1986年，他却只身去了荷兰，那年他才21岁。

不过，程国华这一震波却不同寻常，震中在九位兄弟的心里，余震长久，两三年、三四年都过不去。过去听说谁谁谁出国了，那不过

①20世纪八九十年代，法国先后实施了三次大规模的"合法化行动"。第一次从1981年8月到次年6月，共有14.5万人提出申请，13.2万人获得了合法身份。第二次"小赦"始于1992年，法国境内数万非法移民依据政府放宽移民政策的相关条令，获得了合法身份。第三次"无证者身份合法化行动"从1997年6月24日至1999年初，共有14.3万人提出申请，约8万人获得批准。
②1976年，法国政府设立了家庭团聚制度，不满18周岁的未成年外国人，其双亲中至少有一人持有临时居留证；合法进入法国领土的外国人，其配偶持有临时居留证，他们可以以家庭团聚的名义获批在法国居留。

像颗流星从头顶划过，有时还没来得及感受就过去了。程国华出国则不然，这事儿发生在十兄弟之中，想让它过去都不行，每次聚会程国华的座位就空着。

这意味着什么？不是他们挖空心思想出国，而是出国这个念头如影随形追逐着他们。想想也是，有些事伸伸手就能够着，有些事踮起脚也够不着，不过跳起来没准就够得着了。像出国这种事关命运走向的大事，一辈子能有几次，干吗不跳起来够一下呢？够着是运气，够不着也够过了，一辈子不后悔。

九兄弟有了同一个梦想，早日出国，跟程国华在巴黎会合。

二

改革开放后，在海外十几年、几十年没回来的老华侨陆续回来了。

任岩松携法国夫人回来了。他出身贫寒，12岁丧父，到磨坊打工，赶牛磨面。他18岁那年娶妻，次年有女。三年之后，娶妻欠的20块钱还还不上。这时，隔壁村的表姐夫从法国回来，西装革履，气宇轩昂，像挖到一座金矿似的说："法国的钱很好赚！"这句话为穷亲戚指明了方向——要改变命运就去法国，赚那"很好赚"的钱。1933年6月，21岁的任岩松跟亲友借了450块银圆，和想赚钱的同乡一起坐着小船离开了丽岙任宅村。

他们从上海坐轮船到了法国马赛。彼时的法国处于全球性经济大衰退的尾声，任岩松他们语言不通，又没技能，只得靠提篮小卖为生。任岩松漂泊五年，饱尝辛酸，用攒下的钱跟同乡在巴黎第十二区开了一爿小店，卖丝巾、领带、皮包。二战爆发后，他遇到从诺曼底逃到巴黎的茜梦南，两人相爱了，一起在巴黎第三区开办丝巾批发店和丝巾厂，自产自销，赚到了"很好赚"的钱。在63岁那年，任岩松进入房地产领域，成为旅法温州华侨中的富翁。

这是任岩松第三次回国。第一次是1966年，他应国务院侨办邀请，回国参加"五一"国际劳动节招待会，受到党和国家领导人的接见。第二次回国是在1972年，任岩松为任宅村购置了一台拖拉机，为丽岙乡卫生院购置了一台X光机。

1981年，任岩松应中国驻法大使邀请参加华侨华人招待会。会上播放了纪录片《南侨陈嘉庚》。陈嘉庚1891年前往新加坡经商，1913年，他捐资筹建了集美小学、集美中学、集美大学和厦门大学。

任岩松看完纪录片，沉思许久后说："我没有文化，在国外处处碰到困难，过去我们国家贫穷，被洋人看不起。为了家乡，为了下一代有书读，我虽不能和陈嘉庚比，但我要在丽岙建一所中学。"他知道丽岙教育落后，所有学校都办在祠堂和寺庙里。他想捐资42万元新建一所中学。

1984年，任岩松中学在丽岙的芙蓉山麓、楮溪涧畔落成，建筑面积为2650平方米。这是一所完全中学，有初中，也有高中。任岩松又捐资20万元，作为这所中学的奖学金和教育基金。他还捐资54万元，为温州大学建了一座1726平方米的礼堂。

此外，任岩松捐资100多万元，建了一座水厂，为丽岙任宅村、杨宅村、叶宅村和茶堂村的乡亲解决吃水难题。

任岩松的行为感动了温州同乡、著名演员和作家黄宗英，她写下"情似瓯江水，心比岩上松"的题词，落款为"瑞安姆黄宗英"。

丽岙河头村的林昌横回来了。他1957年定居法国。1962年，听说家乡遭灾，他买了8000斤大米救济父老乡亲。改革开放后，林昌横为家乡捐资修路，建米厂、自来水厂、影剧院，为学校建教学楼，为村里建医务室，还在温州投资办企业。

林昌横的堂兄林永迪也回来了。1947年，林永迪回来过一次，置地建房。这次他又在村里建起一幢别致的小洋楼。这幢楼在当时堪称豪宅，有五大间，卧室铺实木地板，卫生间的墙面贴比牙还白的瓷砖，地面铺马赛克，还有抽水马桶，刷新了丽岙农民的认知。

林永迪的儿子林加者也携妻女回来了。这个当年吃不饱饭、饿得瘦瘦小小的"半劳力"，不仅长高了十多公分，还把带回来的18箱礼物和一沓沓钞票分给乡亲们。见家乡瑞安县没有像样的旅馆，他出资87万法郎，联合几位旅法华侨建了建筑面积为11000余平方米的瑞安县华侨饭店①，还捐资50万法郎在丽岙华侨中学建起一幢建筑面积为1914平方米的"林加者教学楼"。

旅法的丽岙人在家乡捐建了12所小学，让所有学校搬出了祠堂和寺庙。

任岩松、林昌横、林加者们既让乡亲感动和敬佩，也让他们羡慕。"华侨太有钱了！""他们怎么能赚那么多的钱？"每一笔捐款对丽岙农民来说都是天文数字，不要说这辈子，儿孙几代也赚不到。有人说，法国遍地黄金，到马路上走两圈，把鞋脱下来磕打磕打就能掉下几颗金子。

①现为瑞安市华侨饭店。1987年4月15日，国务院下文瑞安撤县设市。

"人家风光，皮肤特别白，而我们是农村的，（皮肤黑是）太阳晒的。我们买布料和衣服还要布票，他们从外国回来，毛料一人分一匹，哪怕不是很亲近的人也能分到够做一件衣服或者一条裤子的面料。我们这些人只有羡慕的份儿。我分到过一条围巾，绿色的，三角形的，像网布一样的，带蕾丝的，围在脖子上，一条条蕾丝垂下来，特别洋气。"刘林春的妻子说。

"那些有钱的回到村里，哇，那个排场，分那个糖，我们硬邦邦的糖都没得吃，他们分的是软的，那么好吃。……不仅仅是我啊，整个丽岙的氛围都是这样，大家都想着要出国，要改善生活条件。"阿坦①说。

对阿坦影响最大的不是几块奶糖，而是任岩松。1984年，任岩松中学落成，任岩松作为学校的名誉校长回国剪彩。那年他已72岁高龄。阿坦是这所中学的首届初中生，见证了典礼过程。

"当时我就坐在台下。那个时候我们全镇都没有鲜花，因为很穷。我们挨家挨户从那些刚结婚的新娘花瓶里取来塑料花，拿在手里，'热烈欢迎任老爷爷！'任老爷爷坐的小轿车停下，四个武警战士戴着白手套把车门打开，把他搀扶下来，领导与亲朋好友都前呼后拥。那个时候整个瑞安都没几辆小轿车，路上很少见到。当时我就想，我也要去法国赚钱，读书好像达不到这种待遇啊。"那时的情景，阿坦记忆犹新。

"任老爷爷字都不认识，普通话也不会讲，就讲了几句丽岙话，叮嘱我们要认真读书，学好知识。后来好像是瑞安县教育局局长，还是

①尊重当事人的要求，此为化名。

温州市教育局局长替他致辞。那个时候我们很羡慕他，可能不止我一个人，丽岙很多像我这样年纪的人见到这一场面，心里都会埋下这样一颗种子：要出国赚钱，向任老爷爷学习。"

刘若进最敬佩的人——他的伯伯也去了法国。

"我觉得我的伯伯太了不起了，经历了很多，改革开放后，他和孩子去了法国。他们在国外赚了很多钱，回家乡投资。他的一生很了不起，想想我就有点儿想流泪。"

法国华侨很有钱，这不仅在丽岙、仙岩、茶堂，在温州也是共识。温州人是不满足于温饱、小富即安的，他们想做财富海洋的弄潮儿、冲浪者。丽岙农民认为，对他们来说最大的机会就是出国，到法国去，到欧洲去，到能赚大钱的地方去。哪怕不能像任岩松、林昌横那样成为富翁，像林永迪那样赚了钱回来建几幢小洋楼也是好的，或者像林加者那样带回18箱礼物和一沓沓钞票分给乡亲也很荣耀。

20世纪八九十年代，丽岙人说起法国、意大利、荷兰，如数家珍，头头是道。他们每天挂在嘴上的是怎么出去，出去找谁，走哪条线路，以及谁谁谁在法国或欧洲有什么关系，谁谁谁要出去了，谁谁谁马上就要出去了，谁谁谁已经在出去的路上了，谁谁谁已经到法国或意大利、荷兰，谁谁谁在法国或意大利拿到了合法居留证，谁谁谁又办了衣工厂或皮件厂，赚到很多钱……

三

在吴时敏他们的心目中，法国是天堂，能去"天堂"的人都了不起。程国华出国后，谁离"天堂"最近呢？大概是张朝斌了，不，肯定是张朝斌，必须是张朝斌。张朝斌跟任岩松是亲戚，他的叔叔在任岩松的帮助下于1982年去了法国。

张朝斌的奶奶是任岩松的堂妹，任岩松也算是张朝斌的舅公，他有这样一位在法国很有影响力的舅公，去法国还不容易吗？张朝斌的父亲兄弟六个，一个叔叔出去不久，后边三个叔叔也出去了，丽岙仅剩下张朝斌的父亲和伯伯。

张朝斌果然先八个兄弟一步出去了。

"条条大道通罗马。"每人去"罗马"的目的、期待和想法不同，选择也有所不同。

路溪村王云弟也在张罗着出国，这也许让村里人感到不可思议。王云弟可是见过世面、赚过大钱的人。他的日子比周围的人好得可不是一星半点，那是好太多了。1984年，王云弟同一位后来成为一家著名上市公司的老板南下广州，做电器生意，仅1986年一年就赚了几十万元。王云弟在村里建起一幢气派的小楼，那楼是十里八村的最高建筑，堪称地标。王云弟要是在广州继续做下去，没准能像那位上市公司老板那样进入温州、浙江，乃至中国富豪榜。但是，王云弟却去了法国。

▲王云弟建的气派小楼

"我看见乡贤从国外回来特别威风，衣服的面料，哎哟，特别好看。他们一回来，那些香烟啊糖啊……以前哪里有糖啊，我们去他们家里，他们就给我们两块，我们就高兴得不得了，所以那时候我就想一定要出国。为什么呢？出国后什么都有，那时候是计划经济，什么都要票，粮票啊，自行车票啊，缝纫机票啊，对华侨有优惠政策，什么票都不需要。没有票，我们就是赚钱再多，也买不到东西。"被问及出国缘由时，王云弟这样说。

想和说、说和做，看似挨得很近，有时却相距十万八千里，南辕北辙。想的人注定多于说的，说的人注定多于做的。有些人想想就觉得挺美好，很受用，受用过也就拉倒了，是不说的；有些人说过就像做过似的，吹完牛也就完事了，压根不会做。不过，也有些人本来只是想想，偏偏想劲儿还没过，就被什么人或什么事推了一把，把没想做的事做成了。许多事就是这样促成的。

那时国家推行从"一对夫妻两个孩子，相隔要四五年"过渡到"一对夫妻一个孩"的独生子女政策。过去温州人重男轻女的思想严重，生个女孩怎么办？

"哎哟，有儿子没孙子也没用啊。"王云弟的爸爸常这么念叨。

王云弟夫妻的第一胎就是个女儿。妻子郑美香是丽岙下呈村人，下呈村与路溪村相距三五里，两家父母就这一问题达成了共识。王云弟和妻子十几岁时订的婚。他们两人还不认识时，他们的父母就已经认识了。那时，丽岙乡下很穷，十几岁的男孩订不上婚，会被人笑话。

"哎，你的女儿给我儿子当媳妇可以吗？"

"好的，可以啊。"

王、郑两家父母一搭话，这桩婚事就订下了。

有求有应，这一习俗才能延续下去。大家都按习俗办，你也就得随着。人活在现实中，也就是活在习俗中。人家女孩十几岁订婚了，你不订婚，好人家被别人订了去，你该怎么办？让闺女老待在家里也不成。

那年，王云弟去广州做电器生意，顺理成章地把妻子带走了。郑美香在广州生了二胎，结果还是女儿。

任务没完成，只有再接再厉，继续生第三胎，是个儿子。王云弟的老爸心满意足了。

王云弟说："我们一年生一个孩子，最快的速度，现代化的速度。"

速度有了，孩子有了，户口怎么办，孩子养在哪儿？"三十六计走为上。"于是他们决定出国了。

吴时敏夫妇在国内生了一个儿子，到法国又生了两个儿子。戴国荣夫妇在国内生了一个女儿，到国外又生了两个女儿和一个儿子。戴国荣比王云弟年长4岁。他说，当时头胎生女孩还可以生二胎。他在国外生的二胎、三胎也都是女儿，第四胎是儿子。

20世纪80年代初，戴国荣妻子的兄弟姐妹出国了。一家犹如一个雁群，有一只飞起来其他雁就会都跟着飞，妻子娘家的亲友都跟出去了。开始，戴国荣夫妇没太在意，他们跟那些亲戚不一样，他们有"铁饭碗"。戴国荣出身革命家庭，他爷爷和父亲都是1949年前的老布尔什维克。爷爷当过乡长，爸爸当过区委副书记、公社书记，妈妈也有工作。戴国荣初中毕业后进了一家集体所有制企业，从钳工干到技术员，妻子是国营单位①职工，那个年代国营单位的职工让人羡慕，尤其在国营单位很少的温州。

听说亲戚在法国每月的收入比戴国荣一年赚的还多，有的买了汽车，有的办了工厂。

"钱这么好赚？"戴国荣有点儿坐不住了。论文化，论学识，论能力，他哪点比他们差？

"我要是去的话，肯定会超过他们！"他信心十足地说。

"我们也出去，赚一大笔钱就回来。"夫妻俩一拍即合。

那就去吧，他们激情澎湃，办护照，办签证。出国潮中又多了两个踊跃分子。

中国银行丽岙办事处主任陈时达和妻子也被这一波又一波的出国潮撼动了。陈时达是姜宅村人，他爷爷跟任岩松同一年去的法国，是否乘坐同条船就不得而知了。后来，他爷爷的弟弟、妹夫都过去了，他们家有7个亲戚在法国。二战爆发时，姜宅村有19人在欧洲，10人回来了，还有9人没回来，大多在法国。

陈时达想，爷爷在法国待了9年，赚了那么多的钱，看来还是那边的钱好赚，自己出国的话也会赚很多钱。爷爷回国时，有一个同乡没赚到钱，滞留在了法国。后来，他从法国回来建了七间房子，给村里买设备、捐款，还修了两次路，谁都猜测不出他在法国赚了多少钱。

陈时达当过乡镇干部，在中国银行丽岙办事处当主任时接触过很多华侨。他们从国外回来都爱找他聊天，跟他讲法国怎么好怎么好。

---

① 即国有企业，1993年《中华人民共和国宪法修正案》将"国营经济"修改为"国有经济"，国营企业也随之改为国有企业。

陈时达在波涛滚滚的出国潮中渐渐漂浮起来。

"到法国去，到法国去，到遍地是钱的地方去。"这是吴时敏他们兄弟的强音，也是后东、路溪等自然村，以及丽岙、仙岩、茶山等地农民的强音。

第三章 | 生离死别，法国妈妈肝肠寸断

艾德蒙紧紧地抱着三岁的杰让亲了又亲，泪水横流，最后放下儿子，抱起两岁的女儿上了船。大年初到温州乡下，犹如掉到另一个星球——这里没有电灯，没有柏油马路，也没人听得懂他的话。

一

　　1947年7月，艾德蒙在温州生下女儿林美香。林扬·杰让已按林家的家谱改名为"林加长"。在温州话中，"长"与"者"的读音相似，后来办护照时他的名字被写成"林加者"。他没改回来，随遇而安地成为林加者。

　　家乡也许让漂泊已久的游子找到了种子入土的感觉，林永迪想像家门口的榕树那样在这片土地上地老天荒，不再离去了。他把带回来的钱全部拿出来，在家乡河头村置地建房，在温州小南门的米筛巷跟朋友合开了一家印染坊，还在旁边建了三幢房子，三位股东一人一幢。

　　人是强大的，也是渺小的，有时随便一场风就会把人吹离原有的轨道，不知坠落何处。1949年的一天，艾德蒙突然接到法国领事馆的撤侨通知，要求在华的法国公民离境归国。艾德蒙看了看怀里的孩子，又看了看丈夫，彻底蒙了。

　　艾德蒙生下女儿后，印染坊经营不善，只得关门大吉。林永迪卖掉米筛巷的房子，举家迁回河头村。河头村在丽岙南部，西邻后中村，北连下呈村，南接五社村，由于洪殿溪河自西向东穿村而过，村子位于河口，故取名河头村。

艾德蒙在乡下跟妯娌学会了"吃饱了吗""好吃吗""再吃点"等日常温州话。可是,她很孤独,也很寂寞,林永迪法语说得不好,她会的温州话更是有限,夫妻沟通有障碍,尤其在表达细腻情感或复杂问题时,哪怕辅以肢体语言也讲不清楚。

不过,在艾德蒙的心里,这个比她大8岁的男人是可靠的,待她也很好,从不跟她发脾气和吵架。在老一辈温州人的心目中,男人是山,女人是水,水要绕山流,山却不会围着水转。或许当时年仅21岁的艾德蒙渐渐接受了这种观念,或许她的原生家庭也是如此。是走是留,她想从丈夫的脸上觅到答案。她最希望的是夫妻一起走。或许她知道他不想走,丽岙是他的家乡,人只有待在家乡才会舒展,才会如鱼得水,自由自在,想做什么做什么,才会笑得像温州的茶花那么粲然。他在法国就像她在温州一样,生活像个井口,天地被裁剪得很小。另外,他在法国10年的血汗都已变成了不动产——房子和田地,这是没法带走的。还有,他想跟她走就走得了吗?她要搭乘的是法国政府的接侨船,他是中国人,上得了船吗?他回国时买的是单程票,在中国又待了两年多。

如果一家人都不走,守在一起呢?或许她希望他还能像相识时那样,像顶天立地的男子汉,把她和孩子命运的小船拴在自己的身上。他却让她失望了。按中国"三十而立"的说法,再过一年他就步入"而立"之年,可是在这传统的大家庭中,有父母在儿子就别想"立"起来,何况他排行老二,上有兄长。

林永迪在村里建的两幢小洋楼,三兄弟平分了;置办的60亩地,留给父母和祖父母几亩后,三兄弟平分了。"为什么?"艾德蒙搞不明白了,瞪着蓝色的眼睛望着丈夫。他告诉她,当年出国的钱是向家里借的,那是一笔"家债",他在法国赚的钱也就不是"私产",要跟兄弟平分。她也许想，房子和地是身外之物，分就分了吧，丈夫是她的，总不会跟他们平分吧？

出乎意料的是，他告诉她，家里决定让她带孩子回国，他留下。为什么？她又搞不明白了：他是她的丈夫，两个孩子的父亲，他应该属于他们，这才是一家人，他怎么能为那个大家庭留下？

"不，不，这是中国，我和孩子都属于这个家，一切都要听从我父母的。"

艾德蒙没辙了，这是中国，这是温州，这是丽岙，他们要按这里的规矩办。这该死的规矩！她无可奈何地跟丈夫抱着孩子到温州拍全家福，作为离别纪念。长发披肩的戈凡·艾德蒙身着带有树叶图案的连衣裙，深凹的眼窝，隆起的鼻梁，嘴角微微上翘，苦涩而无奈地笑着。林永迪的白短袖衬衫扎在腰带里，下穿浅色西裤。他也许是清楚这个结局，生离死别似的板着面孔。他们三岁的儿子杰让像洋娃娃似的梳着小分头，穿着像连衣裙似的短袖连体衣裤，脚穿带毛边的小皮鞋，垂着两只小手，站在紧靠父亲的高凳上，睁着像母亲似的大眼睛望着镜头。两岁的林美香刚会走，穿着布娃娃似的连衣裙，端着两只小胳膊，岔着两只小脚，站在紧靠着妈妈的高凳上。

▲在母亲和妹妹离开前，林加者和父母及妹妹在温州拍的全家福

初春的上海，草木焕发出勃勃生机，草绿了，树枝吐出鹅黄的嫩叶，大街小巷的行人像从冬眠的洞穴里钻出来，脱去笨重、呆板的冬装，变得灵动起来。

十六铺码头旁，艾德蒙紧紧地抱着儿子，用水汪汪的蓝眼睛瞪着丈夫，气恼地说："你不是说好让两个孩子跟我一起走，为什么又变了？"

"杰让是长子，我父亲要把他留下，我有什么办法呢？再说，你带两个孩子回去也很辛苦，不如带女儿先走，等我说服了父亲就带儿子去法国找你。"

或许这是早已做出的决定，只是艾德蒙不知道罢了。林永迪那天还特意让杰让和美香拍了张兄妹照，美香坐在前边的台阶上，杰让坐在妹妹的身后。

或许艾德蒙信了，或许不信，事已至此，信与不信又有什么两样？用丈夫的话说，这是中国，这是温州，这是丽岙，这是河头村。去他的规矩！艾德蒙抱起儿子亲了又亲，泪珠断线似的流下，不知下了多大的狠心才撕心裂肺地把儿子交给丈夫，抱起女儿，拎着箱子，一步三回头地上了轮船。妈妈不见了，杰让大哭起来，林永迪也流下眼泪，艾德蒙毕竟是他的结发之妻，她怀里抱的还是他的女儿美香。

一家人像剥了皮的鸡蛋，被命运的细线一剖为二，一半留在中国，一半去往法国，不知何时能团聚，团聚时还会是一家人吗？或许戈凡·艾德蒙没想到这一点，但林永迪是清楚的，这一别就再也回不到过去。

不仅艾德蒙走了，那些跟温州男人回来的法国女人几乎都走了，留下的是她们的丈夫和孩子。邵炳柳的妻子雷蒙也带着女儿回国了，留下生在巴黎的第一个"大年"——邵大年。

温州解放了，林永迪为印染坊的倒闭、河头村房产和土地分给兄弟而庆幸：土改时他家被定为富裕中农。他父亲百思不解了，逢人便说："奇了怪啊，我们家好歹也有60亩地，两幢房子，怎么连个地主都没轮上？地主轮不上也就算了，起码富农得给吧？"

他苦苦奋斗一辈子，总算有了两幢房子、60亩土地，可以挤入河头村有钱人之列了，怎么又被挤了出来？他心有不甘哪。接着，河头村走上合作化道路，林永迪作为合作社社员下地种田了，读过书的邵炳柳当了乡村教师。

艾德蒙走后不到半年，林永迪再婚了，女方家距河头村不足5公里。她是一户比较富裕的农家的女儿，没读过书，也不认识字。

"她家有好几十亩地，有5间像我家老房子一样的房子，（当时）我的后母①20来岁，还没嫁（过）人，脾气有点坏，手脚有点笨，不大聪明。"70多年后提起后母，林加者说。

邵炳柳也再婚了，娶的也是家乡人。在20世纪50年代，大多数中国人对跨国婚姻是排斥的，尤其在温州地区，温州人择偶的首选自然是温州人。林永迪他们也是如此，同法国女人结婚也是无奈之举。现在他们归国了，像被石头压歪的小树遇到阳光，努力"矫正归直"。

二

下呈河上有一个简陋的码头，码头对面是幢低矮的平房，坐西朝东，有三间。

那个时候丽岙不通公路，确切地说，丽岙连一寸公路也没有。丽岙人出行一是靠脚，步行；二是靠水，坐船。河道在丽岙乃至温州许多乡

---

① 在接受采访时，林加者一直称其父再婚的妻子为后母。

镇相当于公路。人们去温州、去瑞安，或自己划船，或搭别人的船。房前若是有条河，河边若是有个码头，这房就相当于今天的地铁房。

大年和阿爸乘坐的轮船驶过苏伊士运河，他们看到一艘艘在二战中被炸沉的舰船，看到无际的沙漠，也看见奔跑的野骆驼；轮船驶过开罗，驶过中东，驶过印度洋，驶过新加坡、越南，经历翻江倒海的台风，28天后抵达了香港。大年绝望了，他知道自己像法国父母说的那样，再也回不到巴尼奥雷的家，再也见不到养父母了。他很伤心，想流眼泪，又怕被阿爸看到，只好憋了回去。

现在，他只有死心塌地地跟阿爸走，唯恐走丢了。他们父子从深圳到广州、金华，一路舟车劳顿，最后抵达温州。划着小木船来接他们的是个30来岁的男人，阿爸让大年叫他哥哥。哥哥划了四个多小时，船漂到丽岙，阿爸才长舒了一口气，好似那口气是从巴黎、从马赛带回来的。船进下呈村时，大年算了一下，他们离开马赛已45天。

那天下着雨，河两岸的树木、庄稼和房子都被浇得湿淋淋的。下船时，穿着小西装和小皮鞋的大年望着泥泞的、满是水洼的地面蒙了，没有路怎么走？哥哥善解人意地弯下腰，把他背进了家。

"怎么这么黑，还潮乎乎的。"

那房子又老又破，地面没有铺木地板，很潮湿。

"习惯就好了。"阿爸说道。

灯点着了。这是什么灯？一根棉绳像蚯蚓似的趴在小碟里，探个头，吐出豌豆大小的光亮。那光亮像惶恐的小虫，上下躲闪着，左右摇摆着，有点小风儿就把它吓得趴回碟里。它的光线很昏暗，墙上的人影却像童话里的巨人。

灯下有个女人，瘦瘦的，脸长长的，好像比法国的养母还老。

　　阿爸让他叫"妈妈"，他叫了一声。在他的心目中，妈妈就是管他吃饭穿衣、对他很好的女人，像阿姨一样，可以有很多。

　　这个妈妈说什么，大年听不懂；大年说什么，妈妈也听不明白，得阿爸给翻译，那话到底是这个妈妈说的，还是阿爸说的，大年也不知道。

　　妈妈好像特别欢迎他们的到来，烧了很多菜，满满一大桌，有的大年跟阿爸在中餐馆吃过，有的从没见过，比如那盘海蜇，吃起来很脆，嚼着咔哧咔哧响。大年爱吃，也就不想吃别的，把它当饭吃了。

　　家里有两个房间，一个厨房。一间住着哥哥一家，一间是妈妈的。他和阿爸住在妈妈的房间里，三个人睡在一张床上，他睡中间，他们睡两边。他躺在床上，往这边一翻身，看到的是阿爸，往那边一翻身，看到的是妈妈，很有意思。在巴尼奥雷，养父母睡在房间，他睡在客厅，客厅里有张他的小床。

　　过后，大年才知道这个妈妈是阿爸的原配。这个妈妈比他的生母莱奥卡迪·格兰德还要命苦，六岁就没了母亲，跟着仅有一只眼睛的父亲做小生意，过着饱一顿、饥一顿的日子。她长大后嫁给了阿爸，生了个儿子。1934年，阿爸丢下他们母子，和同乡去了法国。为了生存，妈妈像她父亲似的做起小生意，卖螺蛳肉、南瓜子和鸡蛋。她不识字，却极其聪明，16两一斤的秤，1斤8两的东西多少钱，许多人算不上来，她却能马上说出来。

　　儿子一天天长大，能帮她做事了，却在一个阴雨天掉进河里淹死了。相依为命的儿子没了，她像失去根系的秧苗，一夜间就枯萎了，她不吃不喝，想到另一个世界去陪伴儿子。村里人劝说不了，只能陪着落泪。她的身体渐渐垮掉了。她的姐姐和姐夫来了，领来了他们的儿子，要过继给她。这个孩子就是大年的哥哥张荫旺。他本姓苏，叫苏荫旺,原来的家在温州梧田镇蟠凤村。他在原来的家排行老二,下边还有三个弟弟,上边有个哥哥叫苏荫生,16岁那年去了法国,跟在阿爸脚前脚后。

哥哥张荫旺读完小学就跟妈妈做生意了。妈妈身体不好,只能在家把螺蛳肉挑出来,由他担到瑞安陶山去卖。陶山离家很远,他挑担要走两个多小时,翻过一座山。为赶早卖掉螺蛳肉,哥哥凌晨四点起床,挑担出门,回来时已是掌灯时分了。

土改时,哥哥因出身贫苦,又为人可靠,还识文断字,被选为下呈村村长,那年他才23岁。阿爸和大年回来时,哥哥已调任丽岙信用社副主任,成了国家干部。

这是一个不同寻常的家,大年称阿爸的原配为"妈妈",称阿爸为"阿爸";哥哥称妈妈为"阿姨",称阿爸为"阿爹"。对大年来说,阿爸是亲爸,妈妈不是亲妈,哥哥也不是亲哥。对哥哥来说,爹妈和弟弟都不是亲的。

这个家有点沉闷,阿爸和妈妈都寡言少语,笑容像清明的阳光,难得一见。家里最欢快的是哥哥刚满一周岁的女儿秀燕。大年想念法国的养父母,想念巴尼奥雷的家,想念门前那片草坪,想念用清水冲洗得干干净净的马路。那马路是柏油的,每当环卫工人用清水冲洗时,大年就和小伙伴把折好的小船放在水里,跟着小船跑。

丽岙的孩子连柏油路是什么都不知道,这里只有"水泥路",平常的日子里路凹凸不平,下场雨就一片泥泞,孩子上学路上用草绳在鞋底绑块砖头,拽着绳头往学校挪。夜晚,巴黎、巴尼奥雷的灯光比星星还亮,丽岙却是一片漆黑和无边无际的寂静。这里的人大多连钟表都不认识,只知道天亮是卯时,接着是辰时、巳时、午时,天黑就是酉时。

"你为什么非要把我带到这里来？"他问阿爸。

阿爸说："你已经9岁了，再过几年就要服兵役，法国在跟阿尔及利亚打仗，当兵回得来回不来，谁说得清楚呢？我要把你带回来传宗接代。"

阿爸在海外漂泊十几年，仍然是传统的温州人。他想让大年像地瓜似的在家乡繁衍一大群后代。阿爸法语说不好，大年又小，对阿爸的话听不大懂。另外，世上没人会把自己的所思所想和盘告诉别人，兄弟间不会，父子间也不会。阿爸已到落叶归根的年纪，他怎么能把可以为自己养老送终的儿子留在法国？

阿爸还说，他不想让自己的儿子变成一个不会讲中国话的纯粹的法国人。他说他已经失去一个儿子，不想再失去这个儿子。

当林加者放学后，拎着镰刀和小伙伴上山割草时，隔壁村的张大年正穿着潇洒的背带裤、铮亮的小皮鞋，腕上还戴着一块亮晶晶的手表，在下呈村孤独一人，优哉游哉地四处闲逛。手表是养母买的，也是他最喜爱的。在法国读书时，班里的同学中也没人戴表，这让他感到自豪。村里的孩子跟过来，在他的身后喊"小番人"①、"外国人"。他转身以唾沫还击。

大年对他们是不屑一顾的，看他们衣衫褴褛，鞋前露着脚趾，跟法国的乞丐似的。他们玩的是什么？是捏泥巴、跳房子、挤油渣②、石头剪子布。大年玩的是什么？有法式野餐刀外，还有他们没见过的小船，那也是他从法国带回来的，上紧发条可以魔幻般地在门前跑上好几圈儿。

---

①番人，当地人对周边少数民族和外国人的泛称。

②一种游戏，几个孩子相互挤在一起，被挤出去的就要到边上再往里挤。

丽岙好像在另外一个星球,既让大年孤独、寂寞和烦闷,偶尔也会给他以惊喜。丽岙的房子是一块块石头垒起来的,这在巴尼奥雷是见不到的。乡下没有电,没有收音机,也没有影剧院。村里有个小卖店,晚上聚集着许多人,聊天,讲故事,好不热闹。在法国时,大年在家洗澡;在丽岙,他可以到门前的河里洗澡,阿爸还教会了他游泳。侄女秀燕过周岁生日时,她的外婆送她一头小牛,那可不是玩具,是会吃草、会拉牛粪的小牛。秀燕对小牛不太感冒,大年却喜欢得不得了,天天赶牛上山吃草。乡下最热闹的莫过于过年,村里要做戏,小孩要穿新衣服。谁家年糕出锅了,一群孩子就围过去,主人会笑呵呵地给每个孩子分一小块。

阿爸很忙,十里八村的乡亲常找上门来,有打听家人在法国情况的,有来取钱的。阿爸回国前把同乡问了个遍:要不要捎个口信,要不要给家里捎钱。他们捎的钱都不多,最多100美元,最少2美元。一位老华侨还特意叮嘱:给老婆1美元,儿子和女儿各0.5美元。阿爸回到温州,要去银行把外币兑换成人民币和外汇券,然后分发给他们的家人。那时温州交通落后,许多地方不通车,又没电话,阿爸只有托人捎话让他们的家人来取。

阿爸请来一位老先生,教大年汉字和温州话。老先生教他的第一个词是"飞机"。那天,大年在外边玩耍时,突然看到天上有架飞机,他就跟着跑起来,边跑边喊:

"飞机来了,飞机来了,我要回法国去了!"

回国后的第二年春天,阿爸把大年送到下呈村小学,插班读一年级,从第二册课本学起。

这是什么学校啊?上课在郑氏祠堂,黑板不像黑板,桌椅板凳破破烂烂，千奇百怪，学校还没操场，全校仅有三四个老师。课堂上，老师讲什么大年听不懂。他听了一节又一节课，厌烦了，在本子上胡乱涂起来。

期末考试，大年的算术得了100分，语文0分。大年越来越怀念法国的蒙特维尔维尤尔小学了，那里有宽敞明亮的教室，有整齐的书桌和椅子，有真正的黑板，还有讲课他能听得懂的老师。在那所学校，大年每次月考都是全班第一，那个考第二的同学总是第二。大年患阑尾炎住院手术的那个月考了第二，"第二"考了第一。到下个月，大年就"拨乱反正"，夺回了第一，"第二"继续当第二。学年考试，大年还是第一，为此学校还奖励他一本童书。现在他被阿爸"绑架"到丽岙，"第二"可能成第一了。自己在这么个破学校，在只有二三十人的班级中连"第二"都当不成了。

20世纪50年代的温州乡村，七八岁的孩子已算是半劳力了，要帮助妈妈带弟弟妹妹和做家务，要放牛放猪，还要下田干些力所能及的农活。他们白天不能上学，老师只好在晚上给他们补课。大年白天上学，晚上没什么事儿也去听课。课上多了，慢慢地听懂温州话了，也就会说了，课本上的方块字变得友好起来。第三学期的期末考试，大年的算术还是100分，语文考了80多分。

大年渐渐熟悉了下呈村的生活，跟妈妈、哥哥也越来越亲近了。他们待他真的很好，下雨天他嫌村路泥泞，哥哥就背着他到处走。妈妈见他的西装小了，就起早贪黑地纺纱织布，请裁缝来给他新做了套西服。妈妈知道他爱吃水果，每次买菜都会特意买点水果给他吃。一次，他感冒了，发了一夜高烧，妈妈一夜没睡，坐在床边照顾他。他不会温州话，妈妈就跟他学法语，他教她内裤、衬衫、筷子怎么说，从1到100的数字怎么读，手表怎么看。太阳出来时，他给妈妈看看手表，太阳落山时，他再给妈妈看看，慢慢地妈妈就学会了看钟表。妈妈的记忆力很好，几十年后，大年带孙子从法国回来，她还能跟重孙子讲几句法语。

妈妈很擅长理家，把日子打理得很好。村里分了口粮，邻居没过几个月就缺米少油，端盆拎瓶到他家来借了。他们家什么都没缺过，也没断过。妈妈跟大年常说一句话："精打细算。"妈妈还有一手好厨艺，做的饭菜别具风味。大年最爱吃的是妈妈做的炒米粉，那就是妈妈的味道，百吃不厌。大年也爱吃妈妈做的米糕。每当妈妈做米糕时，邻里十几个孩子就像一群蜜蜂似的跑过来，围着灶台看。米糕下锅了，热气冒出来，他们眯缝着眼睛，像馋猫似的嗅着香味。米糕出锅了，妈妈给每个孩子都分一点儿。那群孩子嘴里吃着米糕，开心地跑开了。

妈妈做过生意，见多识广，有人请戏班子在祠堂做戏，那边锣鼓一响，她就知道今晚演什么戏。没戏的夜晚，妈妈就是村里的核心人物，乡亲搬着板凳坐在她的身边，听她讲故事，让她出谜语给大家猜。妈妈的心里像有个魔盒，藏有许多财富。有时，妈妈出的谜语乡亲猜好几天都猜不出。

三

下呈村小学仅有两三个班，张大年升入三年级就转到河头村小学了。那所学校也没有校舍，在娘娘宫上课。张大年已适应丽岙乡下的生活，变得越来越像当地孩子，不变的只是他那张脸。

河头村小学本该还有两个混血儿，一是林加者，二是在巴黎出生的第一个"大年"——邵大年。他们住得不远，张大年在路上见过他们，但没搭过话。张大年上三年级时，林加者应该上四年级，邵大年应该上五年级或六年级。可是，他们没有张大年幸运，都辍学了。

邵炳柳夫妻俩都是教师，说学生遍天下有点夸张，说遍瑞安还是成立的。邵炳柳从瑞安仙岩鱼潭小学教到塘下小学，又从梓岙中心小学教到丽岙中学，由普通教师升到校长，还被选为和评为浙江省人大代表和浙江省侨联委员、全国先进侨务工作者，事业上算是成功人士，可是儿子邵大年仅读过两年书。[①]

邵炳柳再婚后，又有了两儿三女。孩子多，收入少，日子过得窘迫。他也不容易，既要忙事业，又要管家里五个小的。或许是没有时间和精力管邵大年，邵炳柳把他送到了祖母身边。邵大年的相貌比张大年还"西化"。20世纪五六十年代，一名浙南农村的老媪领着一个有着欧洲人面孔的孙子，或许会被人议论。或许因为邵大年过于顽皮，时常惹祖母生气，据村里人说他经常挨打挨骂。

林加者7岁上学，他的相貌不像两个大年那么"西化"，不怎么引人注目。也许他平时比较老实听话，不像邵大年那么顽皮，学校和村里没人喊他"小番人"或"外国人"。不过，他活得也很辛苦，很不如意。家里楼上楼下多个房间，父亲和后母、弟弟妹妹都住在朝阳的房间，只有他住在朝北的房间，窗对着牛棚猪圈，春、夏、秋三季满屋是牛屎猪粪味儿；冬天屋里阴冷潮湿，冻得他瑟瑟发抖。

他放学回家时，已有一大堆活儿排队等他了：要割猪草，要放牛，要喂鸡喂鸭。他年纪稍大一些就下地干活了，插秧车水[②]，什么活儿都

---

①源自对林加者的采访。
②农民用水车取水排灌。

干。车水时,父亲出头档,他出二档,他的个子小,脑袋刚过横杆,车起来特别费力。他放学后没时间温习功课和写作业,上课还想着家里的活儿,学习成绩不大好。小学三年级时,刚读完一个学期,他就回家务农了,那年他刚满10岁。

1958年的秋天,河头村开办了食堂,大家吃上了大锅饭。不过,村里没让大家放开肚皮随便吃,而是每家每户按定量打饭。林永迪家有5个孩子,正在长身体,饭量都不小,尤其是下地干活的林加者,一顿能吃好几碗饭。后母怕他吃多了,4个小的吃不饱,想把他从家里分出去。父亲不同意,把一个12岁的孩子从家里分出去,还不让乡邻耻笑?为此他们夫妻天天吵架。

夫妻冲突,往往丈夫有能,妻子有耐,丈夫先占有绝对优势,可是经不起持久消耗,最终只得妥协。不知林永迪是妥协还是认可,林加者从家里被分了出去,每顿饭要自己去打。他的定量是每天12两稀饭,这哪里吃得饱?何况他还要下地,干的是体力活儿。秋天,全国大炼钢铁,生产队壮劳力都抽调去炼钢铁了,秋忙时他要顶个壮劳力。干活他不怕,挨饿却受不了,刚吃一碗稀饭,到地里不到一两个小时就消化了,他饿得心慌冒汗,四肢无力。

每次敲钟开饭,妇女和孩子都跑去排队打饭。稀饭四两一勺,一勺正好一碗,林加者的定量就是四两。打过几次饭后,林加者就发现先打的稀饭米汤多,后打的稀饭米粒多。饭打早了,下地没干一会儿就饿了,所以要等到别人都打完了再打。他的婶婶在食堂工作,很同情他,赶上她打饭时,就会从下边捞一大勺稠粥倒进他的碗里。

"哇,这一勺可太好了,可能六两都不止。"他欣喜不已地说。

同龄人犹如同一趟列车上的乘客,不过是车厢与座席不同而已。

林加者吃大锅饭时，张大年也吃大食堂。下呈村办了三个食堂，早上吹号开饭，随便去哪个食堂吃都行。饭后下田的下田，上学的上学。

林加者忙着种田和干家务活时，张大年也很繁忙。可以说那是个繁忙的大年，要忙的事情多着呢。他在乐队打大鼓，在宣传队画板报。工农业喜报传来要庆祝，大年他们就上街宣传，打着大鼓"咚咚咚，咚咚咚"。

有一次，大年他们敲锣打鼓从丽岙出发，到仙岩、塘下走了一整天。回来后，他累得筋疲力尽，还要出黑板报，接下来，学校要求学生拾粪，支援农业生产，每人每周交一筐牛粪，大年又拎着粪筐去拾粪。

这年，大年的阿爸出国了。他已五十有五了，已到了落叶归根的年纪，为什么还要出国呢？作为新中国成立后温州地区第一位归国华侨，他受到各级组织的重视，先后当选为瑞安县政协委员、温州地区政协委员和浙江省政协委员。

他到家的第二年建了两处"房子"，一是把家里的平房拆掉建了一幢二层小楼，二是在下呈的山上买了块地，给自己建了个坟地，待百年之后入住。他到家两三年后，丽岙通了公路，隔三岔五会有一两辆汽车经过，乡下人没见过汽车，纷纷到马路边等着看新奇。

阿爸发现了商机：既然大家这么喜欢新奇，为何不开家租车行呢？他从温州买回几辆二手自行车，做起租车生意，租用一天收1毛钱。这相当于后来的共享单车，不过超前了半个多世纪。

大年开心了，选辆小型自行车骑上去。乡下孩子没见过自行车，跟在他车后跑。大人看了："哎呀，这个外国孩子真了不起，骑这么个东西还跑得那么快。"

但阿爸投资失败了，熟人租车多半不给钱，好奇的人不会骑车，把车推走,摔坏了就扛着送回。阿爸不会修,请修车师傅要花钱,结果租车行不但没赚到钱还赔了,最后不得不把租车行低价兑给修车师傅。

养老钱差不多折腾没了,他也步入了老年[①],下地种田干不动,儿子还没长大成人,接下来的日子怎么过?他想来想去,还得出国赚钱。可是,他的法国居留证过期了,怎么出去呢?有个同乡从法国回来,不打算再回去,对阿爸说:"我的护照给你用吧。"阿爸惊喜不已,更让他惊喜的是那人叫张日富,跟他的张月富仅差一字。

"你要不要跟你阿爸去法国?"有人问大年。

"我在这里好好的,为什么要去法国?"大年生气了。

他已不是做梦都想回法国的9岁孩子了,已成长为地道的丽岙少年。

"妈妈对我很好,哥哥对我也很好,他们都很爱我,我为什么要回去?"

大年已学会数百个汉语常用字,温州话讲得很地道,老师和同学也都喜欢他。小学二年级时,他加入少先队,当上了小队长。三年级时,他当上中队长,由"一道杠"升为"两道杠",后来又当上大队长,由"两道杠"升为"三道杠"。放学前,他要组织同学排队,有时还会像老师似的讲几句。三年级结束后,他跳级到五年级,离开河头村小学,到叶宅村小学去读书了。

一天,家里收到一个邮包,写的是大年的名字。谁会给他寄包裹呢?拆开一看是几本法文版的《米老鼠》。他高兴得跳起来,这是法国的养父母寄来的。他查看一下邮戳——包裹是6个月前寄出的。他捧着

---

①根据统计,1957年,中国人的平均寿命为57岁。

那几本书，想念起远在法国的养父母，想起四五岁时，二战后的法国生活条件较差，养父母家连大木桶也没有，养母只好用水壶温好水，举着水壶为他冲澡。五六岁时，他染上麻疹，高烧不退，养父半夜三更请来医生。听医生说物理降温好，养母就每隔一小时给他洗一次澡。洗完澡后，养母就用被子把他裹起来抱在怀里。还有患阑尾炎住院那次，医生说术后不能吃东西，养母怕他晚上饿就买了根香肠，偷偷塞到他枕头底下，小声说："饿了就吃，别让医生看见。"

几天后，大年发现寄书的包装纸不见了。他问阿爸，阿爸说不知道，问阿爸法国养父母的地址，阿爸也说不知道。有人从法国回来，他跑去打听养父母的住址和近况，得到的答复都是："听说你在法国被一对老夫妇领养过，他们住哪儿不清楚。"

更让他震惊的是，《米老鼠》上的法文他已不认识了，每个句子都能读出来，什么意思却不知道。刚从法国回来时，阿爸带他去过隔壁茶堂村玩，那里有家中药铺，店主阿李是从法国回来的，法语说得不错，还会打法国扑克。他每次过去都跟阿李打几把扑克。后来，他温州话会讲了，就不去找阿李玩了，有时见面也不说法语，改说温州话了。

有一天，一位法国女士登门拜访。她跟丽吞丈夫回来后，在这边很寂寞。从法国回来的华侨大多像她丈夫那样只会说"吃了吗""好吃吗""吃没吃饱""要不要再吃点"之类的简单会话，没法满足她精神上的需求。

听说下呈村有个孩子法语说得很流利，她特意过来看他。她给大年一粒糖，他剥开后放进嘴里。这味道让他想起法国，往事像一群水鸟栖落心头。

她说了一句轻盈柔和、轻颤似琵琶轻弹的法语。

他一下愣住了，莫名其妙地望着她。

"她问你好不好吃。"跟她来的小男孩说。

"哦,好吃,好吃。这糖我在法国吃过。"他说的是温州话。

她失望了,他也失望了。她为他听不懂法语而失望,他是对自己失望,没想到9岁时的母语却像满满的一桶水,不知不觉蒸发掉了。

尴尬和失望,还有那糖的味道,60多年了他还没有忘。

阿爸上路了,大年与妈妈、哥哥和一群亲友一起把他送到汽车站。阿爸上车时,许多亲友都哭了,或许为他在叶落归根之年又背井离乡远赴海外,或许想到这一别也许再见不到了。大年却一滴眼泪也没掉,或许是少不更事。

阿爸到法国后重操旧业,跟同乡合办一个皮件作坊,可是没干多久他就放弃了。他发现自己眼花了,手也不灵活了,做起来很吃力。他辗转到荷兰,找了一家餐馆打工,十分辛苦。

四

张月富走后,"三年困难时期"拉开序幕,城里人和乡下人都开始饿肚子。大锅饭吃不下去了,大食堂解体了。张大年在饥饿中小学毕业,考入瑞安华侨中学。他的肚子从早到晚饿得"咕噜咕噜"直叫。早晨睁开眼睛,他琢磨的头等大事是到哪儿吃顿饱饭,怎么能吃上这顿饱饭。村里每天给妈妈送来一碗白米粥,妈妈端给大年。他看着瘦得像枯树枝似的妈妈怎好意思吃?可是他饿啊,那粥有着不可抗拒的诱惑力,眨眼间进了他的肚子。

碗空了,心也空了,空得难受,再饿也不该吃给妈妈的粥啊。第二天,粥又端来了,他又没经受住诱惑……

见弟弟挨饿，张荫旺心里很不是滋味。他把弟弟领到厂里的食堂，气吞山河地对食堂的大师傅说："这是我弟弟，他要吃多少就给他吃多少，他吃完我结账。"

哥哥彼时已从信用社调到丽岙华侨陶瓷厂任代理厂长。

张大年这下乐坏了，终于找到能吃饱肚子的地方了。饭菜端上来，他风卷残云，一扫而光，一碗一碗又一碗，最后站起来，抚摸一下鼓鼓的肚子，心满意足地走了。

哥哥结账时傻眼了，大年那顿饭吃掉了他一斤半的粮票。他每月的定量只有28斤，平均每天9两多一点。

"哎呀，大年啊，你也太能吃了。你这一顿饭，我一天半没得吃！"哥哥回家跟他说。

十三四岁的孩子正在长身体，需要营养，需要卡路里。大年饿啊，吃饭成了活着的主题。

一直以来，温州地区侨办不时上门看望归侨和侨眷。

一次，一个姓张的秘书问大年："你在这里习不习惯？有什么要求没有？"

"习惯是习惯，就是吃不饱，饿。"

"这个不好办，现在大家都在饿肚子。不过，我们尽量想办法照顾你一下。"

一周后，张秘书送来一盒蛋糕。这么好吃的东西，大年只在法国吃过，回来后还没吃过呢。那盒蛋糕，他和妈妈、哥哥一家人分掉了。事后他才知道，那蛋糕来之不易，是温州地区招待所为外宾特制的。又过了几天，丽岙公社书记送来三斤全国粮票和一些土豆。

林加者远没有张大年那么幸运，吃不饱饭还要干力气活儿。

▲1958年，张大年（左一）和中国母亲及哥哥张荫旺全家的合影

一天，鸡刚叫头遍，林加者就跟小伙伴上山了。大食堂解散了，家家户户没柴烧，附近的山像和尚脑袋——光溜溜，不要说一棵树，连草根都没了。为一把柴，农民要钻到深山里边去。

林加者他们爬了十几公里的山路，也没发现可砍之柴，大树小树都被砍光了，只有树根可刨。林加者他们埋头刨起来，每刨出一根树根，他们就像挖到宝似的，兴奋不已。肚子饿了，把带的午饭——煮熟的小土豆摸出一个吃掉；渴了，捧一捧山泉喝。看看篓里的树根，林加者心里一片阳光。"没白来，天黑前能背回家一篓柴了。"他想。

突然，山上传来"哗哗哗""咕咚咕咚"的声音，林加者抬起头，还没来得及循声望去，就不由得打个趔趄：背在身上的竹篓被重击了一下，身后"嚓啦"一声，一块石头砸在地上，篓底掉了。他吓出一身冷汗，真幸运啊，差一点儿石头就砸在脑袋上，砸上那就没命了。

"下边还有人哪！"他和小伙伴朝上边喊了几声。

山上也有人刨树根，他们赶紧换个地方。

背着柴往家走时，他饿得浑身无力，却很开心。这篓树根够家里烧一天，他回家不会挨骂了。柴打少了，后母会骂他偷懒。他若不服申辩几句，后母说他顶嘴，他就会挨打……

他不明白自己为什么不受妈妈待见。是自己长得跟弟弟妹妹不一样，还是自己的性格让她看不惯？他性情直爽，有啥说啥，被激怒时会发火，有点儿小脾气。可是，他不记仇，不论谁对他怎样，过后就像炊烟一样不会留在灶膛里。

伯母看不下去了，悄悄告诉他："她不是你的妈妈，你的妈妈是法国人，叫戈凡·艾德蒙，是个非常漂亮、非常善良的女人。她回法国了，把你妹妹也带走了。"

"我妈妈长什么样？"

"她高鼻梁，大眼睛，头发浓密，会说几句温州话。她还教过我法国话，'复几'——烧柴，'谁蒙'——好吃不好吃。"

林加者虽然仍称后母为妈妈，可是心里却有了另一个妈妈——他的法国母亲。他被后母打骂了，晚上会躺在床上想法国母亲，有时会在心里问为什么只带走妹妹却不带走他。

也许是吃不饱饭，营养不良，林加者比同龄人矮一拳多，不过农活干得却不比壮劳力少。他家所属的生产队是河头生产大队中最穷的队，队里有三个像他那么大的劳力，两个比他大一岁，一个跟他同龄。插秧时，凌晨一两点钟他们就爬起来，摸黑把秧苗担到田间地头。天刚蒙蒙亮，他们就开始插秧，插得比壮劳力更快更多；割稻谷时，他们起早贪黑，割得也不比壮劳力少。可是，生产队把他们当成半劳力，壮劳力一天挣10个工分，他们只挣5个工分。他们不服气，老跟壮劳力比："你干的也不比我们多，凭什么拿10个工分？农忙时，你还抽烟，抽一次烟要多长时间，一天抽多少次烟，少干多少活儿？"

他们找队长要求涨工分。

队长说："你们插秧、割稻的确不比壮劳力差，挑稻谷挑得过他们吗？没有吧？这样吧，农忙时给你们7分半，平时还是5分。"

他们开心了，虽没实现同工同酬，起码也讨回一点儿公道。

16岁那年，父亲去法国了，林加者用自己赚的工分把全家的口粮都领了回来。

林永迪1958年就想走，把徐伯祥找来商量，徐伯祥举双手赞同。在家乡要种田，耕地、插秧、割稻、脱粒、挑粪，这些都不是他们的强项，而且干这种体力活儿，他们也吃不消。

"你走了，让我一个女人家带一群孩子怎么过？"后母不同意。

或许她会想到法国还有一个女人带着孩子在等他，他会不会像抛弃那个女人似的抛弃自己？林永迪看看愁云满面的妻子，又望了望那几个年幼的孩子，出去的想法一点点变淡了。

"你先出去，等孩子大点，我再去法国找你。"他毫无把握地对徐伯祥说。

徐伯祥很失望，不过也理解，便一个人上路了。他在香港滞留了9个月，到巴黎时已是1959年的秋天。他很仗义，离开香港前给林永迪寄了一个包裹，里边有牛肉干、糖果和饼干，都是那年头极其紧缺的东西。

或许徐伯祥的这包食品动摇了后母的意念，她当初让丈夫出去的话，这样的食品也许就会源源不断地寄回来。再想想林永迪当记工员挣那点儿工分，过这苦哈哈的日子，也许悔意似云缭绕在她的心头。

张大年就读的瑞安华侨中学是新成立的，连校舍都没有。第一学年，他们在丽岙的一个寺庙上课，第二学年迁到另一个寺庙——仙岩寺，那是始建于唐贞观年间的千年古刹，也是温州最大的寺院之一，占地约两万平方米，寺院依山而建，风光旖旎。办学的房间是足够的，却没有宽敞明亮的教室。初三那年，大年转入温州华侨中学。

1962年，张大年初中毕业，温州华侨中学的毕业生名单上却没有张大年。

他改名了，为什么要改名？温州话中"大年"与"大娘"读音相似。他身高1.85米，被别人叫"大娘"，他不高兴。

改个什么名字呢？有人建议改为"张大义"。

"'大义'不好，没有什么意义。改为达义吧，我们达到了社会主义。"张达义说。从此，温州少了一个"大年"，多了一个"达义"。

第四章 条条大道通罗马，他们走的却是羊肠小路

再苦也要按自己选定的线路坚忍不拔、筚路蓝缕地走下去。16岁那年，他只身来到巴黎。两年后，他买了一辆宝马车，开到巴黎凯旋门兜了一圈。

一

1980年，北京首都国际机场。

一个国字脸、戴眼镜的中年男人拎着行李，把一个十几岁的孩子送到安检口。

黄品松眼圈蓦地红了，或许是离愁别绪涌上心头。儿子还是个孩子，孤身一人去法国闯荡，他这个老爸怎么放得下满心的牵挂与担忧？

16岁的黄学铭第一次坐飞机。一个月来，他的热切期待就像心里有架飞机一遍遍腾空而起。可是，真要离开祖国时，要离开像大山似的父亲时，他的眼泪却抑制不住在眼眶里打转。或许是害怕了，他的心像被一根线悬起来，越来越高，悠悠荡荡。他持有的是P国旅游签证，到巴黎万一出不了机场，怎么办？要不要去P国？到P国去找谁？到了异国他乡，人生地不熟，语言又不通，人家说什么他听不懂，他说什么人家也不知道，怎么办？

儿子低头不语，不敢看父亲，或许怕父亲看到他的泪水；父亲急急忙忙地说着不知叮嘱过多少遍的话儿。

一两个月前，得知自己可以去法国，黄学铭高兴得差点儿跳起来。

他是白门中学初三的学生，同学听说他要去法国，无不羡慕。20世纪80年代初，丽岙乡下孩子的前途十分渺茫，如果高考是独木桥的话，他们面对的就是最细的、通过概率最低的那一根。对他们来说，考上大学的可能性犹如没拧紧的水龙头，不知隔多久才会滴下一滴。你对它不抱希望，又没有别的指望；你对它抱有希望，天晓得水滴什么时候滴下，会不会滴到你的头上。

出国在这些孩子的心里燃起新的希望，如果海外亲戚发出邀请，办理探亲签证或旅游签证就可以出去。不过，"亲戚有远近，朋友有厚薄"，有的能得到邀请，有的得不到邀请；国情也有不同，有的国家好签，有的国家难签，有的国家不给你签。

黄品松在瑞安、温州侨界颇具知名度和影响力。他是丽岙叶宅村人，姑夫是浙江侨界知名人士——杨岩生。杨岩生旅法22年，1958年回国，是全国人大代表、温州市侨联主席、丽岙镇首届侨联主席。黄品松是温州华侨中学的首届学生，他的同学、校友有的是归侨，有的是华二代，有从法国、意大利、荷兰回来的，也有从德国回来的。

黄品松读过高中，而且还是名校，不出意外的话考重点大学应该没什么悬念。温州市第四中学创办于1925年，是省一级重点高中，著名版画家林夫、全国新闻界泰斗赵超构、中国工程院院士张超然、"中国铀矿之父"南延宗，还有作家叶永烈等都是他的校友。

黄品松书读得好，还是团支委和班主席（班长），有远大的抱负和追求。可是，高二下学期时，国家号召家在农村的学生回乡参加农业生产劳动，他是团干部要起带头作用，所以就放弃学业，回乡当了农民。

听说黄品松回乡了，丽岙公社、税务局等单位和中小学都找上门来，让他去工作。他一一谢绝了。他的父母有五个孩子，四个女儿，只有他这么一个儿子。为了让全家人不饿肚子，他跑到山上，开垦了一块又一块的山地，种了一片又一片的地瓜。1965年，丽岙信用社主任到黄品松家动员了四次，后来在父亲的劝说下，黄品松才走出那一片片地瓜地，去信用社上班。

丽岙是侨乡，五六十年代有些老华侨叶落归根，他们的养老金是国外汇来的外汇。当时中国外汇匮乏，一个小小的乡镇信用社居然有外汇存储，不得了，震惊了浙江金融系统。在一次浙江省金融系统工作大会上，黄品松介绍完经验后，一位领导上台拍了拍他的肩膀，号召全省金融系统到丽岙信用社参观取经。

没过多久，黄品松被调到中国人民银行瑞安支行任侨汇储蓄科科长。侨汇储蓄科的储户是华侨或侨眷，他给储户送汇款通知书，送汇款，送华侨券，挨家挨户地跑。瑞安县西北部有两个山区，一是湖岭，与青田、文成两县接壤，极为偏僻，但侨眷颇多；二是枫岭，贫穷落后，山民居住分散。1932年就有枫岭山民到意大利、法国、荷兰、日本讨生活。山区不通公路，黄品松就步行，到湖岭要走4个小时，到枫岭要走5个小时。山道弯弯，坎坷崎岖，黄品松却坚持把汇款、侨汇券送到华侨和侨眷手里。两个山区的华侨和侨眷渐渐都认识了黄科长，有的还跟他成了朋友。再后来，黄品松从全县各乡镇以及各村聘请侨汇联络员。他每年召开两次全县侨汇联络员会议，请他们吃顿饭，联络联络感情，激发他们的积极性。这办法很管用，尤其在80年代。

瑞安陶山有位旅日老华侨患了肝癌，带着在日本出生的女儿回到瑞安。他在日本赚了不少钱，想给他的三儿一女每人建一幢三层楼房。回来后，他的病情恶化，住进了温州第一人民医院。温州的几家银行听说老华侨随身携带很多日元，纷纷去做工作，劝他在自己的银行兑换。

黄品松也去看望老华侨,他说:"你把外汇带回来对国家有贡献,对温州有贡献,对我们瑞安也有贡献。你是瑞安人,如果你的外币在瑞安银行汇兑了,外汇留成就给了瑞安,我们可以用来建设瑞安。"

在黄品松的不懈努力下,老华侨在中国人民银行瑞安支行汇兑了10万多元人民币。他的三儿一女数了一上午的侨汇券,哎呀,高兴得不得了。那是1978年,10万元钱是一笔巨款,相当于现在的千万元。

黄品松升任中国银行瑞安支行行长时才40岁,是系统中很年轻的行长。

一个月前,黄品松领着儿子黄学铭去了北京。这时黄学铭才真切地体会到什么叫遥远,什么叫千里迢迢。父子俩在温州上了长途客车,破旧的客车像老牛拉磨似的在盘山道上颠簸着,绕来绕去。旅客睡了一觉又一觉,醒来喊一嗓子:"师傅,快了吧?"

"早呢。"

终于到了金华,换乘绿皮火车去杭州,杭州到北京还是绿皮火车,"咣当咣当"一会儿一站,一站一停,人都"咣当"晕了,北京还没到。那离巴黎还有多远?黄学铭初中学过地理,算起来不难。

"我爱北京天安门,天安门上太阳升……"这是那一代孩子刻骨铭心的歌,他们打小就唱,从幼儿园唱到小学,接着又唱到中学。"北京,我来了!"北京跟丽岙是两个世界:高楼林立,车水马龙,人来人往,熙熙攘攘。黄学铭开心极了,东玩玩,西玩玩,北京可太好了,满眼新奇,都是丽岙没见到过的。

黄品松从北京又跑回杭州,先前为儿子申请的旅游目的地是法国,到了北京才知道签法国旅游签证几乎没有可能,他又回到杭州帮黄学铭办好P国旅游签证。

"你到法国要乖乖地读书，无论怎样都要学好法语。"父亲最后跟儿子说。

这句话，黄学铭铭记在心，一辈子都没忘。他意识到自己要独立了，心里五味杂陈，不知是对父亲的不舍，还是对旅途的不安，抑或是对那个陌生国度的忧惧。

二

黄学铭要去法国，父亲黄品松为什么要给他办 P 国的签证？

中华人民共和国成立后，由于国内外政治、经济形势发生了重大的变化，在很长一段时间内，国家对归侨、侨眷的出国审批比较严格，因此出国人数不是很多。从 1949 年至 1978 年近 30 年间，全国范围内共批准公民因私出国 21 万人次，平均每年 0.7 万人次。[①]《温州华侨史》记载："1950—1978 年，经批准，以合法途径出国的人员中，文成县有462 人，瑞安市丽岙镇有 209 人，永嘉县七都乡有 928 人。"

1978 年，国务院批准执行《关于放宽和改进归侨、侨眷出境审批的意见》，规定凡申请理由正当，前往国家允许入境，均可予以批准。[②]1978 年 12 月，党的十一届三中全会召开，做出改革开放的历史性决策，出台了一系列侨务政策，放宽了对公民的出入境限制。

有人发现法国的旅游签证很难签，但欧洲有些国家或非洲国家的签证相对容易，可以办第三国的旅游签证，订购从北京到巴黎、巴黎

①郑乐静.温州人在日本：温籍华侨华人口述历史［M］.杭州：浙江大学出版社，2017：10.
②浙江省文成县外事侨务办公室.文成华侨志［M］.北京：中国华侨出版社，2002：10.

到第三国的机票。中国飞往巴黎的航班每周一班,到巴黎后,如有两三天的候机时间,就可以出巴黎机场。

丽岙下呈村一名郑姓农民和青田一名慕姓农民,从北京飞到巴黎后,没有飞往旅游目的地,走出了巴黎戴高乐机场。他们的叔叔、姑姑、舅舅或堂兄弟旅法多年,帮他们找份在餐馆刷盘子、在衣工厂缝衣服,或在皮件厂缝制皮包的活儿不难。

郑姓农民成功后,把这一线路告诉亲朋好友,很快亲朋好友的亲朋好友,亲朋好友的亲朋好友的亲朋好友都知道了。北京首都国际机场飞往巴黎的登机口出现了一拨又一拨说着温州话的农民,他们有的小学没毕业,有的不识字,不要说法语、意大利语、荷兰语,连普通话也不会说。他们像大海中的鲱鱼一拨又一拨地游入法国、意大利、荷兰等国家。

黄品松在侨界的朋友多如牛毛,哪怕有人打个喷嚏,他也会很快知道。有人持其他国家的旅游签证去了法国,他怎么能不知?何况其中还有一名丽岙人。黄品松聪明过人,有远见卓识,也很务实,意识到这是一个特别难得的机会。机会犹如门缝,不可能永远开着,说不定哪阵风儿就会把门刮上。

黄品松让初中没毕业的儿子辍学出国,不想让儿子圆自己的大学梦吗?

1977年恢复高考时,黄品松已离开温州第四中学16年,成为银行侨汇储蓄科科长、邱松妹的丈夫、四个孩子的父亲,中学时代的大学梦像一片云飘远了,回不来了。他唯一能做到的就是让4个孩子好好读书,考上大学,这也是被时代耽误的父母,以及千千万万家在农村的父母的梦想。

"我家里还很困难，有11口人，我的父亲退休金才35块钱，我那时候当行长每月也才58块钱。家里的生活还是很困难的，因为这样，我才决心叫我的儿子出国。这是我唯一的遗憾啊，为了减轻家庭负担，减轻我的负担，我没有让我的儿子、女儿读很多书，让他们十四五岁就去做工，让他们在法国做那些脏活、累活、苦活。我到现在都很内疚。后来，我对我的儿子说，要给孩子读书。我的孙子、孙女都读了大学，有的还是硕士毕业。"黄品松后来说。

黄品松不能出国，倒不是舍不得行长的职位，而是他走了，家里没了依靠。那么，让谁出去呢？他有两儿两女，长子黄学铭是唯一的选择。

"我是在丽岙读的书，刚读书时总跟老师对着干。在五年级之前，我的成绩还不错。那时升初中是不用考的，读初二时要考了，我的学习成绩是好的，非常骄傲，可是丽岙中学考高中，没有一个人考上瑞安中学，只能读塘下高中。我不想上塘下高中，我爸爸就把我转到了白门中学。白门中学的学生成绩都非常好，我跟不上。我爸爸在学业上对我要求很严格，当时那种参考书，我们老师买不到，我爸爸听说了，就从杭州买回来给我学。我却没有看，给了老师。现在想起来后悔极了，小时候没听我爸爸的话，没有好好读书。"黄学铭回忆道。

看来不是黄品松不想让黄学铭读书，即便让儿子读下去也没有希望考上重点高中——瑞安中学。考不上瑞安中学，就没什么希望考大学。他那时一定是失望过、痛苦过、无奈过的，最后想，与其让黄学铭读下去还不如出国闯一闯，也许能闯出一片新天地。

飞机在巴黎戴高乐机场平稳降落。黄学铭下了飞机，随人流往外走，还没出机场就见到前来接机的舅公，那颗悬了十来个小时的心终于回落了，归位了。舅公旅法很多年，在巴黎机场可以自由往来。黄学铭跟着舅公若无其事地出了机场。

持旅游签证出去的丽岙人很多，数不胜数。张朝斌是持荷兰的旅游签证出去的，他在法国也有一个舅公——任岩松。他飞到荷兰阿姆斯特丹后，在法国的叔叔赶过去，把他接到巴黎。几天后，另一个亲戚跑了一趟阿姆斯特丹，把张朝斌的妻子接到巴黎。

戴国荣夫妇也是持第三国的旅游签证去法国的，早张朝斌三年。1985年，戴国荣的连襟通过比利时的亲戚帮他办了旅游签证。7月，他和几个丽岙人，从杭州飞到比利时的布鲁塞尔。到布鲁塞尔后，他先在"沼泽上的住所"①旅游两天。那里有法国作家维克多·雨果眼里世界上最美的广场——布鲁塞尔大广场，马克思和恩格斯在那写下《共产党宣言》，那里还有众所周知的"撒尿小男孩"——小于廉的雕像。

▲1985年，刚到巴黎的戴国荣在埃菲尔铁塔前

---

① 布鲁塞尔意为"沼泽上的住所"。

戴国荣的连襟开车跨越塞纳河，穿越一片片可以望到天际线的田野，把戴国荣接到巴黎。10月，连襟又开车到阿姆斯特丹接回戴国荣的妻子和他的两个女儿，一个女儿两岁，另一个还在妈妈腹内——已经六七个月。

王云弟和妻子比张朝斌早一年到法国。在这些人中，王云弟最有经济实力。他们是直飞巴黎的。

陈时达比他们出去得晚。

"我太太没有文化，不认识字，（在法国）发展得也不好，一个人在外面辛苦，亲戚就叫我出去。"陈时达说。

丽岙的第二次出国潮与第一次最大的不同是女人的出国热情远远高于男人。丽岙的女人洒脱，不仅想得到，说得到，也做得到。有许多家庭都是女人先出去，也可以说是她们把整个家带到了国外。陈时达的妻子是1990年去的法国。

陈时达出国前，他们夫妻算过一笔账。温州人很有经济头脑，擅长算账，不论多么复杂的问题，算算账就一清二楚了。妻子说，她在法国缝衣服每月的工钱相当于4000多元人民币，一年就是48000多元。陈时达当主任的月薪是86元，加各种补贴是190元，一年是2280元。他的年收入还不如她半个月的收入。

账算清了，她腰板硬了，有了话语权，说了一句祈使句："你要出国！"

经济基础决定上层建筑。当男人赚的还不到老婆的4.8%，英雄气短。陈时达要出国，不但要挣钱，也要争回面子。

与众不同的是，陈时达临行摆了七桌酒席，跟亲朋好友告别，跟丽岙告别。这在丽岙是极其少见的，绝大多数是"悄悄的我走了"，少

数是只告知亲友。陈时达不同，他人
生的前半场活得体面，初中毕业后当
过生产队长、乡委副书记，走也要体
面。明知"黄鹤一去不复返"，不可
能再回来任职了，他仍按组织程序跟
行里请了半年假，理由是去法国看望
妻子。

"我是1993年1月出去的。我朋
友的太太姓陈，和我同姓，他就把
我当作他的舅子，办的是去荷兰的
旅游签证。我从北京坐飞机直接到

▲陈时达初到法国与妻子团聚

德国，那个时候没有直接到荷兰的航班，要从德国转机到荷兰，再从
荷兰坐火车到巴黎。"陈时达说。

三

刘若进是以另一种方式去法国的。

在20世纪80年代，大学生是天之骄子，能考上大学不是不容易，
而是非常不容易。根据资料记载，1980年参加高考的人数为333万，录
取28万人，录取率仅8.4%。

这28万幸运儿中，有个名叫"刘跃进"的考生，年仅16岁。

还有一个多学期就大学毕业了，"刘跃进"却辍学去了法国。老师
很生气，恨铁不成钢，在"刘跃进"的档案里写下："1982年，未向学
校申请，擅自出国。"

这个"刘跃进"就是刘若进。在瑞安县仙岩镇穗丰村刘氏家族中，他为"若"字辈。在瑞安话中，"若"与"跃"发音相似。老师可能压根就没想这个孩子会不会叫"刘若进"，直接写下了"刘跃进"。刘跃进，这是多么响亮的名字，多么富有时代感的名字。农村孩子嘛，对怎么称呼不怎么在意，老师让"跃进"那就跃进好了。

刘若进从小学"跃进"到中学，从中学"跃进"到温州师范专科学校数学专科1班。刘跃进成了家喻户晓的名字，可见老师是多么富有远见。

1982年的一天，父亲到学校找刘若进："孩子，你的签证拿到了，马上去法国。"

"爸爸，我还差半年就毕业了，你得等半年，我毕业了再走。"

"半年后签证就会过期，过期就走不成了。不行，你得马上走！"父亲见刘若进不想走，"不是你要去法国的吗？我帮你办好了，你还不听话？"

"我得跟学校说一下。"

父亲却不容分说就把他从学校拉走了。在刘若进的眼里，父亲是很厉害的人，厉害得让他五体投地，敬佩不已。读初中时，刘若进没好好读。一天，在外养蜂的哥哥给家里发了个电报，说养蜂人手不够，让刘若进过去帮忙。电报是刘若进收到的，他一看就乐了，长这么大还没出过瑞安，没坐过火车呢，要是能跟哥哥养蜂，就可以坐着火车满世界跑了。

他把电报交给父亲，说："爸爸，让我去吧。"

父亲收起电报："不急，我得去问问老师。"

父亲说罢就去找班主任，问："刘若进的基础怎么样？"

"你儿子的学习成绩在全班排在前四名,有前途的。"

父亲一听,什么话也没说就回来了。

"老师讲了,你还可以念书,别的不要想了。"父亲对刘若进说。

那时还没恢复高考,读书好没有什么出路。可是,父亲却做出这个决定。

刘若进是家里最小的孩子,往往得宠。他贪玩是贪玩,不过挺乖,听话,父亲说读下去,那就读下去。

班主任很有眼力。刘若进初中毕业时,整个仙岩镇只有4名学生考上重点高中,其中就有"刘跃进";两年后,高中毕业时,从农村招生的2个班仅有8名学生考上大学,其中也有"刘跃进"。

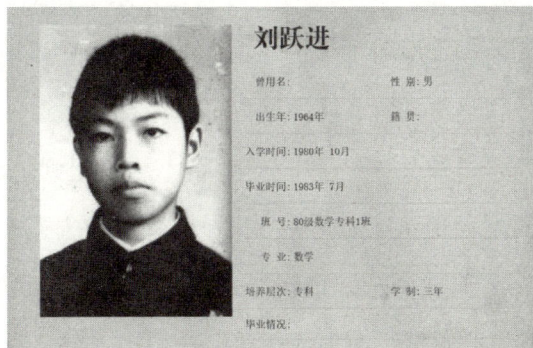

▲大学期间的刘跃进

刘若进是家里的第一个大学生,他却就这样放弃了学籍,离开了学校,同时也从"刘跃进"回归刘若进。

这缘起于他的姑姑回国探亲。姑姑嫁给了一位老华侨的儿子,定居在法国。听说姑姑回来了,侄子侄女一大群拥了过去。姑姑拿出很多好吃的招待他们。作为大学生的刘若进更关心的是法国。周围的人都说法国怎么好怎么好,可到底好在哪里呢?他想弄清楚。

"法国有私家车吗？能自己开车吗？"

刘若进读大学前只见过轮船。塘河上时有轮船经过，穗丰的河水有点儿浅，轮船经过时要在那儿打弯，掉转船头去瑞安。船打弯的声音很响，方圆几里都能听见。小时候，一听到船打弯的声音，刘若进就会从家里跑出去看。

"有啊，法国人都自己开车。"姑姑不以为意地说。

"你把我带到法国吧，我喜欢开车。"

刘若进这么一句话，家人当真了。舅舅到法国后，申请家庭团聚移民时，在"子女"一栏多填了两个孩子，一是刘若进，二是刘若申。刘若申是刘若进的堂兄，人极其聪明，也极其稳重。

刘若进是跟着舅舅一家移民的。为此，父亲不让刘若进跟学校讲，怕节外生枝。父亲郑重地对他说："你肩负着我们一家人的希望，你要是能在法国扎下根，我们全家就都过去了。"

几天后，刘若进被父亲"押"上轮船。从温州到上海走水路最便捷，他们乘坐的是"民主十八号"①。刘若进以前去码头看过这艘船。这是他平生第一次乘坐轮船，很新奇，也很兴奋。在这之前，他去过最远的地方是温州的永嘉，在那儿爬了一次山。

这一趟实在太值了，不仅坐了轮船，到上海后还坐了火车。火车留给他最深刻的记忆是车上卖的鸡腿很好吃。到北京后，父亲还带他去吃了一顿涮羊肉。没想到世上还有这么好吃的东西，他难以忘怀。后来到北京，每次在法国大使馆工作过的朋友问他想吃点什么，他都

---

①2019年5月19日《温州日报》记载："1958年4月17日19时许，瓯江上驶来了新中国成立后第一艘从上海来温州的客轮。'民主四号'轮，能装载上百人，航行时间24小时。"后来又先后有"民主十八号""民主十九号"等3000吨级新客轮投入运营。

会说："你带我去吃涮羊肉吧。"不过每次都让他失望，他再也没吃过那么好吃的涮羊肉。

刘若进和父亲吃过那顿涮羊肉后，就跟着舅妈、表姐、表弟、表妹，还有后来成为著名侨领的堂兄刘若申坐飞机去了法国。办理行李托运时，刘若进的行李超重。他打开行李箱，把带的书一本本拿出来，放进随身携带的包里。过海关时，怕超重带不过去，他又把书从包里拿出来，夹在两腋之下。为此，表姐、表弟都笑他是书呆子。

四

在十兄弟中，吴时敏是第三个出国的。刘林春排在第四或第五，也许第六。

"我们丽岙的老华侨大概占10%，80年代出去的大约占20%，剩下的70%多是90年代才出去的。"一位旅居意大利的侨领这样估算。

"1990年丽岙出国的人还不是很多，高峰在1992年后，直到2000年。"吴时敏说。

吴时敏是1990年3月出去的。十兄弟大都是在高峰期出去的，从1993年到1996年。到1996年，十兄弟都出国了，三个去了意大利，七个去了法国，没有实现当年榕树下的愿望——相聚于巴黎。在法国的七兄弟也没在巴黎聚齐过，初到巴黎都为了生存疲于奔命，夜以继日地忙碌着。不过，兄弟们可以共同呼吸巴黎的空气，感受巴黎的冷暖，可以看到同座城市的车水马龙：或许一辆车在吴时敏眼前驶过，没多久就进入刘林春或其他兄弟的视野；或许有兄弟刚经过第三区或第四区，其他兄弟也就从那儿路过。

吴时敏出国时，早他两三年出国的丽岙人已赚到钱，往家里汇款了。黄学铭满20岁时，考出了驾照，买了一辆宝马。他和几个小兄弟都特别兴奋，开车在巴黎凯旋门转了一圈。

▲吴时敏（左三）初到法国时与十兄弟中的大哥杨忠銮（右二）及同村几个兄弟相聚

黄品松觉得，黄学铭他们的运气真好，靠改革开放政策走出去，到法国后，又赶上了法国总统密特朗的大赦，幸运地拿到居留证。去意大利、西班牙和葡萄牙的温州人也很幸运，也都拿到了合法身份。

这些幸运的人让人羡慕、让人嫉妒、让人眼红，他们赚到了钱，还给家人及亲戚朋友的孩子办了家庭团聚移民，他们的孩子像程国华似的告别了丽岙，乘着白鹭似的飞机出了国，飞抵法国、意大利等国家。

有些事看似一步之遥，却有着天差地别。有人早就知道持旅游签证能去法国、意大利、荷兰，或许缺少勇气和魄力，或许顾虑过多——家里孩子小、父母年纪大、地没人种，或许老婆怕老公像三四十年代出国的前辈那样，到了海外跟外国女人同居，生了孩子，不回来了，或领回几个深眼窝、高鼻梁、黄头发的孩子。

没过多久，那些有充分理由不走的丽岙人，突然发现前后左右的邻居，隔壁下呈、茶堂、任宅、叶宅、河头、后东村有钱的没钱的、识字的不识字的走了一拨又一拨。丽岙的街上年轻的、熟悉的人越来越少了。他们睡不着觉了，想着那些认识的人已登陆遍地黄金的法国、意大利、荷兰，法郎、里拉、荷兰盾多得像塞纳河水似的，直往腰包里边灌，不由得坐立不安、心急火燎起来。于是，他们猛地坐起来："得出去，已经晚了，不能再晚了。"

可是，旅游签证越来越难办了，没搭上的末班车已失去了踪影。没抓住"机会"、没"幸运"过的丽岙人，这次说什么也不能犹豫了，哪怕债台高筑，哪怕倾家荡产，哪怕路途上风险很大，也要孤注一掷，搏一搏。

"八仙过海，各显其能"，每人根据自己的家底、见识、胆量和魄力来选择出国的时间和路径。在黄品喨兄妹三人中，最先出去的是他的弟弟——1990年去了法国。1991年，黄品喨也出去了，先到香港，又去泰国，在泰国拿到签证，再飞到巴黎。在巴黎戴高乐机场，他与接机的弟弟相聚。黄品喨是丽岙王宅村人，比吴时敏小三岁。

刘林春夫妇是"贴着地面"过去的——乘坐火车、步行和爬山。

吴时敏想自己先走，在法国站稳脚跟后，让妻子再过去。妻子说："我过一两年、两三年也得走，反正都是走，还不如夫妻俩一起走，苦就苦在一起。"

吴时敏觉得妻子说的也有道理。但夫妻俩一起走要增加一倍的盘缠，且数目不小。吴时敏的盘缠还不够，求助亲朋好友。

结盟兄弟出国，在丽岙的要送个红包以示祝贺。先出国的送行的多，后出去的送行的少，最后一个出国的没兄弟送行了，不过红包却不会少，在国外的兄弟也是要送的。如出国钱不够，国外的兄弟会帮一把，借些钱给他，有时这个兄弟出一万，那个兄弟出两万，还有出三万的，盘缠就凑够了。

吴时敏给程国华打电话，丽岙打不了国际长途，得去温州打。

"我想去法国，手里的钱不够，你能不能帮我一下？"

在这之前他给程国华写过一封信，信上说："阿华，我要去法国，我们关系最好，又是结拜兄弟，又是同学，你能不能借点钱给我？"

国华回信："可以的，借点钱给你没问题。你有其他亲戚也可以再借点。"

吴时敏知道程国华不当家，这事他还要问过父亲。既然国华答应了，应该没问题。不过，在关键时刻还得敲定一下，这事儿不像别的，马虎不得。

程国华在电话里答应了，说可以借几万块，看来他问过父亲了。

张朝斌也爽快地答应借吴时敏一万块钱。

那时在丽岙的人不是在借钱就是在琢磨怎么借钱，能掏出一两万元的人没多少。陈时达妻子出国的钱也是借来的。

"我正好有个朋友，那是1989年12月，我向他借钱。他问我要多少，我还没说出来，他就说，他家里只有五万块。我开心死了，把钱拿回来。本来我想借一两万，没想到他有那么多。那时候谁家有五万块啊？"回忆起那段经历时，陈时达无限感慨。

吴时敏的盘缠落实了，老婆的盘缠也有了着落。她的堂姐妹在法国，打电话过去借钱，堂姐妹爽快地答应了。吴时敏想，还是在法国好赚钱啊，在丽岙一个月只能赚两三百块钱，到法国能赚六七千、七八千元，夫妻俩干一年就能把债还了，再赚的就是自己的了。

第五章 揣着两本护照去巴黎

法国护照上的名字是"林扬·杰让",中国护照上的是"林加者",他始终牢记自己是中国人。他也有两个名字,中国妈妈和法国妈妈叫他"大年",护照上的名字是"张达义"。

<h1 style="text-align:center">一</h1>

林永迪是1962年1月离开丽岙的。这个有过两任妻子、三儿两女的男人已四十有一，距老年仅半步之遥。据统计，1962年中国男性的平均寿命只有43.5岁[①]。对悲观者来说，41岁意味着大限将至，余日不多。

林永迪不甘心守着河头村的小洋楼、比他小十来岁的老婆和那五个孩子打发余生，他还想多赚些钱，给儿子盖几幢小楼。或许这就是温州人，他们来到这世上不是为了享受，而是要创造财富。在他们看来，连钱都赚不了，活着还有什么意义呢？林永迪、徐伯祥如此，张月富也是如此。这是欧洲人读不懂他们的地方，也是温州人与中国其他地方人的不同之处。

林永迪早有再次出国的念头，不过它像天上的云，刚刚云絮满天，转瞬就碧空如洗了。温州的染坊倒闭，回到乡村种地时，这个念头就在他的心底拱动过。他在法国可以开皮件厂，制作的皮包、皮带、背

---

①源自世界银行数据库。

带就像家乡山上的泉水潺潺流淌，那印有居里夫妇和浓眉大眼埃菲尔的法郎就像溯游的鱼儿游进他的腰包。种地是他的短板，干一会儿就汗流浃背、腰酸背痛，而且干一个月还没有在法国做一条皮带赚得多。

1958年没能跟徐伯祥同行，他很沮丧。这是没办法的事，老婆不同意。徐伯祥寄来包裹后，老婆同意他出国了。丽岙是侨乡，在国外赚到钱的人不少，有人还发了大财。1962年河头村受灾，旅法的河头村人林昌横捐了8000斤大米。他的这一壮举既让当地农民感动，又让他们深信法国是个广阔天地，到那里可以赚到大钱。

那年头想出国的人很多，能出去的极少。林永迪是归国华侨，相对容易些。他是带着婶婶，也就是老华侨林炳贤的妻子、林昌横的母亲走的。他们先到香港，那里是华人进入西方世界的桥头堡，那里有各国领事馆，还有各种不同出国的"路子"……

他们在香港等待了9个月，拿到了意大利旅游签证。他们飞抵意大利，在一天夜里，穿过阿尔卑斯山脉，进入法国境内。他们一行共六人，除林永迪和婶婶之外，还有四个丽岙人。婶婶的一条腿不好，行走比较困难，林永迪一路搀扶着她。

林永迪把在法国赚的第一笔钱汇回了家，家里的日子有所改善。

1964年1月27日，中法分别发表公告：正式建立大使级外交关系。法国成为第一个与中华人民共和国建立外交关系的西方大国，这是中国加强同西欧国家关系的一个重大突破。中法建交的消息被西方称为"外交核爆炸"。

中法建交，戈凡·艾德蒙喜极而泣，儿子离她又近了几步。

如果吉尼斯世界纪录里有"最佳干爹"的话，徐伯祥有望入选。他这位干爹可谓鞠躬尽瘁，恪尽职守。他到巴黎后，千方百计找到了蒙。在巴黎这个有着千万人口的国际大都市里，寻找近十年杳无音信的艾德蒙母女的难度可想而知。

"世上无难事，只怕有心人"，当这个"有心人"出现在艾德蒙面前时，望眼欲穿地等待丈夫和儿子归来的她不知是惊喜还是惊吓，心里闪现的第一个念头恐怕是："让奴和杰让怎么没来，他们怎么了？"徐伯祥望着她，也许不知怎么开口，歉疚、怜悯和不忍排山倒海般压向心头……

背叛与抛弃是对女人最大的伤害，让一个女人白白苦等十来年更是罪大恶极。

"别等了，艾德蒙。让奴早就再婚了，孩子都生四个了，他不会回来了。"徐伯祥狠狠心说。

对艾德蒙来说，这一消息无疑是颗炸弹，比"让奴死了"的打击更为惨痛。她瞪着那对海蓝色的眼睛蒙了，彻底地蒙了。

"让奴让我先走，在法国等他……"

她的眸子里蓄满泪水，放射出愤怒的目光。如果对面坐着让奴，她也许会扑上去，杀掉他都不解恨。那个温和的、从不跟她吵架的让奴，那个答应她安抚好老爹就带儿子到法国跟她团聚的让奴，那个作为她两个孩子父亲的让奴竟骗了她，让她从21岁等到31岁。十年间，她吃了多少苦，遭了多少罪，有谁知晓？这十年有多少男人追求过她，她都拒绝了，让奴知道吗？

"我的儿子，我的杰让好吗？"沉默许久，艾德蒙的目光柔和些许。

"杰让太苦啦，只读了两年书，还不到10岁就下田干活儿了。他家七口人，让奴又不大会干农活，挣不了几个工分。"

"那怎么办，那怎么办？我该怎么办？"

这番话犹如又一把刀子，扎在艾德蒙的心上，她的泪水又涌出来。

"怎么办？想办法把他弄到法国，越快越好，别让孩子吃苦受罪了。"

几天后，艾德蒙去了巴黎警察局："我是戈凡·艾德蒙，我和中国丈夫生了一个男孩，被他带到了中国。我现在要把儿子带回法国！"

"他是在巴黎出生的？"

"在第十二区，他有法国国籍。"

查到了，1946年4月8日，戈凡·艾德蒙的确在巴黎生了一个男婴，取名：林扬·杰让。

艾德蒙看到户籍记录时哭了。母亲的泪水可以征服天下所有具有怜悯之心的人。1963年，巴黎警察局给林扬·杰让办理了护照，并将护照寄至法国驻香港领事馆。护照由香港转寄至温州地区公安局，又转到温州地区侨办。

收到贴有自己照片的法国护照，林加者喜上眉梢，离妈妈越来越近，心情更加急迫了。侨办的人说："你有了法国护照，也不能去法国。你有中国户口，你还是中国公民，需要按中国的出入境管理有关规定办理手续，等拿到中国护照后，你就可以走了。"

在这个家里，除后母之外，林加者与同父异母的弟弟妹妹相处得很好，或许他在他们眼里已是大人了，他的话他们还是要听的。不过，天还没亮，他就扛着农具下田，此时弟弟妹妹们还没起床；晚上，他从田间地头回来已累得筋疲力尽，吃完饭，洗洗脚就一头扎进梦乡，弟弟妹妹们还在各自的房间写作业，他们能有多少时间在一起呢？

父亲的汇款像温柔而强劲的春风吹散家里的窘迫。

"我父亲寄钱过来，粮食不够吃也没关系，后母有钱可以去买。但她就做一锅饭，我弟弟、妹妹中午11点钟放学，我们种田人10点钟吃中饭。我吃的是什么？是过夜的粥，或者地瓜小米粥，已经酸了；还有头一天吃剩的菜，长毛发霉了，我就吃这个。我的伯母都看到了，但她有什么办法？后母就这样对待我。她做好饭在房间里面吃。"林加者多年后想起往事，仍历历在目。

有了法国护照，妈妈就不再是虚无缥缈的幻想，成为真实的存在。每天清晨，妈妈的爱都会随着太阳升起，照亮他的心，暖意融融；晚上睡觉前，他的心里会有所期盼，明天太阳还会升起，每升起一次，他跟妈妈就近了一天。

林加者要求出国探亲那年，张达义也在申请。他们同生于巴黎，都有一个中国生父、一个欧洲生母。相比之下，林加者比张达义多一个后母和4个弟妹；张达义比林加者多一个养父、2个养母和一个如父的兄长。林加者像一株缺少阳光雨露的玉米秸，瘦瘦弱弱，身高仅1.6米；张达义却像一株在充沛的阳光下、从肥沃土地上蹿起来的小白杨，身高1.85米。

张达义的出国理由也充分：赴荷兰与父亲和兄长团聚。

1963年初，阿爸为哥哥张荫旺申请的家人团聚移民获得荷兰政府批准。

农历二月初二，龙抬头的日子，哥哥告别妈妈、嫂子和孩子，跟9名获准出国的温州人离开家乡。张达义把哥哥送到了上海。途经杭州时，浙江省委领导在华侨饭店设宴为哥哥他们送行。

"我也想出国，可以吗？"张达义问部长。

他从小就跟阿爸到外边开会，见过世面，面对领导都不打怵。

"可以啊。"部长说。

既然省委统战部部长都说可以了，那肯定行。回来后，他到瑞安县侨务办公室递交了出国申请。

凭着那张与众不同的面孔，他走到哪儿都会给人留下深刻的印象，县里许多人都知道丽岙有个混血儿，叫张达义，是归国华侨。侨办的人跟他就更熟了，看了看他的申请，很实在地说："达义啊，说实话，你父亲不想让你出国。"

他有点发蒙，哥哥都出去了，他为什么就不能出去呢？

"你父亲想让你在瑞安找份工作，结婚生子之后再出去。我看你还是找份工作吧。"

"找工作？上哪找工作？"

他已17岁，已订了婚，跟未婚妻情投意合，爱得死去活来。要是有份工作，也就不急于出国了，可是眼下不是没找到工作吗？

他初中毕业时正赶上国家精减城镇吃供应粮的人口和机关、企事业单位职工。原来有工作的人都没了工作，下放到农村种田，怎么可能给农村户口的他安排工作呢？没工作婚也就难结了，一个大男人，连自己都养活不了，遑论结婚生子。这搞得他像没头苍蝇一样，不知道怎么办好，妈妈也没少着急上火。

侨办的人给张达义出了个主意，让他给国家华侨事务委员会书记方方写一封信。

张达义跟方方主任有一面之缘。那是四年前，方方书记到华侨陶瓷厂视察，也许他认识张月富，也许听说张月富领回一个混血儿，方方想见见张达义。

"你在中国生活得好吗，适应吗？"方方笑容可掬地问。

"别的都很好，就是吃不饱饭。"张达义，不，那时候还叫张大年，想啥说啥。

他说的是丽岙版温州话。方方是位老革命，几十年走南闯北，担任过闽粤赣边区省委书记和中央统战部副部长，偏偏听不懂温州话。有人把张达义的话翻译给了方方。方方和蔼可亲地跟张达义聊了好一会儿。

张达义回家后，给方方写了一封信，讲述了自己的近况和遇到的困难。

两三个月后，张达义接到通知，让他去一趟县侨办。

"达义啊，工作已给你解决了，是省里劳动局直接批下来的。"侨办主任高兴地说。

"去哪里？"张达义惊喜地问。

"去华侨陶瓷厂啊，你是归侨。"在丽岙，陶瓷厂算不错的单位。哥哥在那儿当过厂长，厂里的人上上下下他都认识，对厂里的情况也了如指掌。当下陶瓷厂正在精减，有人被精减后哭天抹泪回农村了。这种情况下他居然进了陶瓷厂。

"太好了，是不是正式工？"

"是的。"

临时工也许干一两个月、三五个月就被打发回家了，没什么意思。张达义喜出望外，蹦蹦跳跳着回家了。

1963年，可以说是张达义的大年，他有了正式工作，还娶了老婆，就是户口没有农转非，还在下呈村，当时还是丽岙人民公社下呈生产大队，口粮按生产队的收成分配，多收多分，少收少分。不过，有了固定工作，等于端上"铁饭碗"，生产队那边多收一斗、少收一斗对张达义影响不大。

二

林加者是 1964 年 10 月 24 日离开河头村的。

他穿着一身簇新的衣服，也许是蓝色的，也许是黑色的，也许是灰色的，那个年代男性的服装就这么三种颜色。据林加者回忆，上衣有四个兜儿，是中山装还是制服，他也说不清了。倘若说喜上眉梢的话，他的眉梢似乎还得下坠点儿，不敢扬起来。他心里是欢畅的，像道旁的洪殿河，河面平静，河水却悄悄流动，也许过不了三五个小时，整整一河水就不是原来的了，而是换了一河新水。

河头村那个家让林加者感到压抑，现在好了，终于要离开了，再不回来了。可是，他哪敢流露这一感受，哪敢表露出这种翻身的感觉？

林加者像一只被赶往鲜嫩草原的小羊，心里偷偷乐着，还要表现出对眼前这片荒芜土地的眷恋。他跟在后母身边，被弟弟妹妹簇拥着。

"你的护照到了。"一天傍晚，后母对他说。

他刚从地里回来，听到这话，心里像有一股欢快的溪水流过，却不敢溢于言表。他觑一眼后母，没有吱声。

"你不许跟别人讲出国的事。"她严厉地说。

为什么？这又不是什么丢人的事儿，再说怎么也得跟亲友告别吧。话如鲠在喉，却咽了回去。

"你要是说的话，我就把你的护照撕了！"

林加者瞪大眼睛看向后母，意识到这是不可挑战的，她是做得出来的。她若真把护照撕了，你奈她何？想到这儿，他也许有种心被拿捏住的窒息感，只好低眉顺眼地耷拉着脑袋。这不符合他的性格，可是没有办法，他太渴望离开这个家，去法国见妈妈了。

▲林加者的中国护照

第二天，林加者该下田下田，该放牛放牛。遇到伯伯和叔叔、伯母和婶婶，还有一起跟队长挣工分的小伙伴，他都没敢提这事儿。

9月22日，他接到温州市侨办通知，温州到金华的长途汽车票和金华到广州的火车票都已为他买好，让他24日赶到温州，乘坐25日的长途汽车离开温州。

23日晚，他悄悄地跑到伯伯和叔叔家告别：

"伯伯、伯母，明天我要走了。"

"叔叔、婶婶，明天我要走了。"

"好啊，好啊，到了法国，你就见到妈妈和妹妹了。"

父亲三兄弟都住在一起，那两幢小楼是父亲建的。伯伯和叔叔都知道他家的情况，或许怕给他找麻烦，或许不想自讨没趣，没为他送行。

弟弟妹妹送他到下呈村码头就去上学了，他突然有点失落，别人出远门都是亲朋好友一大群人相送，船开动时亲友还在岸上挥手，甚至抹眼泪，喊出最后的叮嘱，他却是孤零零的，岸上什么人也没有。这是出国啊，这一走不知什么时候回来，能不能回来，也不知有没有缘分与他们再见。也许他有点儿后悔，没好好看一眼住过的房子、放过的牛，以及那个村子。

母子默然上船，顺河而去。林加者望着没有什么印象的两岸风光，想不起当年跟父母去温州的情景。在他的记忆里，自己去过的最远的地方是瑞安县城，距家18公里。

在小南门码头，母子下船。15年前，父亲在这附近开印染房时，他在这里住过。这些都是父亲说的，他的记忆却是一片空白。

温州市侨办把他们母子安顿在华侨饭店。晚上，他们请他吃饭，为他送行。那是他离开温州前吃的最后一顿晚餐，菜记不得了，只记得饭是白米饭。席间，侨办领导语重心长地对他说："你现在有两本护照啦，一本是中国的，一本是法国的。你虽然没生在新中国，但长在红旗下，不论走到哪里都要记住自己是个中国人，希望你在法国仍然保持我们中国人的本色。"

"知道，知道。"

这些话，他记住了，一辈子没忘。

第二天早晨，后母把他送到温州长途客运站。临别前，母子相视无言。他拎着小布袋进站，后母转身回家。去香港中途要转车，还要过海关，侨办的人想得很周到，知道他没出过远门，帮他找了一位回法国的华侨同行。

林加者拎着小布袋，乘坐长途汽车到了金华，再从金华转火车到广州。布袋里有两个苹果和些许干粮，却没有钱。每逢火车经停大站，旅客纷纷下车购买食品，他只能默默地看着。

干粮吃完了怎么办？

"饿就饿一顿，我也习惯了，有时后母不给我吃的，我就饿肚皮，饿一餐两餐都有啊。"林加者接受采访时说道。

林加者拎着空空的小布袋到了香港，住进父亲朋友的家。

在香港登机时，林加者多了个小皮箱，是父亲的朋友托他带到法国的，这是他唯一的随身行李。他身上多了件羊毛衫，是父亲的朋友送的。已进入11月，无论是香港还是巴黎都将进入冬季。

飞机起飞了，林加者望着舷窗外边的东方之珠——香港，还有南海那一片海水。机票是妈妈提前买好的，这要花很多钱。空姐送餐了，是西餐。他要了一份。怎么吃呢？奶油、果酱怎么抹？刀叉怎么用？他看了看邻座，知道了。面包很好吃，松软可口。怎么有只空杯，干什么用呢？他不知道。过了一会儿，见空姐给邻座倒杯黑乎乎的液体，他想那可能是丽岙人喝的红糖水，甜甜的，好喝。他举起杯子，空姐也给他倒了一杯。他见邻座从餐盒翻出一只小纸袋，撕开，倒进了杯子，用调羹搅一搅，喝了一口，闭上眼睛，眉毛扬起来，很享受的样子。他如法炮制，喝了一大口，眉毛没来得及扬起就发现味道不对，急忙吐出来。这是什么鬼东西？好苦啊！他后来才知道这东西叫咖啡。也许第一次喝咖啡带给他不快，到巴黎后有相当长一段时间他都拒绝喝咖啡，不得不喝时就多加些牛奶和白砂糖。

那是一架小飞机，像只鸽子似的飞不平稳。飞机经停印度、巴基斯坦、意大利等五六个国家后，才会飞抵巴黎。林加者只盼快点到巴黎，妈妈和妹妹会来接机吗？肯定会。妈妈长什么样子呢？他的思念是模糊的。

三

　　林加者到法国 15 年后，张达义才拿到护照。当张达义到巴黎时，林加者已结婚生女。

　　不过，张达义比林加者结婚还早，他出国时已有两子一女，大儿子 14 岁，小儿子 7 岁，女儿 12 岁。

　　阿爸一年前去世了，他是 1970 年告老还乡的。阿爸出国后回来过三次，第一次是 1966 年，张达义赶到北京去接他。父子入住北京华侨饭店，那个晚上阿爸特别高兴，拎着一瓶法国红酒来到儿子的房间。父子俩喝酒聊天，好不惬意。让张达义感动的是阿爸给他带回了录音机、照相机和收音机。

　　阿爸要回来时，他给阿爸写了一封信，说："我的同学有台录音机，可以把说的话录进去，想听的时候再放出来，你方便的话，给我带回一台。我很喜欢拍照，方便的话，给我带回一台照相机。我们村里没有电，如有用电池的收音机给我带回一台。"

　　阿爸在荷兰一家餐馆打工，收入有限。最难的是他不会说荷兰话，对录音机、照相机、收音机还一窍不通。幸运的是，跟阿爸一起打工的一个年轻人会说荷兰话，跟张达义还是温州华侨中学的校友，是他帮忙买的这些东西。

　　1968 年，阿爸又回来过一次，也是张达义去北京接的。

　　1970 年，阿爸告老还乡时，张达义却没去北京接。他被隔离审查了。

阿爸没见到儿子，如坐针毡。这时，哥哥回来了，他已当选为旅荷华人总会会长，受国务院侨办邀请回国参加国庆观礼。省里领导到家看望时，哥哥反映了弟弟的情况。在领导的过问下，张达义终于可以回家了。

阿爸对张达义的一儿一女甚为喜欢，后继有人啦！两年后，张达义又得一子，阿爸喜出望外。阿爸儿孙绕膝，享受天伦之乐，很是惬意。

农历一九七八年一月二十九日凌晨2点，张达义守在阿爸床前，看着气若游丝的阿爸呼出最后一口气。

"你爸已经走了。"身旁的堂叔说。

张达义不相信，把手指放到阿爸鼻下，没了呼吸。他放声恸哭。

两个星期前，阿爸病倒了，昏迷不醒。张达义从县城请来名医，阿爸被诊断为尿毒症晚期，随时可能去世。张达义从早到晚守候在阿爸的床前。

阿爸对他有两大期望：一是传宗接代，二是养老送终。他都做到了。阿爸走得安详，他和哥哥为阿爸办了隆重的葬礼，安葬在附近的山上，安葬在阿爸23年前修好的坟里。

"部长，我父亲已经走了，我出国的手续怎么还没办下来？"一年后，张达义去找县委统战部部长。

"你不要心急，我给你看样东西。"

部长说着递给他一份文件——《关于放宽和改进归侨、侨眷出境审批的意见》。文件上说，凡申请理由正当，前往国家允许入境均可予以批准。

"给我护照吧。"张达义看完文件，摊开两手，跟部长说。

"你太聪明了，看了文件就跟我要护照？不要这么心急嘛，护照会有的，一定会有的。"

两周后，张达义接到县公安局电话，让他到县里去一趟。他估计护照批下来了。次日清晨5点钟，张达义就跑到公路边等车。他像阿爸似的乐于助人，朋友很多，有开公交车的，有开卡车的。他赶到县公安局时，还不到6点半。

"你来干什么？"张达义下车就遇到县公安局副局长。

"不是你们让我来的吗？"

"哎呀，你来这么早啊，我还没吃早餐呢。"

"没关系，你慢慢来。"

张达义暗喜，看来护照是真的批下来了。

半小时后，公安局上班了，副局长对张达义说："你来吧，你的出国申请批下来了，给你护照。"

张达义拿到护照，那个高兴劲啊，恨不得跳几个高，吼几声。

他兴致勃勃地回到家："妈，我拿到护照了。"

出乎意料的是妈妈不仅没高兴，反而默默地看了他一会儿，掩面而泣。

"妈，你哭什么？"

"你出去不回来，这个家可怎么办哪？"

"哎呀，妈，你看周边那么多人在国外，他们不是经常回来吗？你放心好了，我会把一切安排好的。"

妈妈和张达义一家五口相依为命，哥哥出国后，嫂子和侄女陆续移民到荷兰。张达义想，妻子秀珍和孩子不会马上走，另外家里还有保姆。保姆是温州瓯海区慈湖村人，家里人称她"慈湖姆"。慈湖姆年纪跟妈妈相仿，不过身体不错，人也可靠。她是秀珍生大儿子时请来伺候月子的，妈妈见她为人忠厚老实，又很勤快，就把她留了下来。慈湖姆在慈湖村没什么亲人，她的女儿也嫁人了，她在他们家做了十四五年，就像家人似的。

"你要像你爸爸那样，这个家可怎么过啊？"

在妈妈心里，这或许是一道过不去的坎。他怎么也没想到妈妈会担心自己步阿爸的后尘：出国后丢弃妻子和孩子。

"妈妈，我和我爸不一样。再说，我爸那时是二战，他想回来，买了船票，上了船，可是船到苏伊士运河过不来，只好返回巴黎，这才在法国又成了家。现在和过去不同了，你放心好了。"

"你在外照顾不好自己可怎么办？"

真是可怜天下父母心。

张达义的兴奋仿佛大海退潮，一波比一波弱，渐渐平息了许多。

他想，自己是不是高兴早了点？有护照没签证也出不了国。此前，哥哥先后为他申请过三次赴荷兰定居，荷兰政府都通过了，却都因他的护照没批下来而过期了。看来当务之急是让哥哥再申请一次。他匆匆赶到温州市邮电局拨打国际长途，先找哥哥，再找小侄女，又找小侄女的未婚夫。

四

"大年啊，你哭什么呀？"深夜，睡梦中的张达义被妈妈晃醒。

"我没哭啊。"

"你刚才哭得很伤心啊。"

"哦，我可能做了个梦，没事儿，你睡吧。"

他搪塞过去。妈妈住楼下，他住楼上，看来他的哭声很大，惊动了妈妈。妈妈走后，他回想做过的梦。他梦见跟亲生母亲莱奥卡迪·格兰德相聚了，母子喜极而泣。忽然，母亲不见了，他急得到处寻找，最后找到母亲的坟墓，坟墓已年久失修，荒草萋萋。他忍不住大哭起来。真是"日有所思，夜有所梦"。护照到手后，他想一旦出国了，说不准什么时候回来，得把阿爸的坟墓修葺一下。当年阿爸给自己修坟时，仅修了内室，外边没修，他把阿爸的坟修成温州盛行的椅子坟。白天修坟时，想到了母亲，晚上就梦到了。

5月，侄女来电话说，荷兰政府已批准，只要他到北京荷兰领事馆办一下手续，就可以飞往荷兰了。

终于可以出国了，张达义离家前去医院见了王医生，把妈妈托付给了他："请你一定照顾好我母亲。如我母亲有什么危险，只要你打个电话，无论我在哪里，无论在什么情况下，我都会马上赶回来。"

妈妈患有胆囊结石，犯病时疼痛难忍。妈妈只要犯病，他就要马上去医院请医生。小时候，乡村没有路灯，晚上一片漆黑，他深一脚浅一脚地去医院。路过村里的小庙时，有时棺材停放在路边，长明灯①飘忽不定，让他毛骨悚然。可是，再害怕他也得从棺材旁走过，妈妈的病耽误不得。他去医院的次数多了，渐渐跟王医生成了朋友。王医生医术很好，为人又仗义，妈妈发病时随叫随到。这一晃二十多年过去了，当年的小王医生已当上院长了。

---

①一种民间风俗，人死后在灵堂的供桌上燃一盏油灯，要时时加油，不使熄灭，被称为"长明灯"。

　　张达义走了，妈妈望着他远去的背影老泪横流。当年阿爸出国时，她或许都没这么流泪，这么难以割舍。这位饱经不幸的女人幼年丧母，中年丧子，年轻时丈夫漂泊海外，归来时领回一个跟外国女人生的儿子，她怎么吞咽下这一切，怎么接受这孩子？或许是大年懂事，也许是她和他同病相怜——都在童年失去了母亲。她把一个母亲的爱都给了他。晚年，她早晨站在门口望着他上班的身影，晚上在房间倾听他回家的脚步，这就是她一天的幸福。现在他出国了，她看不到他的身影，听不到他的脚步声了，这将是怎样的失落，怎样的伤悲？

　　婴儿出生时，有305块骨头，长大成人后变成206块，有些骨头融合在了一起。她和儿子就像那融合在一起的骨头，难分难离。可是，作为母亲，她要为儿子的前途而忍受所有的痛苦，放他远行。这就是母亲，一个平凡而高尚、渺小而伟大的母亲！

　　秀珍把他送到上海，又从上海送到北京。张达义在荷兰领事馆顺利办理完手续，他们回到入住的前门旅馆。那里相当于温州平民办事处，住着很多温州人，他们不是来办理签证的，就是在等待签证的。

　　"达义，你的签证办好了？"一位丽岙老乡问。

　　"签证办好了，飞机票也买好了，下礼拜四的。"

　　"太好了，你可不可以帮我给法国大使馆打个电话？"

　　"为什么？"

　　"我已经申请好几个月了，一直没消息。我不会讲普通话，你给我讲讲，好吗？"

　　张达义拨通了法国驻中国大使馆的电话。

　　"您是哪位？有什么需要帮助？"

　　"我是张达义。"

"哦，你已经来了？"

"对的。"

"那你明天过来吧。"

张达义放下电话，突然感到莫名其妙，帮老乡打电话，他们怎么让自己过去呢？过去就过去吧，就当陪老乡好了，老乡不会讲普通话。温州人总说，会说温州话，走遍天下都不怕，结果还没出国门就碰壁了。

第二天，他们一起去了法国驻中国大使馆。可是，没有使馆的通知，警卫不让进。

"怎么回事？"张达义正跟警卫解释，一位法国女士过来问。

张达义跟她又解释一番。

"你就是张达义啊，进来吧。"女士客气地说。

进了大使馆，刚刚落座，女士就说："把你的护照拿来。"

"我的护照？"

"你不是申请去法国旅游吗？"

"啊……"张达义确实申请过赴法旅游签证，没想到这么快就批了。

真是好事成双，惊喜连连，他刚办下去荷兰的签证，这又拿到赴法旅游签证。

"他也申请了去法国的旅游签证，在北京已等好几个月了，请您帮忙查一下他的批了没有。"张达义说。

女士查过后说："还没批，让他回家等吧，有消息我们会通知他的。"

礼拜四，秀珍把张达义送到北京首都国际机场。他要进安检口了，夫妻一别不知何时见面，她抑制不住地哭起来。

"别哭啊，我等了16年，终于等到了，你该为我高兴啊。你放心，我是在中国长大的，是懂得忠孝悌义、礼义廉耻的，到了国外是不会乱来的。"张达义说。

这点，她倒不太担心，他们夫妻感情很好，她相信他是做不出阿爸那样的事的。

有人埋怨她说："你怎么能让张达义出国呢，他出去以后肯定会在国外重新组建家庭，不会管你的。"她每次都说："不会，他出去就会把我们带出国的。"

离别的时刻到了，张达义走向安检口，回首望向妻子，挥挥手，消失在人群中。

第六章

"哪怕跌倒了，
我也要抓一抔泥土回来。"

在出国那天早上，父亲对阿坦说："还是不要去了吧？"18岁的儿子却坚定不移地走了。看着亲友纷纷出国，她把6个月的女儿抱给婆婆，跟着哥哥上路了。在愁云惨雾中走进巴黎，他眼前一切都是灰蒙蒙的。

一

1990年10月4日，吴时敏历经艰难抵达巴黎，他和妻子一起出国，却比她早到一个多月。

陈时达的妻子也是那个时间段走的，她比吴时敏迟走两个来月。陈时达乘船把妻子送到上海。临别前，夫妻俩拍了张照片，以示纪念，那年他37岁，妻子33岁。

吴时敏到巴黎后，程国华和他的父亲一起去接他。他住进国华家。晚上，他提笔给父母写信，万里之外自然是报喜不报忧，免得老人牵挂。可是，信纸铺开眼泪就下来了，刚写下"爸爸、妈妈"，泪水就"噼里啪啦"打在纸上。写不下去了，哭过再写，写写又哭，一路的艰辛、磨难和委屈像涨潮的海浪，一波波涌上心头。两三百字的信终于写完了，信笺湿了，字也洇了。

阿坦也是1990年出去的，那年他18岁。

初中还没毕业时，阿坦就想休学出国，那时是1987年。

阿坦说，丽岙出国的人在1988年、1989年逐渐增多。

阿坦的父亲是村里唯一读过高中的人。父亲读书时学习成绩优异,但因家庭原因辍学,回村当了会计。后来,父亲当上村书记,再后来被调到丽岙镇电管所当会计。父亲做过十几年农民的思想工作,却说服不了自己的儿子。

父亲希望阿坦好好读书,初中毕业考高中,然后考大学,跳出农门,捧上"铁饭碗"。阿坦说,他读初中时很叛逆,父子两人想不到一起,说不到一块儿。父亲改变不了儿子,儿子说服不了父亲,父子俩杠上了。儿子恼火,父亲气愤。

父亲气愤又有什么用呢?无论如何总要败在自己儿子的手下,这是规律,谁也抗拒不了。最后,儿子坚定不移地说不想读书了,父亲彻底没辙了,只得让步。不让步怎么办?难道把他撵出家门不成?

"你实在不想读书就参加培训吧,然后找机会去电管所上班。"

结果,儿子还是没按他指引的路走,坚持要去法国。阿坦的爷爷去过法国,那是50多年前的事了。

爷爷说:"我们中国人在法国是很苦的,做的是最脏最累的活儿,赚的是一点点辛苦钱,受到的歧视就更不用说了。"

爷爷在法国待了4年,赚够盘缠就回来了。

阿坦说:"爷爷你放心,我长大了去法国,你没做到的事情我帮你做。"

18岁的儿子要去异国他乡,当父亲的不放心。

"你放心,我去法国,哪怕跌倒了,也要抓一抔泥土回来。"阿坦说。

儿子铁了心要出国,父亲不能举双手赞同,那就举双手投降吧,给儿子张罗钱去了。

走的那天早上，天还没亮，父亲和母亲就敲门进来了。阿坦醒了，揉揉眼睛看了看父母。

父亲说："坦坦，你想清楚没有？不要冲动，你现在改主意也来得及，你这样走我们很不放心，还是不要去了吧？"

阿坦态度坚决，一定要走。他走后父母和祖母担心得要命，尤其是祖母天天以泪洗面。阿坦后来才听说，他很自责，觉得自己挺自私的，为达到个人目的，不顾家人的感受，也没想过会给父母和祖母带来什么样的痛苦。

到巴黎后，来接阿坦的是堂伯父。当堂伯父领着他穿过巴黎的街道时，他觉得巴黎并没有华侨说的那么好，跟自己的想象相差得就更远了。不过，巴黎的建筑和交通让他震撼，街道上到处是轿车，繁华地段更是车水马龙，法国人的言行举止，也让他惊叹。

二

刘林春夫妇是同一年出国的。妻子是1991年1月初走的，他是2月走的。他离开家时，妻子已到了巴黎。

刘林春说："我们是跟风，他们说去，我们也就跟去了。"

他们本来没有出国的打算，孩子还小，儿子5岁，女儿刚出生6个月，还在吃奶。他们手里有10万块钱积蓄，在丽岙不算有钱人，但也说得过去，比上不足，比下有余。人哪，往往就是这样，有时好似自己有选择权，其实却很无奈。人就像骆驼似的，搞不清楚是被哪棵草压怂的。

"那个时候，就像地图印在我们这地方人的脑子里，每个人都知道去法国怎么走。邻居见面就问你，家人在法国怎么样，那边生意好不好，有没有钱赚，或者问你家人在法国结婚没有，生小孩没有。"刘林春说。

刘林春眼看着身边的人像大雁似的，昨天还有好几群，今天就不见了。他们成群结队地走出去，有法国那边有亲戚的，也有没亲戚的。那时，连亲朋好友见面的问候都变了："你还没走哪？打算什么时候走？"好像你必须得走，早走晚走都得走，不是在去巴黎的路上，就是准备要上路了。

刘林春的弟弟和小舅子都走了，大舅哥也要走了。他们十兄弟走了三个，吴时敏已到了法国，开始有钱赚了。

刘林春的母亲急了："你弟弟都出去了，要么你们也出去吧。"

看似商量，刘林春却听出催促的味道。母亲或许是不放心弟弟，怕他到巴黎孤身一人，没人照应；或许是见丽岙有胳膊有腿的都走了，儿子儿媳也不缺啥，却还不走。有时，人真就像那雁，一只飞起来了，两只飞起来了，一群都会飞起来；你不飞会被认为飞不起来，翅膀断了，或根本就没有翅膀，会被认为是家养的鸭子，不是雁，就算是雁也不是什么好雁。

母亲还说："把孩子交给我吧，你们放心走。"

母亲的话说到这份上了，如果还不走，是不相信母亲呢，还是没胆量、没魄力？

岳父也表态了："在家赚不到什么钱，你们还是出去吧。"

改革开放了，农民都背着行李进城打工了，从穷的地方往富的地方流，从不发达的地方往发达的地方流，犹如千条江河归大海。

丽岙的生意很清淡，形同鸡肋，不做，闲着干啥？做吧，又没啥钱好赚，那么还不如出国去闯闯，说不定一不小心就闯出一片天了。

再说，妻子的表兄弟在做接送，小舅子就是通过表兄弟的帮助出去的。刘林春分析过，那条线路比较靠谱，中国到苏联①是可以拿到签证的，去匈牙利和南斯拉夫是免签的。他们夫妻商量一番后，决定妻子跟她大哥先走，他后走。

1991年1月初，她要走了，说走容易拔脚难啊，临行前给女儿吃最后一次奶，又抱了抱儿子，这才狠下心，拎包走了，边走泪水边在脸上流着。

他们到了北京，乘坐 K3 次国际列车前往莫斯科，途经中国的内蒙古，然后到蒙古的乌兰巴托，以及苏联的纳乌什基、伊尔库茨克、新西伯利亚、叶卡捷琳堡，全程近八千公里。那是漫长的旅程，列车单调乏味地"咣当"个没完没了，太阳"咣当"掉下去，又"咣当"升起来，升了又落，落了又升。它自己"咣当"也就罢了，还搞得整个车厢，连铺位、桌子、桌上的东西，还有人也跟着"咣当"。

三天过去了，五天过去了，火车还没"咣当"完。不过，他们可以躺在卧铺上，有一句没一句地跟旅伴聊天，可以坐在车窗旁看外边的风景。舍得消费的话，还可以去餐车要杯啤酒，点两个菜，风干肠、鱼子酱、大马哈鱼也都有。

可是，丽岙人不是餐车上的消费者，他们为出国欠下外债，哪会没心没肺地跑到餐车去消费？他们每人带了一大袋子食品上火车。饿了，就从袋子里摸出个面包或泡一碗面，再撕开一袋榨菜，将就一顿。

---

① 苏联于 1991 年 12 月 26 日解体。

三

国际列车行驶在苏联广袤的平原上，这片土地养育的作家托尔斯泰说过，"不幸的人各有各的不幸"。痛苦何尝不是如此？作为母亲，刘林春的妻子知道女儿什么时候吃奶，想象得出女儿吃不到母乳的哭声。她像放风筝的人，风筝越飞越远，线就放得越来越长。她放的不是线，是思念，是牵挂。

他们那一行人中有丽岙的，有白门①的，反正都是温州的；有年纪大的，有年纪小的；有男的，有女的，大都不会讲普通话。列车组是中国的，列车员是北方人，推着小货车过来，见他们盯着车上的食品看。

"你们要不要？要什么？"

"一啦一啦。"一个说。

"非啦非啦。"另一个说。

列车员蒙了，这说的是哪国话？既不像俄语，也不像蒙古话，难道是日语？看穿戴不像啊。好在有一位会讲普通话的同乡帮忙翻译。

跟比自己强的人在一起，你会发现自己还有上升空间；跟比自己弱的人在一起，你会感到自己没有理由退缩。连不会说普通话也不识字的同乡都不甘贫穷，要去法国赚钱，要改变命运，你要是不往前冲，对得住父母给你的聪明头脑，对得住老师教给你的几百个汉字，对得住自己还会的几句丽岙版普通话吗？

---

①白门是瑞安市塘下区的一个乡，1992年并入丽岙镇。

也许想到此，也就心安理得了。

"你们要去哪啊？"

"法国巴黎。"

"你们法语不会讲，普通话也不会说，到法国靠什么生存呢？"列车员都替他们犯愁了。

"我们是温州人，法国那边有亲戚，他们也不会讲你们的普通话。他们会帮我们找工作。"

他们到了莫斯科，又从莫斯科到了匈牙利的布达佩斯，再坐火车去了意大利的米兰。

"太好了，总算有碗热面吃了。"下火车后，他们进了一家面馆。

几碗热气腾腾的面端上来了，飘溢着不同寻常的香味。

"你们这面不干净啊，怎么还有树叶呢？"有人叫了起来。

跑堂的赶忙跑过来，看看这个，又看看那个，说的是什么，他们听不懂。他解释了又解释，解释的是什么，他们也听不懂。最后，那碗面窝窝囊囊吃了下去，心不痛快，肚子不舒服。不过，看看意大利食客的碗里也有树叶，他们心里多少平衡点儿了，最起码跟老外享受了"同等国民待遇"。

后来他们才知道，意大利面上桌前要撒罗勒叶，那是一种调味品。

从米兰到法国要翻山，开车送他们的意大利人，做了个爬山的手势，意思是只要过去就行了。

他们向山上爬去。那山不高，但翻过去时已是凌晨。

"你们在这坐着不要动，我下去看看。"大哥说罢就一人下山探路去了。

山下有一条公路。凌晨的公路"落了片白茫茫大地真干净"，前不着村，后不着店的，连一声鸡鸣狗叫都没有。

天亮了，坐在半山腰的一行人左等不见大哥，右等还是不见大哥。坏了，他可能把自己给搞丢了。有人提议："这么等下去也不是个办法，我们还是下山吧。"

刘林春的妻子急得直哭，刚进法国就把大哥给丢了，怎么跟家里交代？可是急也没用，又急不回来大哥，她也只好一把鼻涕一把泪地下山了。还没到山下，他们就看见路边有家面包店。一帮人鱼贯而入，店主惊呆了，这群头没梳、脸没洗的亚洲人来干吗？买面包还是抢法郎？

蓦然，有人看见电话机，眼睛像灯似的亮了，脸上浮现笑意。

"Telephone（电话）."

没想到临行前记下的几个英语单词，到了法国就派上了用场，刘林春的妻子马上掏出美元递了过去。店主那被惊得硬邦邦的脸庞瞬间像干面包掉进了热牛奶，一下就松软了，友好地做了个手势，大概是说"好的，打吧，打吧"。

她打电话告诉表哥，他们一行人已经进入法国境内，大体在什么地方，她说不清楚。表哥说好的好的，电话挂断了。过一会儿，表哥的电话打过来，跟店主说了一番，可能请他帮忙叫几辆出租车，把这一行人送到火车站。接着又跟刘林春的妻子说："没事了，放心好了，一会儿你们就坐车去火车站，那边有人接应。"

他们一行人赶到那个至今都叫不上名字的火车站。这时，她突然看见了大哥，兄妹俩相拥而泣。

原来大哥出了点意外，后来他看见路边杵着的电话亭，欣喜地钻进去拨通表哥的电话，得到了下一步行动的指示，也火速赶到了火车站。

四

上了火车，这一行人绷紧的心弦松了下来。他们遇到一个华人，他买了一瓶水和一根法棍面包，切下一段给他们尝尝。他们感到很硬，有点儿咬不动。

"你们在法国就吃这个东西？这也太苦了。"

"你以为呢，有这个吃就不错了。"

他们失望了，原本以为到了法国喝的都是牛奶，可没想到在法国会活得这么艰苦，喝口水还要花钱买。

到了巴黎，刘林春的妻子被外甥女领回了家。她第一件事就是打电话报平安。他们丽岙的家里没有电话，村里只有一家有电话，电话拨过去，求人家帮忙找一下家人，然后就挂断了。过一个小时再打过去，那边传来家人的声音。在异国他乡，听到家人的声音是那么的亲切，亲切得让人泪水奔流，话语哽咽。她想女儿，想儿子，想那温馨的家，有点后悔了。

这时，刘林春正整装待发。她没阻止他，也许觉得后悔是暂时的，不过是一时不适应而已。法国还是好的，巴黎还是好的，假如不好，为什么丽岙人都要往这儿奔？

天刚蒙蒙亮，米兰的炊烟还没升起，偶尔有一两声鸡鸣，一辆小四轮在路边停下，刘林春他们一行人下了车。他走的线路跟他妻子的相同，不过没那么顺畅，犹如河水流过乱石堆，走走停停。北京到莫斯科、莫斯科到匈牙利那两段还好，到了匈牙利就不行了，滞留了十来天。

送他们来的人或许着急回去，手比画着让他们自己去找火车站，然后给他们一张纸条就溜走了。他们被丢在路边，却毫无脾气。发脾气有用吗？你说什么，就是骂他一通，你自己明白，他听得懂吗？这就是人在屋檐下，离开了自己的国家，随便一个什么人都可以欺负你，让你无可奈何。

好在走了没多远，遇到一名路人，他们像遇到救星似的围了上去，可是却没有一人会说"火车"这个单词。讲了半天，那人还是丈二和尚摸不着头脑，瞪着两只水汪汪的蓝眼睛看着这一行亚洲人。他们急得直冒汗，怎么办，怎么办？

突然，一个机灵鬼表演起来，两只手臂左右画着圈儿，嘴里"呜——哐当哐当"。那人瞪圆的眼睛突然一亮，露出兴奋的表情，他明白了。太幸运了，真是个聪明人！聪明人那僵硬的四肢像被水泡过的枯枝，灵活起来了，边说着他们听不懂的意大利语，也可能是其他什么语。这个了不起的米兰人比画着火车站在什么地方。这支不同寻常的队伍走上了正确的路线，找到了火车站，用那张写有站名的纸条，买了车票。

刘林春也许深深叹了口气，觉得自己还算幸运，想到弟弟还走在缅甸、泰国那条线路上没有音讯，他的心越悬越高。

弟弟临走时，到他家告别，那时他的女儿刚刚出生。

"嫂子，我要出去了。"

"那你一路平安。"妻子说道。

妻子出国时，女儿已6个月了，弟弟还没到巴黎；刘林春出国时，弟弟已走了近8个月，他怎能不担忧，怎能不牵肠挂肚？

也许刘林春在这片愁云惨雾中走进巴黎，眼前也是灰蒙蒙的。

第七章 | "啊，我的中国儿子
回来了！"

　　15年后，林加者与母亲艾德蒙相
见，儿子望着母亲一个劲儿地傻笑，母
亲看着儿子满眼是泪。张达义敲开法国
养母的家门，一位腰背佝偻的老太太像
一幅油画伫立在门框里，母子拥抱在一
起，泪如雨下。

一

1964年11月初，枫叶红了，银杏叶黄了。巴黎进入激情似火与遍地金黄的季节，整座城市美到极致，也浪漫到极致。步行街上铺着厚厚的红叶，软软的，走上去就好像走在红地毯上似的；在步行街外的街巷，有时会有一片红叶像明信片一样悠然飘进车窗里，害羞似的轻落在车座上。塞纳河两旁的树木一片金黄，街树下一条金色大道延伸向远方。

奥利机场，林加者随着旅客走出机场，远远看到父亲、干爹，还有站在他们身边的一对母女。母亲个子不高，穿着白边翻领、双排纽的裙装，似乎特意做过头发，白白的脸庞，深凹的眸子，目光专注、温柔、慈祥，又有几分陌生。林加者知道这就是自己思念已久的妈妈戈凡·艾德蒙，站在妈妈身边的少女就是妹妹林美香。

"杰让，这是你的妈妈，这是你的妹妹。"父亲林永迪说。

林永迪回到巴黎后写信给漂泊在德国的徐伯祥，约他过来一起创业。徐伯祥欣然而至，他跟林永迪讲述了自己去看望艾德蒙的情形。林永迪沉默许久，无言以对。13年了，作为丈夫，他亏欠艾德蒙的实在太多；作为父亲，他对女儿美香没有尽到应尽的责任和义务。

"让奴到巴黎了,他来看望您了。"徐伯祥陪着林永迪去看望女儿和艾德蒙的母亲。

艾德蒙的母亲像被枪弹击中似的,两眼呆滞地看着林永迪,站在一边的美香也不知所措。

"你们过得好吗?"林永迪满面愧疚地问道。

老人家似乎一下子反应过来了,双手颤颤巍巍地抓住他,默默地看了一会儿,似乎想从他的脸上寻回流逝的岁月,找到当年的女婿让奴。

林永迪也望着满面沧桑的老人家,15年前她还是自己的岳母,现在已变成了前岳母。不,她帮着艾德蒙拉扯大自己的女儿,就是自己的亲人。

"请喝咖啡。"美香端着咖啡腼腆地说道。

"美香,这是你爸爸,快叫爸爸。"艾德蒙的母亲说。

林永迪望着女儿百感交集,她离开时还在吃奶,现在已变成亭亭玉立的大姑娘了。

临走时,林永迪给老人家一张证件照:"这是杰让的照片,交给艾德蒙吧,让她给杰让办护照,让杰让尽快来法国跟妈妈团聚吧。"

老人捧着外孙的照片目不转睛地端详着,照片上那16岁的男孩梳着小分头,穿着白衬衫和深色西服,系一条深色领带,略微歪着头,没有表情地望着她。她满眼慈祥地与外孙对视着,似乎这样对视下去杰让就会说话,会从照片里蹦出来,站到她的跟前。美香也赶紧凑过来看哥哥的照片。

艾德蒙用那张证件照,给儿子办理了护照,林加者才得以出国。

林加者终于见到妈妈了,激动的心情似滔天之浪,却被某种无形的东西所罩住,炽烈的感情无法表达。他只好望着妈妈和妹妹一个劲儿地傻笑着。梦里觅母多少遍，最渴望的是让妈妈抱一抱，偏偏在这节骨眼卡了壳，人像傻了似的，什么都不会了。

艾德蒙热泪盈眶，儿子回来了，苦苦思念15年的儿子终于回来了。她何尝不想把儿子紧搂在怀里，可是他已不再是那个张着两只小手要她抱抱的3岁孩子，已变成大小伙子了，让她有种生疏感，不知如何是好。

▲林加者刚到巴黎时与母亲艾德蒙的合影

"他都18岁多了，个子怎么才这么一点？"妈妈问父亲。

或许她有点伤感，有点心疼，有点失望，人家18岁的男孩都高高的、大大的，体魄健壮，她的杰让却像一株养分不良、没蹿起来的玉米秸，个子比让奴矮大半个头不说，还没有妹妹高。他们怎么把孩子饿成这个样子？

"温州农村的生活太苦，营养不够，农活又很重。"干爹解释说。

说一千道一万，还是自己这个母亲没有当好，当初不听让奴的话，把儿子带回来就好了。可是，谁能想到让奴会另有企图，他不仅背叛自己，还跟一个温州农村女人生了4个孩子！这一切都是让奴的罪过！

艾德蒙想到这些就对眼前这个男人充满了仇恨，如果不是为了儿子，她一辈子都不会再见他，永远不会！她和儿子、女儿的不幸都是他一手造成的。可是,恨又能怎么样呢? 那一切都已过去,木已成舟了。

艾德蒙关切地问了儿子几句,林永迪和徐伯祥负责翻译。

言语是贫乏的,翻译是苍白的,什么语言能表达和翻译出这对母子15年的思念与离愁呢?

二

1979年6月末,巴黎悄然进入了夏季,草木葱茏,古老建筑的墙壁被藤蔓的绿叶遮覆,那古色古香的窗户也焕发了青春,变得生气勃勃。

一所红砖墙面的学校,校门处凸出来,变成灰色水泥墙体,给人坚固质朴之感,校门上方的阳台的水泥墙面上刻有两行法文:Ecole Villiers de Montreuil,中央插着一面深蓝色校旗。张达义站在校门前,脑海里浮现出那个叫大年的孩子,背着书包和一群同学蹦蹦跳跳地从校门里走出来的画面。

二十五载过去,物是人非,跟他一起进出校门的孩子已不知去向,现在已无人知晓那个月考和学年考试成绩第一、被学校嘉奖的张大年了。考第二的同学去哪儿了,后来怎么样了呢? 会不会跟他一样怀念那段时光?

张达义到荷兰后,在哥哥张荫旺那儿待了两周就张罗着去巴黎。哥哥觉得莫名其妙,问他着什么急。

"我的法国旅游签证只有三个月,过期要重办。我还要去找我的法国养父母呢。"

"能不能找到?" 哥哥说完,也许是觉得既然弟弟要找,自有他的道理,便说,"那你去吧。"

张达义乘坐火车抵达巴黎，接站的是表哥，也就是哥哥的胞兄苏荫生。表哥家过去很有钱，在温州当地也有名望，后来家里失火烧掉了三套阔绰的房子，败落了。表哥说："我要去国外赚钱，把房子重新建起来。"出国那年他只有16岁。

表哥比阿爸小十来岁，他们是前后脚出国的。表哥也娶了法国女人，不过二战后他没回温州，一直待在巴黎。20世纪60年代末，他回去过一次，跟张达义见过一面。有哥哥张荫旺那层关系，他们表兄弟自然亲近了几分。

表哥把张达义请到了中国城，按照中国的习俗为他接风洗尘。张达义没想到竟遇到同乡林昌横。林昌横是林加者的堂兄，比张达义年长13岁。他担任过团支书、合作社社长，1957年赴法国与父亲团聚。他多次为家乡捐资办学、修路造桥、建米厂和自来水厂，接济贫困户，在丽岙，甚至在温州都深受人们敬重。他回到家乡时，张达义陪他吃过饭。

"你几时来的啊？"林昌横见到张达义，既惊喜又热情。

"刚刚到。"两人握手寒暄。

"晚上到我那去吧。"

林昌横在巴黎第三区有一家饭店，在巴黎的近郊还有一座旅馆。

晚上，新安江饭店，一二十位用完餐的老华侨三一群、五一伙地喝着茶，聊着天。

"你是达义，张月富的儿子？"张达义进来，有人站起来问道。

"是啊。"

"哎呀，太好了！"

老华侨纷纷围过来，有的认识他，有的认识他阿爸。

　　落座寒暄几句后，张达义就跟他们打听自己法国养父母的地址，热火朝天的气氛骤然冷了几分，他们纷纷摇头："知道你被法国人收养过，可是他们住在哪儿，叫什么名字不知道啊。"

　　又是一无所获，张达义大失所望。

　　第二天，张达义通过老华侨找到表弟罗兰。表弟罗兰是大姨妈的儿子，他父亲张者洪是丽岙后中村人。当年，张达义回中国前，大姨妈还带他和妹妹、表弟罗兰和表妹到海边度过假，拍过一张照片：张达义和妹妹穿着小短裤，赤裸着上身，并排坐在一块鹅卵石上，面无表情地望着镜头；站立在他们身后的表弟罗兰跟他们同样打扮，右手张开放在表妹的头顶，大姨妈穿着连衣裙蹲在表弟罗兰旁边。

　　表弟罗兰没跟父亲回国，在法国长大成人。他在法国的一家保险公司工作，客户遍及巴黎。也许是父亲的缘故，他的客户中有许多华人。表弟罗兰没去过中国，不会说中国话。为和张达义方便沟通，他带去一个朋友的孩子。那孩子十六七岁，聪明伶俐，会说法语和温州话，可当翻译。张达义向表弟罗兰打听自己的法国养父母，表弟罗兰也不知道。他打电话找来当警察的妹夫，还是无济于事。神通广大的表弟罗兰也一筹莫展了。

　　张达义绝望了，难道养父母的地址仅有阿爸一人知道？阿爸真就把这一秘密带到了天堂，他今生今世再也见不到法国养父母了吗？

　　蓦然，他想到从中国带来的一本童书，那是当年他在法国学校学年考试成绩第一，学校奖给他的，上面粘有一张写有学校名称的卡片。他把书掏了出来，指着卡片上的法文问表弟："能找到这所学校吗？"

　　"这所学校肯定能找到！"卡片上写的"Ecole Villiers"使表弟罗兰和警察妹夫一时兴奋不已。

"先生，我表哥张大年25年前在这所学校读过书。他现在从中国来找他的养母，您能帮忙吗？"在校门口，表弟跟门卫说。

"先生，对不起，25年前做门卫的还是我的妈妈。我十几年前才来，25年前的事情我哪会知道？"

希望的火花转瞬熄灭，他们转身要走时，门卫说了一句："隔壁女子中学的校长是从这所学校过去的，可以问问她。"说罢，他抓起了电话。

不到一刻钟，一位气质高雅、年过半百的女士匆匆而至，她居然叫出了"张大年"的名字。

张达义蒙了：她是谁？怎么认识自己？

原来她是他当年的班主任。她的两个儿子跟张达义同班，遗憾的是他们在阿尔及利亚战争中双双阵亡。

张达义想不起那两个同学的名字，不知道其中是否有那个月考成绩总是排名第二的同学。张达义为老师还能记住他的名字而感动，对她两个儿子的阵亡深表同情。

"我可以进去看看当年的教室吗？"张达义问道。

"可以呀，我带你去。"听完孩子的翻译后，她说。

张达义直接上二楼，在第二间教室门口停下，肯定地说："这间就是。"

"啊，这间教室吗？有什么地方不一样吗？"

他们走了进去。

"过去黑板在这边，现在在那边。"

"对的，你坐在哪个位子呢？"

"靠窗第一排。"

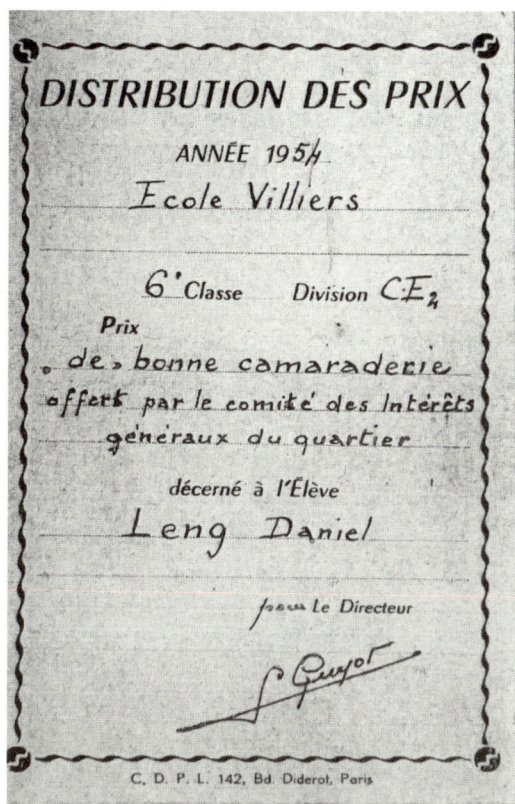

▲通过这张卡片，张达义找到了法国养母

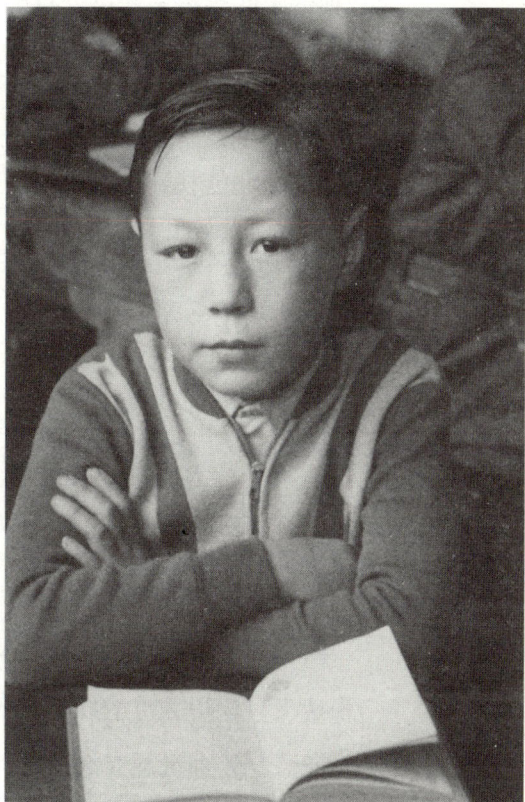

▲在法国读书时的张达义

"你还记得？"

"是的。"

"这个位置就是我的。" 出来时，张达义指着墙上的一个衣挂说。

"太了不得了，我还没见过像你这么记性好的人。"

"我还可以告诉你，围墙那边是女子学校，下面那个地方就是厕所，这栋房子楼下是我们吃午饭的地方……"

老师瞪大眼睛，惊诧地望着他。

"您能不能告诉我我养父母的住址？"张达义拉回正题。

"很遗憾，你养父母过去住的地方改建了高速公路，他们被动迁到别处去了。"

"我到哪儿能找到他们呢？"

"你去安置点看一看，运气好的话也许能找到。"

三

张达义一行人来到动迁安置点，那里有数幢楼房，养父母究竟住在哪幢，哪个单元，哪个房间呢？总不能挨家挨户去问吧？

当警察的妹夫建议去户籍管理机构，在那可以查到。

户籍管理员很热情，问张达义："您的养父母叫什么？"

张达义只记得养母的姓的第一个字母是"V"。

"好吧。"管理员翻开名册。

"可能就是这个。"张达义指着第一页的"Renèe Vigier（蕾内·维吉尔）"说。

"这个吗？她住在后边那栋的226号，你可以过去问问看。"

"谁呀?"他们来到那幢楼前,表弟按响门铃后,里边传来一个老年女性的声音。

"有一个叫张大年的中国人,要找他的养母,您能帮忙吗?"表弟说。

话音未落,里面传出"哗啦哗啦"急促的开锁声,门开了,一位金发泛白,腰背佝偻,胖胖的法国老太太像一幅油画似的站在门口。张达义一下就认出她来,25年过去了,养母的容貌已发生巨大的变化,但目光还是那么慈祥,那么亲切。

"哎呀,大年,是你吗?啊,我的中国儿子回来了!"养母愣了一下,猛然扑过来,紧紧地抱住高大的儿子,泪落如雨。日思夜想的中国儿子终于归来了。她一直坚信那个有情有义有良心的儿子一定会回来的。张达义也抱住养母,泪雨滂沱了。离开时,他在养母的怀里是个孩子;现在,养母在他的怀里却像孩子了。养母不矮,但在身高一米八五的儿子怀里却显得有点儿小。

母子抱头哭了一阵,她可能意识到有外人在场,不好意思地拉着儿子的手:"来来来,到屋里……"

张达义睁大眼睛看着养母,不知她说的是什么,表弟带来的男孩在一边给他翻译。进屋后,养母端详他一遍又一遍,看得很贪。他离开时才9岁,回来时已是34岁的大汉,她或许有点接受不了,不太适应。

那间住房很简陋,一室一厅,厨房是开放的。他们四人坐下来,客厅就有些逼仄了。

"爸爸呢?"张达义问。

养母蓦然想起丈夫,急忙把张达义领进卧室。卧室里摆放着两张床,养父躺在一张小床上。他听到中国儿子回来了,挣扎着要爬起来,可哪里爬得起来啊。张达义上前把骨瘦如柴的养父轻轻抱起，扶着坐好。养父搂着他，搂得很紧，似乎怕一撒手他就不见了。他满怀深情地望着儿子，欣喜像璀璨的星星在老眼昏花的眸子里闪烁。养父老了，真的老了，屈指一算，他已86岁高龄了，犹如即将燃尽的蜡烛，不知哪阵风吹过就熄了。岁月如秋风，残酷无情。张达义亲吻着养父，收住的泪又涌出来。

"见到我儿子以后，我就可以走了。见到我儿子以后，我一定会走！"养父像孩子似的一遍又一遍地说着。

前不久，养父病危过一次，医生无奈地摊开双手说："你们要有心理准备，他可能活不过这个礼拜。"

养父听到了，坚定地说："我的中国儿子还没回来，我是不会走的！"

中国儿子回来了，他可以无牵无挂地走了。他已被病魔折磨多年，吃够了苦头，不想再煎熬下去了。果然，没过多久，他就心满意足地去见他的上帝了。

养母似乎想梳理儿子的人生轨迹，她从柜子里取出一本相册，一页页地翻给他看。

张达义惊呆了，瞪大眼睛："妈妈，你怎么会有这些照片？"

那不是别人的照片，是他张达义的，而且特别齐全，按时间编排，有一脸稚气的小学照、生机勃勃的中学照、荡漾着幸福的结婚照、夫妻怀抱儿子的满月照……有的照片他自己都没有。

"你阿爸每次来巴黎都会来看我，给我讲你的情况，带来你的照片。"

张达义五味杂陈，没想到阿爸这么"有心机"。阿爸为何一边断了他与养父母的联系,一边到巴黎去看望他们,把他的照片送给他们呢?每个人心里都有不为人知的谜,阿爸把他的谜带进了坟墓里。

养母把张达义领到玻璃柜旁,取出奶瓶、龙凤瓷碗和调羹,这些都是他小时候用的。他抚摸着纤尘不染的餐具,热泪盈眶。也许养母每天都拂拭一遍,这些餐具才能这般晶莹剔透,纤尘不染。瓷碗和调羹是中国景德镇产的,镶有金边,内壁饰有龙、凤和祥云,龙昂首张口,凤展翅欲飞。那是他小时候,阿爸在巴黎买的,再送到巴尼奥雷,跟养母说,要让大年用这只碗、这个调羹吃饭。他七八岁时,阿爸用磕磕绊绊的法语说:"大年,你身上流有中国人的血,不要忘记自己是中国人。这碗和调羹上有龙凤图样,会让你想到中国。"

▲张达义养母珍藏的龙凤瓷碗和调羹

儿子回来了,这是天大的喜事,养母手舞足蹈地给女儿打电话。不久,女儿赶了过来。年近半百的姐姐做梦也没想到今生今世还能见到弟弟,姐弟相拥,泪水涟涟。

张达义走的时候,养母掏出500法郎悄悄塞给了他。25年前,养母就是这样把法郎放进他的皮鞋里的。他感动得眼泪又涌出来,这就是妈妈啊,虽然语言不通,沟通不多,但她却知道儿子的窘迫,知道儿子刚刚来此,没有进项。他来巴黎的火车票还是哥哥给买的。这几天跟亲友见面，这个给100法郎，那个给50法郎，大家都不富裕。没想到靠微薄养老金生活的养母却给他这么多钱。他难为情了，来时不知道能不能找到养父母，所以什么礼物也没带。不过，他第二天去看望养父母时把礼物补上了。

张达义觉得不能老找人帮忙翻译，一是大家也忙，二是法语说得好的温州人不多，三是母子交流时也不想有外人在场。他买了两本词典，一本《汉法词典》，一本《法汉词典》。母子俩交流时各捧着一本词典。他跟养母说话时在汉法词典里找关键词，让养母看法文解释；养母让他看法汉词典里的汉语解释，沟通虽然慢，但感觉很好。有时，母子说着说着放声大笑起来，过一会儿又晴转多云，两人泪流满面……

四

1981年12月24日，雪下得很大，车窗外白茫茫一片，路面、房顶被积雪覆盖，街树的枝头变成了白色。道路像闹肚子似的，车流时缓时停，风挡外一片星星点点，尾灯闪烁着红光。对无神论的温州人来说，这是寻常的一天；对信奉天主教的法国人来说，这是平安夜，就像中国的除夕夜，要阖家团聚，晚餐要有鸭肉或鹅肉等肉类主食，要有鹅肝和牡蛎配菜。还有一样美食绝对不能少，la bûche de Noël，这是一种卷起的海绵蛋糕，宛如圣诞树树干，是圣诞大餐的最后一道甜点。

温州人的特点是入乡不轻易随俗，不过平安夜却不同寻常，张达义一家要赶到表弟罗兰家，跟妹妹、舅舅、姨妈、表兄妹团聚。外婆生了11个孩子，除张达义的母亲和大姨妈之外，其余的4个舅舅、5个姨妈都还健在，他们每家都像枝叶繁茂的大树，有着一大群儿孙。

一年前，表弟罗兰陪着张达义找到法国养父母后，就给张若克琳打了电话，告诉她："你的哥哥张大年来到了巴黎。"第二天，妹妹从梅兹赶过来，还带来一位舅舅。妹妹从小跟着外婆长大，外婆过世后，她跟着这位舅舅一起生活。在一次矿难中，舅舅受了重伤，生活不能自理。妹妹一边工作，一边照料舅舅，没有成家。

时隔25年的兄妹团聚是件盛大的喜事，这对兄妹彼此真诚、眼含泪水地笑着，却无法表达那血浓于水的亲情。张达义不会法语，妹妹不懂中国话，靠眼神和肢体语言的表达十分有限。人类创造了语言，语言改变了人类。对现代人来说，不能用语言交流等同回到远古。

人可以不知往哪里去，却不能不知从哪里来。张达义比画着对妹妹说，他想去看看母亲，心有灵犀的妹妹明白了。他们拥有同一个母亲。妹妹开车把张达义带到巴黎的一座公墓，领他到母亲的墓前。他惊诧地发现母亲的墓跟他在中国时梦到的一模一样。伫立在母亲墓前，他的泪水抑制不住地流淌着："妈妈，儿子来看你了。30多年来，儿子从没断过对你的怀念。儿子在两位养母的哺育下已长大成人，娶妻生子。你看看儿子，身高1.85米，体重200多斤，妈妈，你安息吧！"

30多年过去了，母亲的坟墓已凋敝不堪。张达义想，等赚到钱，要像修葺阿爸坟茔那样，重修母亲的墓地。到巴黎的第三年，他实现了这一愿望，花了8000法郎给母亲的墓换上了花岗岩草坪碑。

1981年是张达义最为奔波忙碌的一年，也是变化最大的一年。在巴黎见过妹妹后，他就返回荷兰，帮哥哥装修餐馆。餐馆重新开业，生意很红火，他跟着忙活了几个月。转年他拿到法国居留证，回到巴黎，暂住在表弟罗兰家。他早晨去表哥苏荫生的皮件厂做工，下午5点钟下班。

　　表哥的工厂不大，仅六七个员工，大多是法国人。也许表哥在法国待久了，妻子又是法国人，被西化了。他们是丁克，日子过得潇洒、悠闲和滋润，中午不做饭，夫妇下饭馆。表哥的工厂特不"温州"，一周5个工作日，每天工作8小时，每年的七八月份他们就关掉工厂去海边度假。厂里的员工像老牛散步似的慢慢腾腾，边干活边听广播。

　　做工时间短，赚钱就少。对法国人来说，钱够花就可以了，对温州人来说那是远远不够的，尤其像张达义这种刚到巴黎的人。他下班后要赶到好友戴碧华的皮件厂再做几小时工，半夜12点钟再赶回表弟罗兰家去睡觉。周末，他还要去另一家工厂做工，一周7天从早忙到晚，不休息。

　　张达义赚到钱就汇给妈妈，这已成为习惯，十几年如一日。钱交到妈妈的手里，他也就安心了。在陶瓷厂上班时，他每月挣35元钱，将30元交给妈妈，自己留5元。哪个月红白喜事多了，随礼钱不够，他再跟妈妈要。哥哥也是如此，每月赚41.7元，上交30元。哥哥是厂长，经常出差，开销比较大，留的比张达义多一点儿。

　　"在家靠父母，出门靠朋友。"到法国后，戴碧华这位朋友给张达义提供了很多帮助。

　　戴碧华是温州瑞安人，比张达义大两岁。他们有着相同的血统和经历——父亲是温州人，母亲是欧洲人，出生于巴黎。戴碧华是5岁时被父亲领回家乡的。①

　　1968年，张达义和戴碧华邂逅于瑞安县公安局，去办同一件事——申领护照。

---

①源自张达义的讲述。

"你是哪儿的?"同为混血儿,他们见面有几分亲近。

"我是丽岙下呈的,叫张达义。你呢?"

"我叫戴碧华,是塘下区鲍田村的。"

戴碧华书读得不多,有些事搞不清楚要问张达义。一天,他掏出一封法文信让张达义帮忙翻译。张达义的法语差不多都忘了,但有些单词还认得。

"你妈妈信上说,她已给你申请了法国国籍。"

后来,戴碧华像林加者一样收到法国护照,又拿到中国护照。林加者的护照上名字写错了,戴碧华的护照上姓名也拼写错了,要去省城更改。刚好张达义要领妈妈去上海看病,于是他们同行。

张达义告诉戴碧华:"你有了法国护照后就是法国公民了,有困难可以找法国驻华大使馆帮忙,假如没钱去法国,他们也会提供帮助,会给你买一张去法国的机票。"

这是戴碧华没想到的。后来,张达义帮他给法国驻华大使馆写了一封信。大使馆果真给戴碧华寄来了从温州到香港的路费,还为他订购了从香港到巴黎的机票。为此,戴碧华很感激。当他听说张达义到了法国,就跑来看望他。这时,戴碧华到法国已11年了,不仅有家皮件厂,还积累了丰厚的人脉资源。

表弟罗兰住在巴黎的郊区。张达义打工的工厂距离那儿很远,下工晚了就赶不上地铁,所以住在表弟罗兰家很不方便。三个月后,表弟罗兰帮他在巴黎市区找了一间像耳朵眼似的出租屋,仅18平方米,月租金为700法郎。

1981年6月,童秀珍和孩子的移民申请获得荷兰政府的批准。7月9日,她和孩子赴荷兰途经巴黎时,他们一家五口在那小屋里挤住了三天。张达义带着老婆孩子，拎着礼物浩浩荡荡地去看望法国养母。老人家见到这么一大家子人，开心得不得了。

"大年离开我时才9岁，现在我的小孙子都9岁了，大孙子16岁，还有个14岁的孙女。"老人欣喜地说。

遗憾的是秀珍和孩子都不会说法语，满心的话像活蹦乱跳的鱼儿被捉进鱼篓里，憋在心里难受。

秀珍他们在荷兰住了一个多月后，她带着小儿子回到巴黎，张达义为他们办了旅游签证。大儿子和女儿留在张达义侄女的餐馆里打工。

中国有首歌唱道："世上只有妈妈好，有妈的孩子像块宝。"尽管张达义已35岁，法国养母还有着操不完的心。她想，那18平方米的房子一个人住是可以的，三口人住就拥挤了，儿子又那么壮实，如果在荷兰的大孙子和孙女过来的话，就挤得转不过身了。她听说外孙女家楼上有户人家搬走了，像购物狂欢节抢购似的打电话问张达义：要不要把那套40多平方米的房子租下来，租金比那间18平方米的略高一点，要1000多法郎。张达义喜出望外，租下了那一室一厅的房子。

12月22日，秀珍和孩子移民法国的申请获得批准。张达义陪他们到法国驻荷兰领事馆办好相关手续。24日，他们一家人乘坐火车到巴黎，赶去与妹妹、舅舅、姨妈等亲戚见面。

雨刷焦躁地摆动着，天色渐晚。还好，车况渐渐平顺了，晚餐前他们到了表弟罗兰的家中。风尘仆仆的张达义一家分别跟舅舅、妹妹，还有小姨妈和小姨父，以及表弟罗兰等几十位亲友拥抱。小姨妈只比张达义大一岁。

圣诞之夜雪纷飞，屋里温暖如春，张达义与母亲的亲人团聚在一起，举杯推盏，已逝的母亲听到欢声笑语该含笑九泉了吧？

第八章 | 漂泊在巴黎的蒲公英

生根发芽不仅要有阳光、雨露，还要有土壤。寄人篱下，背负重债，找不到事做；找到事做，学不到手艺；学到了手艺，赚钱不多；赚钱多了，下工时地铁停运，头顶着星星往回走……那是什么滋味？过年时，刘若进突然放声大哭，想要回家……

一

在程国华家住下后，吴时敏就急惶惶地找工作。没工作就没钱赚，没钱赚来法国干吗？何况还借了那么多钱，想到这，吴时敏赚钱的心情就更迫切了。到哪儿去找工作，找什么工作呢？吴时敏没事就到外边走一走，转一转。

"你最好不要走远啊。"每次国华都要叮嘱一句。

吴时敏知道自己不懂法语，走丢了找不回来。不过，他那几年走南闯北做生意，普通话说得还算可以，在街头遇到华人也能聊几句，不像有些温州人离开"温州圈"就像被投到其他星球似的，成为不能交流的外星人。

两天过去了，吴时敏还是没找到事做。"不要着急，总能找到的，实在不行就去中餐馆刷盘子洗碗，别的先不说，苦是吃得起的。"他安慰自己。

又观察了两天，他发现刷盘子洗碗的活儿不是自己干得了的。

"阿华啊，我能不能在你店里帮忙，帮你推推货什么的？也可以学一点儿法语。"

程国华家有一家皮包批发店，吴时敏住在他家里，也跟着他到店里看过。店里聘用了两个人，一个是"老外"①，另一个是温州人，是国华的高中同学。

"这个不行，现在查得很严，我们的店刚刚开业。"国华拒绝了。

吴时敏一下子就明白了，自己跟程国华的高中同学不一样，人家是有法国合法居留证的。

"你的店里不行，我去你家的工厂行不行？"

国华家楼下有套100多平方米的房子，堆着各种皮料、机器和工具，像间仓库，他们雇了几个工人制作皮包。那也称不上工厂，不过是一间作坊而已。

吴时敏刚到时，对那间作坊是不屑的，但到巴黎五六天了，他还没找到事做。他带的钱本来就不多，已像初中课文中孔乙己的茴香豆"多乎哉不多也"。孔乙己可以伸开五指将碟子罩住，不让茴香豆变少，还能找到抄书的活儿，或用丁举人家里的几本书换点儿钱，"温一碗酒"。吴时敏却连孔乙己都不如了，连个活儿都找不到。

国华还是没答应。吴时敏想，这事不该跟国华说，批发店和作坊都是他们家的，不是国华一个人的，他不是老板，说了不算的。

吴时敏也找过亲戚，20世纪90年代初，巴黎华侨的生意做得都不大，准确地说是很小，大多数人在家里开间小作坊，顶多雇两三个人，跟国华家差不多。

活儿难找的不只有吴时敏，初到巴黎的温州人都是如此。比吴时敏早三年到巴黎的王云弟说："我本以为法国满地都是黄金，到了那里

---

① 温州人在法国也称法国人为"老外"。

什么也不用干，钱就自然来了。其实到了法国，你什么都没有，什么都不知道，语言不通，找不到工作，一切从零开始。不仅是我，90%以上的温州人都会碰到这样的问题，除非他的父母已经早早在法国了。"

王云弟清楚地记得他和妻子到巴黎的日子：1987年2月17日。由于弟弟在一年前就到了巴黎，姐夫也在那儿，他们夫妻俩一到法国就有落脚之处。

"在那一段时间里，每个人住的房子都是租的。每个月赚的工资付了房租基本上就没有什么剩余的了。如果你找不到好的工作，那就更没劲儿了。"王云弟说。

到巴黎后，王云弟和妻子就去找工作了，见到一家工厂就进去打听。他们不懂法语，跟法国人没法交流，只能找中国人和"金边人"①询问："你这里要不要工人？"

王云弟的妻子书读得不多，仅小学毕业，出国前在家里料理家务，照看孩子，缝缝补补，会做衣服。会做衣服的人在法国容易找工作，她进了一家衣工厂。王云弟初中毕业，在广州赚过大钱，在巴黎却找不到工作，真是此一时彼一时，世事难料。王云弟被搞得灰头土脸，后来心灰意懒，连出去找工作的劲头都没有了，整天窝在家里看电视，看得头昏脑涨。

"那个时候，我们两个都想回来了，生活这么艰难，为了什么呢？我们在国内最起码有人叫你去工作，在国外找工作，肯定要有熟人啊，

---

①被温州人称为"金边人"的多为华裔。1975—1985年，法国先后接纳15万名来自柬埔寨和越南的难民，这些人也被称为"船民"，他们中有很多是祖籍潮州的华裔。

但去找谁呢？你的熟人白天都去做工了，只有晚上有空过去问问。我就没有这么方便，只有打电话：'你家要招工人吗？'都是这样问。"

"种瓜得瓜，种豆得豆。"这个朴实的道理似乎在阿坦身上得到了印证。他到巴黎后，堂伯父待他特别好。他的父亲跟堂伯父还有另一层关系：父亲当村支书时，堂伯父是村主任。父亲念过高中，知识面广；堂伯父为人诚实厚道，他们合作得很好。1982年，堂伯父去了法国，那时候村里没有电话，唯一的通信方式就是写信。村里有文化的人不多，在海外的人跟家里联系全靠父亲。父亲帮忙读信、复信，还帮他们办理公证等事务。村里有一个亲戚没读过书，一个大字都不识，是父亲帮他办了出国手续，还把他送到北京。

"说句实在话，我也是沾我爸爸的一点儿光。我一到法国，那些我爸爸帮助过的人都过来看我，真是温暖人心啊，他们都非常热情，还会送一些礼物，请我去他们家里坐坐。"

法国有一份工作等着阿坦。他进了堂伯父儿子开的衣工厂，在第十一区。

"你来到这里，一没有技术，二不会语言，是吧？你就得老实一点，埋头苦干，慢慢积累，给自己下这个决心。那个时候不仅仅是我，大家都是一样的，一天从早干到晚，法国的太阳是什么样的，我们都不知道。每个人都一样，你家为你出国负了债，你肯定要咬紧牙关去赚钱，把债务清零，这个是首要目标。那个时候有条件的可以去法国的学校读书。我堂兄对我比较好，我有时候利用早上的时间，去中国人办的法语学校上课，两小时一节课。我8点钟起来，坐三四十分钟地铁，9点钟上课。我那时候还是蛮懂事的，知道堂兄早上给我两小时去上法语课，晚上我会把两小时补还给他的。"阿坦说。

二

一周后，吴时敏绷不住了，这样下去哪里受得了？他睡在程国华家的客厅的沙发上，人家夫妇进进出出不方便。有了工作，他也就有了住的地方。

后来，国华家说了算的人——国华的父亲帮吴时敏找到了一份工作。

"阿淦，阿敏能不能到你那当学徒？"他跟把吴时敏夫妇弄到法国的那人说。

阿淦家有家皮衣厂，雇有十几个工人。也许是看国华父亲的面子，也许是他们那儿正好需要个打杂的，阿淦爽快地答应了。

阿淦说，包吃包住，每月3000法郎。

3000法郎不算高，不过包吃包住，还可以从国华家里搬出去，吴时敏接受了。

阿淦把吴时敏接到了塞纳-马恩省。过去没多久，吴时敏就失望了，这不是钱的问题，不过也是钱的问题。他知道仅靠勤劳是不够的，就像一个老实厚道的人坐在那里一刻不停地数一角钱的硬币，一角，两角，三角，四角……他就是坐在那儿不吃不喝不睡觉，一天数24个小时，一辈子能数多少枚硬币？有人坐在点钞机旁，看着那百元大钞像水似的哗哗流淌着，6.67秒就能数一万元钱；有人连点钞机都不用，坐那儿喝着咖啡，听着音乐，在支票上写上8位数，那就是上千万元。

吴时敏想学一门技能，在法国要靠技能赚钱。他在家时除了种地就是做生意，什么技能也没有。当时在法国，无论是开店还是办厂，都得在法国合法居留十年以上。要想度过这个不确定的冬季，靠得住的只有技能。在阿淦那哪儿都好，就是学不到技能。阿淦不让他动机器，不让他学缝制皮衣，也不让他学裁剪，只让他打杂，这样干一两年，那还不"死掉"了？

阿淦说，做皮衣不像做布衣，缝错了可以拆了重缝。皮衣缝错了，拆了皮料就会留有一行针眼，只能大料改小，小料废掉。

阿淦说的有道理，但道理是阿淦的，吴时敏难以接受。他拿的是学徒的工资，却学不到任何技能，没有技能就赚不到钱，猴年马月才能还清为了来法国借的钱？吴时敏很焦虑，焦虑得一宿宿睡不着觉，找思路，想出路。但他初来乍到，资源极其有限。

培根说："思想决定行为，行为决定习惯，习惯决定性格，性格决定命运。"决定命运的何止思想、行为、习惯、性格？出身、认知、机遇和人际关系等，所有的一切都在悄无声息、浑然不觉地改变着命运的算法。如不生在侨乡，没有程国华和张朝斌这样的盟兄弟，吴时敏会想来法国吗？当然不会。

吴时敏频频联系在法国的亲友，请他们施以援手。他在法国的亲友不多，很快就求遍了。一遍不行就求第二遍，他继续打电话求助。

他有个堂叔在法国。堂叔和堂婶有家制帽的作坊，原来夫妻俩自己做，后来堂婶的妹妹过去一时找不到工作，就跟他们一起做了。刚到法国时，吴时敏求过堂叔，被拒绝了。

"叔叔，我不要你的工钱，我给你免费打工，你让我学一样手艺，可以吗？"吴时敏在阿淦那里干了20多天后再次求助于堂叔。

"我跟你婶婶商量一下。"

后来，堂叔来电话说，堂婶同意了。

　　吴时敏跟阿淦讲明理由，辞去了工作。阿淦还算义气，开车把吴时敏送到七八十公里外的巴黎第十区。

　　王云弟到巴黎一个月后才找到工作——在金边人开的超市里打工。那个金边人的祖籍是广东潮州，移民柬埔寨生活，经三四代人，20世纪七八十年代移民到法国。柬埔寨被法国殖民了85年，1953年才摆脱殖民统治，宣告独立。来自柬埔寨的华人法语都不错。那家超市是中国粮油进出口公司的代理商，也是法国最早卖中国货的超市，超市很大，有200来个员工，顾客大多为华人，生意特别好。

　　王云弟没有技能，只能靠体力，在超市摆货。王云弟说："只有靠中华民族的精神和勤劳的双手。"他肯付出，也能干，每天九点上班，他八点到，晚上七点下班，他八点走，把超市的事情当成自己的事情做。原来说好每月7000法郎，发工资时老板却给了他9000法郎，这让他喜出望外。

三

　　在九位盟兄弟的眼里，刘林春是个幸运儿，他的父亲是公社干部，家境比较好，从小到大没吃过什么苦。他到巴黎时妻子已领了两个月的工资，还提前租了房子。

　　妻子原来跟外甥女住在一起，那是一间阁楼，天棚是倾斜的，窗户被天棚挤压得很小很低，窗前是站不得人的，想在窗前向外瞭望就得像炸碉堡似的猫腰过去。这房子给人的第一感觉就是压抑。这种压抑也许就像是播种，把种子埋进土里，再踏一脚，这样长出来的庄稼才经得起风雨，不会倒伏。

　　房子约50平方米，分割出厨房、厕所和卧室几个空间。卧室里摆了两张床后，也就没有什么地方了，进屋就得坐床上。房子的条件简陋，租金不高，可以满足吃、喝、拉、撒、睡五大生活基本需求。房子是外甥女租的，她和父亲，也就是刘林春的姐夫住在那儿。她父亲回国了，刘林春的妻子"乘虚而入"。

　　妻子安顿下来就急于找活儿干，毕竟家中还欠场面①呢。

　　"我舅妈来了，她会做衣服，可不可以收留她？"外甥女去衣工厂做工时跟老板说道。

　　"会做就可以做嘛。"

　　老板是金边人，比较好说话。

　　刘林春的妻子一到巴黎就找到了工作，还是吴时敏渴望做的技术活儿。

　　第二天，妻子就跟外甥女去上班了。她确实会做衣服，手艺还不错，裁剪好的布料拿过来，她一看就知道哪片是前片，哪片是后片，哪是领口，哪是袖口，先缝哪儿，后缝哪儿。

　　"舅妈，你可以吗？要不要我带你做，你先缝直线？"

　　"做是会做的，就是车不习惯，我可以慢慢做。"

　　她在家用的是脚踏式缝纫车，衣工厂的缝纫车是电动的。下班时，她缝制了10件衣服，外甥女缝制了20件。接下来那几天，她的速度就慢慢上来了。一个礼拜后，她的速度追上了外甥女。

　　她们早晨一起上班，晚上一块儿回家。晚上9点以后才能下班，要在厂里吃两顿饭，为了省点儿钱，就自己带饭。人有了伴儿就不寂寞，

————————
①温州话，意为"欠债"。

不过对在海外的温州女人来说，孤独、寂寞也是种奢侈。她们每天顶着星星出门，披着月光回家，干十五六个小时的活儿已疲惫不堪，进了出租屋连洗脸刷牙的力气都没有，恨不得一头扎到床上，赶紧投入梦乡。

"你在法国不勤快就没饭吃，你付房租要钱吧？打个比方，你没有工作，或你休息几天，你睡觉都是要钱的，这就逼着你去干活。没事时就会想，我在家里本来还有点儿钱，为出国欠了债，家里还有两个孩子要养，这就逼着我去赚钱。我们在金边人那里上班还算好的，到温州人那儿就更累了，夜里要做到十一二点。"当被问及能否适应这样高强度的劳作时，刘林春的妻子这样回答。

刘林春要到巴黎了，堂兄帮她找了一间出租屋，位于第十九区，面积约10平方米，月租金为1800法郎。第十九区在巴黎的东北边、塞纳河右岸，是巴黎人口最密集、房价最低廉的区域，也是移民集散地、巴黎第二大华人聚居区。

她租了那间房子，丈夫一到就有家了。

她在干活时接到了表哥的电话，说林春到了。她一下班，就和外甥女去表哥家里接丈夫。夫妻见面就像在丽岙似的平静，没有惊喜，也没有兴奋。她想他可能在牵挂弟弟，弟弟从家里出来快一年了，还没到法国。

他们走在街上，她看他，他看街道和房子。

"巴黎这么脏。"他毫无表情地说。

巴黎是一座拥有两千多年历史的城市，建筑的历史多在百年以上，有的街道狭窄脏乱，有时还会从行人中蹿出一个摇摇晃晃、脸似猴脸的醉鬼，抱着柱子大喊大叫。

"可是，大家都说巴黎好。"妻子说。

他们先去了外甥女住的阁楼。他进屋把包往床上一放，说的第一句话就是："我们赚到钱，还了债就回去。"

"我们住的地方比这还差很多。"她看出他的失望。

第二天，他们就回了"家"。她说的没错，那地方像个贫民窟，那幢楼可能是全巴黎最破的楼。他们一进楼就看见楼梯上坐着两个黑人，打着哈欠，流着鼻涕，一副昏然欲睡的样子；地上乱七八糟，有用过的注射器、塑料包装袋……他们吓得七魂出窍，有种立马离开的冲动。犹豫片刻，他们还是小心翼翼地从黑人身侧绕过去。木楼梯已腐朽，踏板裂着两三指宽的缝，踏上去就像踩到什么活物似的发出"吱吱"的叫声，有的踏板像烤煳的饼干似的往下掉渣，还有一块踏板腐烂了个洞，脚踩上去感觉会咔嚓一声断掉，想扶一下扶手，它却摇摇欲坠。

刘林春的脸色越来越暗，这是什么天堂？这跟地狱差不多，住的比在丽乔打工的外地人还不如，夫妻俩历经千难万险来到巴黎，住的是贫民窟，一天累死累活干十五六个小时，图的是什么呢？值吗？

他们好不容易上了楼，进了出租屋，他环视一下：房间比床大不了多少，简陋得不能再简陋，门窗也很不像样子。他失望得连话都不想说了。

"那地方很底层，我们虽是农村出去的，可是跟种田的又有点不一样，我们毕竟做过生意，上海、广州都去过，对外面有见识。"刘林春说。

"他是这样理解的，我的理解不一样，（在中国和在法国）干同样的活儿，收入是不一样的。"刘林春的妻子说。

那个年代，到法国的温州人，居住条件都很差。陈时达在丽岙拥有150平方米的住房，到巴黎住的是8平方米的搭铺①。

几天后，刘林春的弟弟到了法国，兄弟俩终于在巴黎相聚。刘林春心头那片阴云散去大半，脸上浮现了笑容，接下来就是赚钱还债了。刘林春跟着妻子做，他过去没做过衣服，见那一片片布料，一下就蒙了，分不清哪是袖子，哪是前襟，哪是后背。好在有妻子在身边指导，他缝简单的、好缝的，跑个直线什么的，繁杂点的由妻子做。简单的活好干，刘林春干完，就坐一边看着妻子做。

"你学学上袖吧。"妻子说。

她教一番，他学得上心，上手也快，像模像样地缝起来。

"错了。"妻子说。

"错了？"

"袖子上到领口了。"

"啊，那这是袖口？"

他把缝好的布料拆掉。缝过几件后，他就熟练了。

午夜12点多，下工了，地铁已停运，他们要步行回家了。街灯星星点点，光线懒洋洋地射在路上，街巷空寂无人，路旁有条平行的铁路，反射着钢铁的冷光，有种阴森森的感觉，让人惝惶。他们兜里没钱，却更怕遇到劫匪，有钱劫财，没钱有可能会丧命。

从厂到家需步行40分钟到45分钟，即使有地铁他们也经常步行，一张地铁票3.7法郎，两张要7.4法郎，虽然不多，但他们想到还欠着债，能省就省点。

---

①指别人租下一套房子或一间屋子，其他人再向这个人租下一个房间或一张床铺。

刘林春在家吃东西特别挑剔，这菜不好吃，那菜味道不好，前一天吃剩的菜，哪怕再好第二天也不动筷了。到法国后他不挑剔了，什么饭菜都吃得下去。他们吃饭的时间很短，冲锋陷阵似的，三下五除二，将饭菜扒拉进肚子，转身赶紧干活，多缝一件衣服就多赚一件衣服的钱。钱来之不易，花得也不易，菜买便宜的，水果是捡来的。在法国，水果烂一点就不能卖了，商家把要扔的水果放在一边，谁想拿就拿。

有时去麦当劳，夫妻俩买一个面包或一个汉堡，舍不得一人买一个。一次，他们路过一家面包店，橱窗里的面包很诱人，妻子看了看价格，16.8法郎，想想家里还欠着债，没舍得买。可是，两只脚像被诱惑缠住似的，没走多远又折回来，她看了看面包，再看看价格，狠狠心又走了。

四

"刚到巴黎时，我们国家还比较穷，我们又是从丽岙乡下出来的，看巴黎那么好，老城老建筑非常美，真以为这就是天堂了。但时间久了，我就看到路上全是狗粪。还没出国之前，我们对法国华侨不了解，以为赚钱很容易，哪知道这么苦，一天差不多要干十三四个小时，这是我们想象不到的。我后悔了，想赚到100万就回去。"戴国荣说。

到巴黎后，连襟领戴国荣游玩了两天，游览了欧洲具有历史意义的大河——塞纳河，还有矗立在战神广场上的埃菲尔铁塔。哇，这么高啊，还有电梯，戴国荣兴奋得晚上不想睡觉，想多看看，多游览游览。

在巴黎的温州人都在疲于奔命地赚钱，谁有时间陪他玩？游览两天已是很奢侈了。

戴国荣的妻子兄弟姐妹五个，她排行老三，上边有两个姐姐，下边有一个妹妹，还有一个小弟，他们姐妹四个出来得早，抢占了先机，每家都有一家皮件厂，做皮包、皮带。有的是家里人做，有的是雇几个亲戚做。

"老板"在巴黎与在温州似乎不是一个概念，巴黎的老板要身先士卒，跟工人一起干，往往只能多干，不能少干。订单完不成，工人可以下班回家，他们却不能。

"温州人为了赚钱，老是在工作，不出去玩，不去外面吃饭。我到巴黎后，好像只在外边吃过一顿饭，后来就再也没出去过。他（连襟）是做皮包的，从早到晚待在厂里，眼睛一睁就工作，眼睛一闭就睡觉。"戴国荣说。

戴国荣在连襟的皮件厂里做工，也要像连襟那样工作。没做多久，他就感到吃不消了。他跟吴时敏他们不同，他从小没种过地，也没吃过什么苦。他过去在工厂里是技术员，工资不高，工作轻闲，下班后阳光灿烂，想干啥干啥，自由自在，哪像在这里每天除了干活就是干活，连思考、感悟、回味的时间都没有。这样活着还有什么意义呢？

戴国荣后悔了，他和妻子辞了在丽岙的工作，一家人来了巴黎。出国不易，回去也不易，在丽岙人心目中法国就是人间天堂，你放弃"天堂"回去，这说明你不行。你把这么一个"好机会"糟蹋了，那些海外没亲戚的、兜里没钱出国的丽岙人岂不气愤？后悔也得坚持下去，没后路可走啊。

在中国，钳工被称为"万能工种"，具有多种技能，如金属加工、机械维修和制造工艺，可以凭着钳子、钳夹和铣床进行精确测量和加工，好的钳工左腿弓，右脚蹬，靠钳夹和锉刀就可以加工出精度在0.07毫米以下，误差仅为0.002毫米的零件。

皮包、皮带没那么高的精度要求。但任何行业都有自己的规范、标准和工艺流程，在皮件厂做工需要的是"万能"之外的技能。戴国荣没接触过皮刀、缝纫机之类的工具和设备，初来乍到只能打杂，干点辅助性的活儿。

"有三门富亲戚，穷不算穷；有三门穷亲戚，富不算富。"戴国荣的妻子法国亲戚多，其中还不乏"富亲戚"，给予了他们很大帮助。温州人初到巴黎或住在皮件厂、衣工厂里，或像吴时敏那样暂住在亲友家里，或找温州人搭铺。戴国荣妻子的一个亲戚正好有间空房子，原来作过厂房，有20来平方米，水电煤气都有，只是没有厨房，厕所是公厕。亲戚慷慨地把这间房子借给了他们，仅象征性收点儿杂费。他们到了巴黎就有这么一间房子，让温州老乡艳羡不已。

戴国荣的妻子到巴黎的第二个月，感觉不对劲，急忙拨打急救电话。她一进医院孩子就出生了，又是一个千金。

▲1992年3月，戴国荣夫妇和三个女儿在巴黎

妻子不能做工了，要在家看孩子和做家务。家里的收入减半，开销却增加许多，要给二女儿买奶粉，买尿不湿，孩子发烧感冒还要去医院看医生，戴国荣每月赚的2000法郎哪里够用？时常要亲戚接济一下。戴国荣那"远大目标"——赚到100万就回国，像轮船的背影，且行且远，越来越小，消失在地平线。

家回不去了，戴国荣又不甘在皮件厂里打一辈子工，生活在狭窄的温州人小圈子内。温州人要融入法国社会，法语是道关。戴国荣跟连襟说，他想晚上去夜校学法语。在法国的温州人接触的大都是亲戚朋友，会讲温州话就行了，也没有学法语的愿望与动力。戴国荣则不然，他认为在法国华人毕竟是少数，不接触法国人，不融入法国社会，那就等于没来法国。

连襟很理解戴国荣，允许他晚上去夜校学一两个小时法语。

五

堂叔的作坊像只麻雀，小而单一，仅做帽子。布料是从犹太人的服装厂的衣服上剪裁下来的边角废料。成本低廉，定价便宜，每顶卖20多法郎，比一个面包略贵一点儿。吴时敏过去后，堂叔稍微指导一下就上机了。他做的是锁边，把两块布料的边锁在一起。这活儿没什么技术含量，吴时敏没干几天就熟练了，做得又快又好。

一个月后，堂叔给他的小姨子开工资时，也给吴时敏开了一份，3000法郎，跟在阿淦那儿赚得一样多。吴时敏有点惊喜，毕竟当初说好不要工资。不过，他这时对锁边已有点失望了，觉得在堂叔这儿再做下去也学不到什么技术，这种小打小闹的也没啥花头，想趁早改换频道。

　　盟兄弟张朝斌开了一家衣工厂，这让吴时敏看到一线曙光。张朝斌夫妻到法国后暂住张朝斌妻子的叔叔家。张朝斌没有像王云弟、吴时敏那么急于找工作，而是先学了一个礼拜法语，接着去了衣工厂，边打工边学汽车驾驶。

　　上工的第一天，他小憩时吸了支烟，不小心将烟灰掉在布料上，老板娘看见了，说："不要抽烟，烧了要赔钱的。"

　　张朝斌一想，在异国他乡找份工作不容易，真要把人家布料或衣服烧了还得赔钱，狠狠心就把烟戒掉了，从那以后再没吸过。

　　半年后，张朝斌考出驾照，在亲戚的工厂里开车送货。在他们十兄弟中，他是最早开车的，尽管那车不是他的。有了工作，张朝斌和妻子就从叔叔家里搬了出来，在第十一区租了间"蜗居"，不管好赖总算是有了自己的家。1991年，妻子生了个女儿，在国内他们还有个儿子，这下儿女双全了。

　　张朝斌胆子大，敢想敢干，不惧风险，跟亲友借了一大笔钱，租了一间200平方米的房子，买了缝纫机、锁边机等设备，开了一家衣工厂。

　　"阿斌啊，你的工厂开起来了，我去你那边。"吴时敏打电话说。

　　吴时敏想，阿斌开衣工厂肯定需要人手。俗话说，"打虎要靠亲兄弟"，盟兄弟也似亲兄弟，总比外人强。他们不仅是盟兄弟，在丽岙还是邻居，他家和张朝斌家一前一后，中间仅隔一幢房子。他们打小就在一起，来法国时，阿斌还借给他一万元钱。

　　张朝斌的确很仗义，二话没说就答应了。他没提工资，吴时敏也没问，彼此都清楚谁都不会让兄弟吃亏。吴时敏放下电话就抓紧时间把手里的活儿干完，想早点到张朝斌那边去。堂叔一听吴时敏要走，很是舍不得，挽留一番，也许是因为堂叔发现这个堂侄很能吃苦，干起活儿来不要命；也许是因为在异国他乡，堂侄在身边心里踏实。

吴时敏去时，张朝斌的衣工厂开张没几天，厂里有6个工人，还有张朝斌的妻子，她会做衣服，也跟着工人一起做。吴时敏聪明，上手能力又强，而且已经在堂叔那儿学会了锁边。他看了看缝制衣服的过程，觉得这活儿不难，不就是一边上一个袖，下边锁个边，放下来一缝就好了。

"这个我会做。"他对张朝斌的妻子说。

他试做了一下，做得还不错，锁边就归他了。忙不过来时，张朝斌的妻子过来帮一把。

吴时敏的妻子到达巴黎后，他们在舅公家里住下。舅公是妻子奶奶的兄弟，他是1935年到法国的老华侨。吴时敏上班乘坐地铁，中间换乘一次，然后坐9号线就可以到工厂。他下班晚，到家半夜十一二点，每周干7天，没有休息日。

吴时敏在张朝斌那的第一个月赚了7000法郎，第二个月赚了7500法郎，第三个月赚了8000法郎，此后没掉下这个数。吴时敏的妻子也过来做了，她跟他不同，在老家就会做衣服，技术还不错。第一个月，她赚8000法郎，两三个月后就过一万法郎了。

吴时敏他们在舅公家里只住了三个月，不是舅公对他们不好，而是太好了，房租不收，水电费也不收。这让他们感到不好意思，加上他们晚上回去又很晚，怕影响舅公一家休息。他们在外边搭铺，房间很小，仅11平方米，月租金为1800法郎，两家共用厨房和卫生间。不过，他们早上8点钟上工，有时晚上十一二点才回来，厨房和卫生间都很少用。

温州人、土耳其人开的衣工厂是犹太人服装厂的下线，做的是代工，没自主权。活儿大多很急，限时完成，完不成不行。为了赶活儿，衣工厂的工人时常连轴转，实在撑不住，就趴在缝纫车上小憩一下，或倒在衣服堆里稍眯一会儿，起来继续干。

"我们本来就是穷人家的孩子，什么苦都能吃。"吴时敏说。

吴时敏和张朝斌，一个是打工仔，一个是老板，仍是兄弟。他们俩都住巴黎第三区，相距不远。有时上下班，张朝斌会开车接送一下吴时敏。他去跑业务，取活儿和送成衣，吴时敏就帮他照顾衣工厂。吴时敏也把衣工厂当成了家。

后来，吴时敏把锁边的活儿让给了别人，去做熨烫。熨烫那活儿累人，需要体力。

衣工厂哪有轻巧活啊，车衣服看似轻巧，人坐在车前，车是电动的，不用脚蹬，可是要眼睛和手一起忙活，要全神贯注，稍微懈怠就会出错。让你坐在那儿车十七八个小时试试，什么感受，什么滋味？腰像断了似的，人仿佛被抽空，身子僵成了泥塑。

一年后，吴时敏成了行家，锁边、熨烫、锁扣眼、裁剪样样都学会了，一条裤子要用多少面料，多少辅料，算得丝毫不爽。后来，张朝斌关掉了衣工厂，吴时敏又找到一家衣工厂，继续打工。

这家衣工厂的老板姓陈，也是温州人。面试时，陈老板问吴时敏想要多少工钱。

"可以试工一天，你看我值多少工钱。"他底气很足地说。

试工后，陈老板很满意，又问吴时敏工钱。

"9000法郎一个月，一个礼拜休一天。让我加班也可以，加班费一天500法郎。"

"做工时间呢？"陈老板问。

"早上9点到晚上11点。"

陈老板欣然接受。吴时敏在那家衣工厂又干了段时间，跟陈老板还成了朋友。

陈老板跟他说："你干活真厉害，以前我请两个工人还做不过你一个人。"

后来，这家衣工厂也关掉了。

六

初到海外，哪个人没经历过痛苦和磨难？多数人会在历练中成长，少数人会成为强中手。

黄品哓刚到巴黎时什么技能也没有，想打工都打不着地儿。黄品哓家里兄妹三个，一弟一妹都出国了。妹妹在意大利，弟弟先他一年到法国的。黄品哓到法国那年只有23岁，还很年轻，学什么都来得及。

他比吴时敏小三岁，吃的苦比吴时敏还多。父亲七岁时爷爷就没了，孤儿寡母，穷得一塌糊涂，村里人瞧不起他家。俗话说："前三十年看父敬子，后三十年看子敬父。"往往父辈没享受到的，子辈也难以享受到。黄品哓出生了，懂事了，上学了，不屑的目光顺着父辈落到他的头上，跟着村里的孩子进了学校。

孩子的生存环境尤为重要，有时别人希望他是什么样子的他就会成为什么样子的。黄品哓在学校不为老师喜欢，自然好事没他份，坏事又少不了他。读到小学五年级时，全班同学都加入了少先队，他还没戴上红领巾。在孩子心目中，戴上红领巾意味着你是个好孩子，没戴上就不是好孩子。黄品哓在学校里感到很压抑，很郁闷，也很沮丧。他很打怵上学，于是逃学了。早上，他背着书包从家里出来，去寻找自己的世界。读初一时，书本发下来没几天，他就弃学了。

黄品哓逃离了学校，却没逃离村里人的不屑。他在村里逛荡到十七八岁，好不容易在陶瓷厂找了份工作，月薪27.5元。收入不仅代表你的消费能力，也意味你的价值和别人看你的目光。收入低，快乐指数就像被击垮在拳击台上的选手，无论如何也爬不起来，黄品哓没干多久就像当年逃学似的放弃了。

他买了辆三轮摩托车上街拉脚，想多挣点儿钱，改写一下命运。可是，他既没机动车驾照，也没有运营执照，每天像过街老鼠似的躲着执法人员。被抓着了算是倒霉，抓不着就能赚一笔，不论被抓着，还是没被抓着终归都不是什么脸上有光、让人开心快乐的事。他活得不如意，很不如意。与其说他到法国是来赚钱的，还不如说是来寻找改变命运的机会的。

到巴黎时，黄品哓觉得只要肯付出、肯努力，找份收入不高的打工的活儿并不是很难，不过可选择的余地不大：一是去餐馆刷盘子洗碗，站在水池旁，面对一摞摞油腻腻、脏乎乎的餐具，手不停地刷着洗着，站得腰酸背痛；二是像吴时敏那样去衣工厂打工。巴黎是时尚之都，制作的服饰别具一格，广受赞誉，各国客商都到法国进货。法国出口的产品中服装占21%，其中的45%销往欧洲其他国家。法国有大大小小的制衣企业1.1万多家[1]，他们的用工量很大，缺少技术娴熟的缝衣工。

---

[1]其中不包括温州人开的没有合法执照的家庭服装作坊。

　　在温州人眼里，做衣服属于女红，男人可以做生意，可以种田，可以上山砍柴，就是不能干女人干的缝缝补补、织织绣绣的活儿。温州女人心灵手巧，过去贫穷，穿的是"新三年，旧三年，缝缝补补又三年"的衣服，她们的针线活儿都很好。到了巴黎，女人如鱼得水，男人离开那片土地犹如鱼儿跳到树上，一切重新开始。

　　黄品嚷跟弟弟学了几天做衣服，刚分得清前片后片、袖子领子。对裁剪略知一二，连"半桶水"都没有，他就开始找工作了。他赚钱心切啊，十来万元的债要还，老婆孩子望眼欲穿地等待着过来，能不心切吗？家庭团聚是要付出代价的，是需要钱的，起码得要二三十万块啊。

　　"我会做这个。"在一家衣工厂，黄品嚷指着服装裁剪的工人说。

　　听老板说他们需要一个会裁剪的工人，为得到那份工作，黄品嚷"铤而走险"。

　　那是个好日子，要风来风，要雨得雨，老板喜出望外，黄品嚷心想事成，被录用了，两人都很幸运。黄品嚷没干过裁剪，他的幸运犹如在钢丝上跳动，这脚踩上就幸运一下，没踩上幸运就摔得粉碎。他很聪明，善于观察，边干边学，不会就多瞄两眼，多琢磨一会儿。可是，总有瞄不着、捉摸不透的时候，没几天他就搞砸了，裁坏了布料。老板蒙受了损失，气得直转圈儿。

　　被炒了鱿鱼的黄品嚷只得再找一家衣工厂了。

　　"我会裁剪。"他对下一家的老板说。

　　"你在哪儿做过？"

　　黄品嚷说自己在哪儿做过，他说的是实话，只是没提把布料裁坏的事儿。

既然如此，哪有不录用他的道理呢？幸运又降临了。

黄品哓艺不高，胆子大，干了段时间又惹祸了，又把布料裁坏了。这次不等老板说，他自己就去找下一家了……

"吃一堑，长一智。"黄品哓渐渐学会了裁缝，一块布料，瞄上一眼，他就知道能裁几条裤子，几件上衣。

黄品哓到巴黎的第二年，妻子过去了。两人过日子比一人过好多了，夫妻俩找地方搭铺，一起打工赚钱还债。他们有一千还一千，有一万还一万，蚂蚁啃骨头似的，骨头终归是越啃越小的。

七

刘若进一踏上法国的土地，一个温暖的家就向他敞开了怀抱，迎接他的到来。

他和舅妈他们从机场一出来，姑姑的儿子早已在那儿等他了。他跟着表兄弟去了法国西部最大的城市——南特。

刘若进是幸运儿，一到法国就有了合法身份。

可是，这个幸运儿却后悔了，现实与想象背道而驰。法兰西的浪漫——悠闲地坐在咖啡厅里读书，轻松自如地在酒吧举杯红酒聊天，约几位朋友在塞纳河边散步，开车去海边兜风……一切的一切均像掉在马赛克地面上的高脚酒杯，成为闪闪发亮的碎片。

最初吸引刘若进的是到法国能开车，而事实上他到了法国确实就"开了车"，不过那不是可以满大街跑，可以开去海滨度假的轿车，而是缝制皮件的缝纫车。他每天关在姑姑家开的皮件厂里，不停地忙碌着，一件接一件地车皮包①。与他最亲密的是缝纫车和用手抚摸过的皮料。他从早车到晚上，上床睡觉，醒来后接着车皮包，周而复始，没完没了……

他很快就腻烦了，怀念起大学的生活来。

听说刘若进是个大学生，有人就说："你天天看书，讲什么文学，什么艺术，什么知识，那是没用的，是吧？在法国是要靠辛苦工作的，只有不怕吃苦，吃苦耐劳才可以有所作为。"

车皮包能车出多大的作为？难道腰包厚一点儿就有作为了？然后像姑姑那样开家皮件厂，雇几个像自己这样的人车皮包？这是一道看似简单却很复杂的命题。那个年代在巴黎的温州人绝大多数没读过什么书，有的连字都不认识。刘若进尽管读过大学，学过高等数学，但在这一平台上却很难超越他们。

姑姑对他说："你就跟大家一样，大家工作，你也工作。"

看来鸭进鸡群就要接受鸡的考核标准，做一只更像鸡的鸭子。难道这就是有作为吗？

在法国的第一个春节，刘若进没绷住，放声大哭。以往过年那是多么开心，多么喜庆，阖家团聚，吃吃喝喝，玩玩乐乐，哪怕不跟大家同乐，躲在角落里安安静静地读读书也很惬意。现在倒好，大年初一还不休息，要在工厂里车皮包，忙得像狗撵似的。他越干越感到委屈，越委屈越想家，想父母和家人，想学校，想老师，想同学。他想到自己从大学生变成打工仔，跌进社会底层，这落差实在太大了，大得让人崩溃。

---

①指用缝纫机缝制皮包。

他对姑姑说："我想回家。"

"好啊，你想回家，想妈妈了，是吧？"

没想到姑姑如此通情达理。

"对。我想回中国看看。"

"好，你回去嘛。"

姑姑说罢，帮他算了笔账：你赚了多少法郎？回家要买飞机票吧，买机票要花钱吧，那要多少钱？亲友听说你回来，会过来看看吧，你要不要送他们礼物呢？买礼物要钱吧，你想买什么档次的礼物呢？需要多少份，要花多少钱？姑姑给他一笔笔写在纸上。算完后，姑姑说："你一年赚的钱都没了。"

刘若进一听就傻掉了：我这么辛苦做一年，回一趟家就什么也不剩了？这样的话，我不回去了，打死也不回去。

"我到了法国，重新定位自己的人生，当时社会是这样，我也接受了。让我比较骄傲的是，虽然我受过高等教育，但是我到法国后跟农民没什么区别，他们能干的，我也能干。在欧洲华侨里面，能坚持这种工作态度的很少。那时有几个大学生出去后不适应，有些人看到我就说，这个大学生还有点儿用。"刘若进说。

他调整了心态，去适应法国，不，是去适应皮件厂的生活。可是，他在皮件厂车了一年皮包就忍受不住了。他是一个有想法的人，想做点有意义、有价值的事，车皮包不是他的奋斗目标，车皮包接触不到法国社会。生命有限，南特的机会很少，华人也很少，温州人就更少了，刘若进想谈恋爱都找不到对象。他又不想找法国女孩，想找温州女孩。他一遍遍地跟姑姑说，他不想在皮件厂做工了，要去巴黎，到外边闯一闯。

姑姑起初不同意，他才19岁，从校园到法国南特，社会经验还很苍白，一旦出点儿什么事跟他父亲不好交代。后来，她见他实在不愿在皮件厂做了，就说："你去我的餐馆做服务生吧，这样你可以多接触些法国人，学学法语。"

"那好吧。"

刘若进不太情愿，不过至少走出了像井口似的皮件厂，可以接触到法国人了。

姑姑家的餐馆原来由姑姑的一个女儿打理，也许她早就做够了，把餐馆交给刘若进就走掉了，刘若进顺理成章地成了"CEO"，尽管餐馆不大，那也是一片天地啊，食客来来往往，大多是法国人。作为小餐馆的"CEO"，那是皮件厂打工仔不可同日而语的。刘若进很投入，很努力，将餐馆打理得很好。

可是，他还没放弃去巴黎的梦想，过段时间，他又跟姑姑说："我要去巴黎。"

"餐馆怎么办？现在是你在打理，你去巴黎，我的餐馆关掉吗？"

刘若进想，姑姑说的也是，的确找不到人来接手。不过，姑姑要是一直找不到人，自己不是要在南特待上十年八年？到那时也就去不了巴黎了。父母、哥哥、姐姐，他们还等着他发达后来法国呢。

"姑姑，您小女儿可以接啊，我手把手地教她，她肯定能行的。"刘若进说。

姑姑的小女儿在读初中。许多温州移民的孩子十几岁就帮父母开店做生意，或者到衣工厂、皮件厂做工。

做生意即要让客户生发购买之意，有的意源自人与物的一见钟情，客户会不惜代价把它买下。这种意罕见，可遇不可求。除此之外，生意就要靠做了。做生意要揣摩顾客的心理，因势利导，让无意变有意，心动变行动。这一点，上一代华侨是做不到的，语言的屏障使得他们无法与法国顾客沟通。十几岁的孩子读到初中，在法国受了六七年教育，语言没有障碍，对法国文化与社会的了解也远远超过父母。许多温州人开的店是孩子做起来的。

刘若进去意已决，姑姑没有别的选择，只好让女儿辍学。法国规定最低工作年龄为16岁，表妹才十三四岁，属于未成年人，这样做很大胆，很冒险。刘若进的确有眼力，表妹做生意的灵性超过读书。为早日脱身，刘若进诲人不倦，使出浑身解数。三五个月后，表妹就可以打理餐馆了。

刘若进卸任，如愿以偿去了巴黎，住进了舅舅家里。舅舅和姑姑也是亲戚。姑夫的父亲是老华侨，在法国扎根已久。他仅有两个孩子，一儿一女，儿子娶了刘若进的姑姑，女儿嫁给了刘若进的舅舅。刘若进在南特的情况，舅舅一家是清楚的。

刘若进仅做过两种事，一是车皮包，二是在餐馆做服务生。舅舅也有一家皮件厂，可是刘若进不想再车皮包了，那只有去餐馆打工。他找到了一家中餐馆，老板是温州人，对他也挺信任。他年轻气盛，有头脑，不惜力，做得很好。老板一家人很赏识他的才能，他跟他们相处得也融洽。

向往爱情的刘若进开始到处相亲了，舅舅在巴黎，认识的人也多，几乎把所有朋友的女儿都介绍个遍，刘若进相亲也没成功。家庭条件好的看不上他，没有合法身份的他又怕对方想利用自己解决身份问题。

"那时候读过大学好像是你的污点，不是你的亮点，他们认为有文化的人只会空谈。他们看的是实力。"刘若进说。

　　什么是实力？要么你有钱，要么你能赚钱。你说你有文化，有知识，三年五年，甚至十年八年后会成为什么，讲这些等于给他们"画饼"，不论画得多么好、多么大都是没用的，是不会有人买账的。

　　爱情是浪漫的，婚姻是现实的，浪漫的波浪往往在现实的礁石上摔得粉碎。相亲是通往婚姻的一扇门，这扇门不浪漫。刘若进相亲数次均没成功。

　　"我不应该把自己的生活放在第一位，我得把家的责任放在第一位，我后面有父母、姐姐、哥哥，他们都等着我把他们带出来，到欧洲过上幸福生活。当时，国内正值改革开放的初期，机会还很少。"刘若进说。

第九章　婚姻是座城，走进的却是一扇意想不到的门

14岁时，他与远房表妹订婚。在一张全家福上，他们站在C位，最终他娶的却是一场车祸的"赔偿"。18岁那年，他在温州成家，如果说"民以食为天"的话，那么他娶的就是离"天"最近的女孩。

一

林加者订婚了。

在餐馆摆上五六桌，除父母、干爹、未来岳父母必须到场外，亲朋好友也都要来捧场。

这是温州式订婚，要按老规矩办——大事父母做主，零零碎碎的琐事，林加者他们也未见得说了算。这是1968年5月，林加者已满22岁，未婚妻还不满20岁。

按温州以前的习俗，男孩子十二三岁就要订婚了，女孩子还要小三五岁。晚了，好人家和好姑娘（好小伙）没了，孬的也不见得找得到，好比这茬庄稼收完了，田地被翻了，你连麦穗都拾不到了。

张达义是18岁结的婚，遵守的也是温州习俗。不仅张达义，温州许多男性遵循的都是这个"范式"——20岁前结婚，20岁抱儿子。温州人的做事风格是赶早不赶晚。

认识童秀珍时，张达义17岁，还只是哥哥，比电影《柳堡的故事》中坐在小河边惦记小英莲的18岁哥哥还小一岁。那年，张达义的一个同学要到法国定居，他和几个朋友到温州麻行码头送行。那时去上海

"死路一条"——温州话"水"与"死"读音一样，意思是"水路一条"，即搭乘"民主十八号"客轮。

"我们去温州酒家吃汤圆，好吗？"送走了朋友，有人提议道。

"好啊。"张达义率先响应。

位于五马街的温州酒家下午三点钟卖汤圆，对于温州华侨中学的学生来说，这或许相当于下午茶。

四人欣然而至，每人点了一碗汤圆。女服务员过来收款。

"那个女的怎么样，漂亮吧？"朋友瞟了一眼她的背影，问张达义。

"眼睛不错，她戴着口罩看不见脸，漂不漂亮我不知道。"他实话实说。

第二天下午，张达义去温州酒家隔壁的中国银行办事，正式邂逅童秀珍。她觉得有意思，他昨天刚跟朋友去店里吃过汤圆，今天又碰了面，这难道是缘分？张达义的那个朋友以前来店里吃过汤圆，还跟她开玩笑地说："我们丽岙有个外国人，我介绍你们认识一下好不好？"童秀珍没当回事，笑笑也就过去了。她在招待所工作过，见的外国人多了。

她冲张达义笑了笑，他也冲她笑了笑。哎呀，这姑娘长得可真漂亮。欸，这不是那个眼睛好看的服务员吗？昨天她戴了口罩，没看到她的脸，今天看到了——五官周正，长得秀媚。

"后来，我常去（温州酒家）吃点心，我们从相识到相爱。你看，我出生在巴黎，她出生在温州，我生活在农村，她生活在城市，我们怎么会走到一起呢？不是命中注定的吗？"张达义说，"她父母都从事餐饮业，她家三兄弟六姐妹，一共九个孩子。我第一次带她到我家里时，我妈问她家里有几个孩子，我说兄弟姐妹九个，我妈说，好啊！

我家那时只有我和我妈两个人，人丁太少了。我妈说，这么大的家庭，好!"

秀珍家里兄弟姐妹多，家务负担重，有一大群孩子需要照料，母亲就不能上班了。秀珍在家排行老大，父母没跟她商量就给她办了退学手续，让她顶替了她母亲的工作。

张达义与童秀珍订婚是件了不起的事，下呈村都为他感到骄傲。对比丽岙乡下，温州城就是"天堂"，童秀珍可是来自"天堂"的姑娘，还有"铁饭碗"，工资比张达义还高——他每月35块，她40多块。那时刚走出"三年困难时期"，"听诊器、方向盘、屠夫刀子、营业员"最为吃香，大家坚信"民以食为天"，而饭店的营业员是离"天"最近的。张达义初中刚毕业，正赶上"精减下放"①运动，回下呈村参加农业生产劳动是大概率的事，也就是说他是当"准农民"。

童家可不这么看。张达义和童秀珍相爱后，张达义的妈妈要托人到童家说媒，童秀珍征求父母的意见。童秀珍的妈妈说："人家可是华侨哟，我们配不上的啊。"

在温州人眼里，华侨似乎是高人一等的，他们是有钱人。童秀珍的父母还怕张达义看不上自己家呢。张达义是归侨，人要个头有个头，还长着一张欧洲人的面孔，家庭背景也不同寻常，父亲和哥哥是华侨，在荷兰开餐馆，跟在温州酒家当服务员的童秀珍也算是同行。

张达义18岁结婚，20岁为人父，他们生的第一个孩子是温州人翘首以盼的儿子。

---

① 1961年4月9日，中共中央转发中央精简干部和安排劳动力五人小组《关于调整农村劳动力和精简下放职工问题的报告》。到1963年6月，全国共精简职工1887万人，减少城镇人口2600万人。

▲1963年,张达义与童秀珍结婚

▲1979年,张达义出国前全家拍的合照

"我太太也不容易，很辛苦。为什么这么讲呢？那个时候交通不方便，我母亲一生病，她就要请假回来。她回来要坐小船，从温州小南门上船到丽岙要两个多小时，那边下午两点钟开船，这边回温州的船早上六点钟开。她回来待一天，第三天一早就得走。她很勤劳，回来要照顾我妈，还要打扫家里，有小孩之后，还要照顾小孩，真的很辛苦。我父亲去世前，她请了两个礼拜的假回来照顾我父亲，都是她一个人，很不容易。她毕竟不是女儿，女儿可能也做不到这样。我这辈子最大的福气就是娶了一个善良、漂亮、孝顺的太太。"张达义说。

▲1979年张达义夫妇出国前与岳父、岳母一家的合影

二

林加者是到法国的第四年订的婚。这时，他已发生了很大变化，个头长高了，由浙南的乡村孩子变成了巴黎的帅小伙。初到巴黎时，他在机场跟母亲、妹妹见过面后，父亲就把他领到位于第三区庙街的住处。母亲已有了男友，他是母亲的同学，也是离异的。婚姻给两人留下难以愈合的重创，或许对婚姻已不抱什么希望，或许觉得彼此都已完成生儿育女的重任，也就没必要再婚了，两人生活在一起，开开心心就好了。

父亲他们的生存条件很差，皮件厂弥漫着皮料的刺鼻气味，住房简陋，没有卫生间。他们每周去澡堂洗一次澡，平时只好用毛巾擦擦身。父亲是强挺着去机场接的林加者，他病了，染上了肺结核，这病传染性很强。安顿好林加者，父亲就被送到离巴黎很远的医疗中心去治疗了。林加者到巴黎的次日就在皮件厂上班了，他跟着干爹学做皮带、背带和皮包，也代父亲给后母汇款。

巴黎进入冬季，雪花飘落下来，天气一天比一天寒冷了，林加者没有棉衣，仅有一件父亲朋友送的羊毛衫，这哪里过得了巴黎的冬天。干爹见他冻得直缩脖子，嘶嘶哈哈的，领他到跳蚤市场，买了件旧衣服，花了50法郎。

干爹知道林加者在家乡经常吃不饱饭，饿肚子，就每天早上给他准备一根长长的法棍，还有加了很多糖的牛奶咖啡。庙街有一家肉铺，那年巴黎流行吃马肉，马的肉质鲜嫩，脂肪较少，营养也比较丰富。干爹想让林加者的个子再长高点儿，就按照法国人食马肉的方式，用盐把马肉腌一下，让他生吃。林加者看着那鲜红的生肉，无论如何也吃不下去。干爹只好用开水烫一烫马肉，让肉的颜色变浅些，再给他吃。别说，自从吃了马肉之后，林加者的身高不断往上蹿。干爹每个月都给他量一下身高，让他靠站在门框处，干爹拿刀划上一道。那划痕像浮在水里似的，一点点往上走，最后在1.71米处停下。林加者长高了10多公分。

林加者聪明，没多久就学会制皮、染色等技术。他像其他工人那样早上8点钟上工，晚上10点半收工，中间除吃饭外没有茶歇，周而复始。礼拜天他还得上班干活儿。他虽然跟妈妈、妹妹生活在同一座城市，却很少见面。他只要去看妈妈，妈妈就给他做西餐，教他说法语。

1966年2月，父亲出院了，身体有所恢复，可以回厂里上班了。妈妈建议林加者去服兵役，希望他到法语环境中去锻炼，为融入法国社会打基础。法国适龄青年是要服兵役的，林加者听了妈妈的话，去了法德边境的陆军部队。

部队要求每个士兵都要会说法语，而林加者的法语水平仅限于"你好、我好、大家好"之类的简单会话。部队中除林加者外还有一个士兵不会说法语，他来自埃塞俄比亚，也是个混血儿，父亲是法国人，母亲是阿拉伯人。为让这两个士兵的语言达到标准，部队安排专人教他们法语。在部队，林加者完全失去了温州话语境，要么说法语，要么不言不语，他的法语突飞猛进。

有一次，部队要求士兵完成100公里行军任务，要背负重25公斤的枪支、背包、干粮和水，限三天内抵达目的地。第一天就有人丢盔卸甲，第二天掉队的人多了起来，第三天就更多了，林加者却坚持到最后，获得营长的表扬。

▲二等兵林加者

在实弹射击中，林加者受到营长的第二次表扬，他的火箭筒发射很准，一弹命中目标。

营长听说他有中国血统，问他："你爱法国吗？"

"爱的。"

"你爱中国吗？"

"也爱。"

"如果法国与中国开战，你的枪口对准哪一方？"

"我投降。"他举起双手。

"投降？为什么投降？"营长大惊失色，这个二等兵简直不像话。

"法国是生我的母亲，中国是养我的母亲，我能向哪个母亲开枪呢？只有举手投降了。"

营长看了看他，也许是理解了他，没有吱声。

1967年7月3日，林加者退役了，他的身体强健了许多，还可以用法语交流了。七八月份是法国人的休假季，工厂、商店歇业，巴黎人像歌剧散场似的出了城，将工作和生活烦忧从脑袋里清空，奔向尼斯、马赛、戛纳、诺曼底等海滨城市，让凉爽而柔曼的海风拂面，让沙滩和阳光轻抚身体……

林加者有个好朋友，叫应源松，刚考取驾照。刚考取驾照的人对远方有着无限向往，恨不得把车开到天涯海角。应源松家里刚买了一辆老爷车，他开车载着林加者，以及一对情侣朋友，随着滚滚车流驶向法国西部的大西洋海边。情侣需要黏在一起，这样副驾成了林加者唯一的选项。在海滩，他们享受了细软的沙滩、清澈的海水，还有刚打捞上来的海鲜。

林加者和应源松相识的时间不长。服兵役时，林加者每半个月休一次假,年轻人爱玩,打打乒乓球、游游泳、看看电影总是要的。玩嘛,一个人没意思,人以群分,林加者有法国血统,又学会了法语,但在骨子里还是温州人。20世纪60年代,巴黎的温州人很少,像他那么大的年轻人就更少了。应源松是温州人,还跟他同岁,他们自然而然就成了朋友。林加者有时还带着妹妹和应源松一起打打乒乓球、看看电影。

三

法国的高速公路起步很晚,到20世纪60年代法国全境也仅有100公里左右的高速公路,因此500多公里的路途还是略漫长的。玩得尽兴的另一层含义就是玩得疲倦,林加者上车后话就少了,渐渐地眼睛都睁不开了,犯迷糊了。只听"哐"的一声闷响,他就飞了出去,"啪"的一声摔在地上,昏死过去。

驾车的应源松也睡着了,车冲下山道,翻了几个滚儿。老爷车没有安全带,应源松被压在车下。后排的那对情侣仅受皮外伤,他们爬上公路拦下汽车,找到电话亭,叫来救护车。

林加者醒来时,已躺在医院:右腿骨折,韧带断裂,骨盆粉碎性骨折。医生将断裂的韧带用钢丝缝合,将粉碎的骨盆对接上,用钢板加固。

最惨的是应源松,颈椎和腰椎断了,颈部以下失去知觉,高位截瘫。

这场车祸在巴黎引发不小的轰动,多家报纸报道,搞得华人圈人尽皆知。

"他都不会动了，我们还是躺在一起好了。"医生要把他们分开时，林加者说。

医生理解林加者，让这对难兄难弟住在了同一间病房里。为让接好的韧带恢复原有的长度和韧性，医生将林加者的右腿拉直，在脚踝坠上四个沉重的砝码。医生说，他要仰卧三个月后才能取下砝码，骨盆处的钢板要半年后取出。这意味他要在医院住半年。

林加者和应源松的父母闻讯大惊，连夜赶到医院。看到两个可怜的孩子伤成这个样子，心如刀绞。大祸已出，应源松的命运已不可逆转，人生的下半场离不开床了，林加者能不留下后遗症也算是不幸中的万幸了。

在法国，病患要由医院护理，家属每周只能来探望一次，他们的父母只好回家了。

一天，应源松的妹妹应爱玲来了。她袅袅婷婷，穿着一件深湖蓝色的短裙装，在应源松的床头默默地坐了一个下午，临近黄昏，她像悄悄地来时一般，又悄悄地走了，没跟林加者说一句话。他们早就认识，林加者和应源松一起玩时与她邂逅过，曾去过他们家。她很传统内敛，从没跟他说过话，他也没主动跟她打过招呼。

应爱玲见二哥伤成这个样子，心像跌入无底洞，暗无天日。应源松排行老二，不过是父母的第一个孩子。他们父母都是再婚的，父亲再婚前有个儿子，母亲有个女儿。应爱玲的大哥是父亲与前妻生的，她跟二哥自然比跟大哥要亲。她的法语很好，时常陪温州老乡去医院看病。她问过医生二哥的病情。医生说，他颈椎断裂的位置如果再低一点点，手还能动，现在这种情况连手都不能动了。应爱玲想，二哥还不满21岁，就伤成这样了。她更没心思搭理仰躺在床上、右腿被吊起、百无聊赖的林加者了。

应爱玲知道二哥患有一种怪病，有时吃着饭就睡着了，醒了接着再吃。家人怀疑二哥小时候玩时脑袋撞地，留下了后遗症。去海边度假前，二哥看过医生，医生要留他住院治疗，但对没满21周岁的男孩来说，还有什么比玩更加有诱惑力？何况他刚考出驾照，有机会开车去几百公里外的海边。他想度假回来再住院治疗，瞌睡病又不像别的病，不耽误吃，不耽误喝，更不耽误玩。

二哥问过父母他可不可以开车带林加者他们去度假。

"二哥开车别累着。"应爱玲提醒过父亲。

她的意思是说二哥有毛病，一人开车去那么远行不行。在应家的六个孩子中，应源松是最受宠的。当年，母亲出国只能带一个孩子，选择的就是二哥。在母亲生的五个孩子中，唯有二哥和出生在法国的小妹是在父母身边长大的。父亲没太注意应爱玲的提醒。有时孩子的毛病父母视而不见，或许是觉得那种倒霉的事儿绝不会降临到自己孩子身上。

1968年2月，饱受半年"囚禁"之苦的林加者终于出院了，可以回家了。

能不能行走？怎么行走？这些问题就像被风吹落的树叶，飘在半空中，没有落地。

医生说，回家后，林加者要在康复医生的指导下进行康复训练。

在出院前的几个礼拜，父亲跟林加者说了件事。一天，父亲去医院看他时，在车上邂逅应源松的父亲应长生。在巴黎，温州人的生活圈本来就很小，也就那么几十个人，大多都认识，甚至有交往。逢年过节相互请客时，林永迪去应长生家里吃过饭。没想到一场车祸改变了他们的关系，应长生既难过又歉疚地说："你看，我的儿子开车睡着了，让你的儿子身受重伤，我很过意不去啊。我们是老相识了，你也清楚我家里的状况，住房都是租的，实在没什么可赔偿给你们的，我把女儿嫁给你儿子可不可以？"

林永迪知道应长生是个穷裁缝，家里孩子多，生活挺艰难的。不过，林加者已经22岁了，且不说赔偿的事，假若两个孩子能成亲，也算是桩美事。他既没答应，也没拒绝，说跟儿子商量商量再说。

"那个年代，巴黎像我这么大的男孩也就四五个，女孩只有三四个，全是温州地区的，别的地区没有人出国。你说我哪有的挑？我开玩笑说，'别说女孩，就是在冬瓜上画两只眼睛，我都要了'。"

林加者跟父亲没这么说，而是忧郁地说："我以后能不能走路还不知道。要是能走路，可以，我们就结婚，不能走路还不行。"

他不想拖累应爱玲。这么一来，能不能行走关系到他能不能跟应爱玲结婚，两个问题变成了一个。回家的第一天，林加者就开始训练了，挂着板凳在屋里来回挪动。

一个礼拜后，林加者奇迹般地出现在父亲的皮件厂。

"你、你怎么来的？"父亲大为惊诧。

父亲向他身后望望，没看到康复医生。从他们住处到皮件厂要走一千四五百步。

"我自己可以走了。"林加者兴奋地说着，挂拐杖又走了几步。

"医生不是说让康复医生指导训练吗？"

"我自己行的。"他笑了笑。

当康复医生上门时，林加者已丢开拐杖，可以独立行走了。

四

应爱玲也有一个不幸的童年。在人生最关键的那7年,父母没在她的身边。

她父亲从十七八岁开始就在法国学裁缝,20世纪40年代回国后,在上海认识了母亲。母亲家里是开服装厂的。熟悉后,他们产生了感情,走到了一起,生了两个男孩。母亲跟着父亲去了温州。

1949年,应爱玲出生于法国人开在温州的一家医院里。1951年,父亲去了香港,第二年,母亲领着二哥去香港投奔父亲,把2岁的应爱玲和4岁的小哥留给姑姑,把1岁的妹妹送到了外婆家。

应爱玲10岁那年,父母委托蛇头把她和小哥带去香港。

"那人让我们跟着他,告诉我们怎么做怎么做。他说的话我们听不懂嘛,我们就在那儿玩玩玩。突然一下子没人了,吓死我们了。过一会儿,有个人过来把我们领上船,让我们躲在船舱里,漂泊4天才到香港。"

他们到香港时,父母已去了法国,她和哥哥就住在父母的朋友家里。那是一家英国人,待他们很好。女主人教应爱玲织衣服,还送给她各种颜色的毛线,她给自己织了一件衣服。两个多月后,那家英国人离开了香港,把应爱玲他们送到了他们的女儿家里。哥哥上学了,她没上学,在家帮女主人做家务,还做点手工活赚点儿小钱。那是她这辈子最想妈妈的时期,爸爸走时她还小,对爸爸的记忆只是一个模糊的身影。

将近一年,父母才凑足他们的机票钱。应爱玲终于要见到爸爸、妈妈了,她兴奋得一连几天都睡不着觉。

飞机降落了，她和哥哥走出机场。见到妈妈时，她激动地扑过去，叫一声："妈妈!"

"不要叫我妈妈，要叫姆妈!"妈妈冰冷地说。

似一盆雪水从头顶浇下，她感到很冷。妈妈没有像她想妈妈那样想她，这让她很受伤害。从此母女疏远，再没有亲近过。

家里很穷，住房仅48平方米，要容纳一家7口。一个房间里住着父母，另一个房间里住着三个哥哥，她和小妹只好住在洗手间里，里边摆放着一张很窄的小床。小妹是妈妈到法国后生的，还有一个妹妹在上海。

"比我父母迟十几年二十几年到法国的都买了房子，我父母一直到去世住的房子都是租的。在我们家，父母和孩子没有沟通。妈妈总是领着我妹妹外出，留我在家里干活。我18岁的时候，妈妈说送我一件礼物，我高兴极了，结果期待了很久的礼物竟是一条煮饭用的围裙。我把它放在柜子里，直到我结婚，孩子都很大了，才把它扔了。爸爸姓应，我说应家的血可能是冷的。以前（婚姻）都是父母做主的，订婚就是我父母和他爸爸定的。我根本没想结婚，根本没有。在我二哥的朋友中，有三个中国人，还有法国人。有一个法国人（对我）可能有点儿意思，妈妈怕了。她可能觉得林加者还有一半中国血统，总比纯外国人好嘛。"

应爱玲有个朋友总和男朋友去看电影，人家说她很轻浮，还没订婚就已经跟人在一起了。妈妈对应爱玲看得很紧。一次，她和女同学出去看了一场电影，回来就被妈妈打了一巴掌，那时她已18岁。

"我不是家里养大的，我是尼姑养大的，哈哈哈。"应爱玲笑着说起这些事。

应爱玲还记得订婚前，有个朋友对她说："你知道吗？你已经19岁了，你到现在还没有男朋友，外面会说你是老老老女孩。你看谁谁谁结婚了，谁谁谁18岁就养孩子了。"

谁知道缘分来了，门板都挡不住。

"订婚呢，请几个朋友吃一顿饭就好了。我记得那时订婚是女方家的事，结婚是男方家的事，我爸妈请大家吃的饭，在朋友家开的餐馆里，他爸爸在，他妈妈不在，可能有十来个人。"

林加者的记忆跟应爱玲的不同。记忆是条靠不住的河，人犹如站在那条河中，过往的感受、印象和认知被昼夜不舍地冲洗着，水流的缓急、水温的变化都会改变记忆的显影。

五

巴黎有"世界花都"之称，5月是花都最好的季节，风物宜人，百花争艳，到处都是浪漫的身影。花枝招展的女士挽着风度翩翩的男士漫步于林荫道上。街边的咖啡吧里，一对对情侣在窃窃私语……

一个风和日丽的下午，应爱玲身披洁白婚纱，左手持着鲜花，右手挽着身穿深色西装、系着领结的新郎林加者，踏着红地毯步入巴黎市政厅结婚仪式大厅。

在法国登记结婚有半个月的公示期，如有人举报男方或女方结过婚或订过婚将不予登记。

林加者是订过婚的，那年他14岁。

"当年在农村，14岁没有订婚就等于没人嫁给你了，要么家里很穷，要么你是残疾人。"林加者说。

　　林加者的未婚妻还是亲戚——后母表妹的女儿。1962年，父亲林永迪出国前在温州拍了张全家福，在全家福上，父亲身穿西装，系着领带，位于第三排的中间，他的左边是叔叔，叔叔本来不该出现在这张照片上，但因为他要送父亲走，就一块拍了照。父亲的右边是怀抱着几个月大的小妹的后母。梳着分头、左上衣兜里别了支钢笔、一脸稚气的林加者和一个比他略矮、胖胖的、梳着齐耳短发、扎着靓丽蝴蝶结的女孩站在中间，这女孩就是林加者的未婚妻。他们的左边是大弟，右边是大妹，前边是小弟。这张照片给人的感觉不像是父亲出国前与家人的合照留念，反而有点像是林加者和未婚妻的订婚纪念。

　　"并不是说我不承认自己订过婚，我考虑的是，当时我在法国服兵役，这样的海外关系对我是有影响的，这是原因之一；再者，我也不喜欢这个未婚妻，这是原因之二。1966年，我写了一封信，那个时候我还不太会写字，靠查字典写了几个字，说这门亲事我不要，这不是

▲林加者与应爱玲的结婚照

我自愿的，是父母做的主，因为我永远不会再回老家了，所以我要放弃这门亲事，（订婚时）送的戒指和礼金都不要了。"林加者说。

应爱玲跟林加者订婚后，妈妈对她放松了管束。她和林加者每个礼拜天都会在一起看场电影，去咖啡厅喝杯咖啡。她渐渐感觉到了林加者的帅气，他也发现了她 1.65 米的袅袅婷婷之美，两个人站在一起，她不穿高跟鞋比他略矮一点点，穿上高跟鞋就跟他不相上下了。

情侣相聚，不论多长时间都是短暂的，时间像流水，永远不够用。林加者康复后在巴黎拉丁区①的一家餐馆里做服务生。他想融入法国社会，这也许是最好的选择，每天可以接触形形色色的人，可以讲法语，也可以学普通话。林加者在餐馆里打工，从礼拜一到礼拜六在餐馆楼上楼下跑来跑去，礼拜天下午有半天假，可以跟应爱玲在一起。工作是忙碌的，生活是甜蜜的，每个礼拜都有期盼，日子像赶着一群羊往前走，走着走着就会发现一片鲜嫩的草地。

1969 年 1 月，林加者和三个温州老乡租下这家打工的餐馆。中国人说："和气生财。"不知是那老板不善经营，导致夫妻争吵，还是夫妻感情不和，争吵伤了财气，餐馆的收入越来越不好看，接着，一场学潮压垮了这对夫妻。

1968 年 3 月，巴黎大学的一名学生不满美国在越南的战争升级，袭击了一辆美国汽车，遭到警方逮捕。巴黎大学的学生要求政府释放这名被捕学生，142 名大学生占领了巴黎大学楠泰尔文学人文学院行政楼，成立 "3 月 22 日运动" 组织。5 月上旬，法国各地学生相继罢课，

---

①位于巴黎第五区和第六区之间，是巴黎著名的学府区。中世纪拉丁区以拉丁语作为通用语言，因此得名。

游行示威，出现了法国有史以来规模最大的学生罢课、工人罢工风潮。拉丁区的学校很多，受学潮影响很大，餐馆的客人像旱季的亚马孙河水越来越少，渐渐断流、干枯。老板的信心和耐心也随之耗散，年底兑掉餐馆，领着老婆，挟包离去。

林加者既是老板又是服务生，应爱玲过来做收银员，真是一举两得：餐馆有了法语说得流利、忠诚可靠的收银员，他忙不过来时她还会帮一把；这样，他们可以长相守，不用从礼拜一就开始盼礼拜天的约会了。餐馆不大，楼上有30多个座位，楼下也有30多个位子，他可以托两只长茶盘，一个上托，一个平托，马不停蹄地跑上跑下，两三个月就跑破一双皮鞋。

他们为自己打工，为对方而存在。他和她不回家了，他们在一起就是一个家。他们先是住在第三区的庙街41号，后来搬到林加者父亲的皮件厂的楼上——一个犹太人要转租，他们把那一房一厅租了下来。

"订婚半年后，我们就同居了。我们的父母都离过婚嘛，所以我们两个人不想结婚，同居就好了。我妈妈骂我，我离开了家，去找他，他说：'没有关系，还有我呢。'"应爱玲说。

"没有关系，还有我呢。"这或许是她期待了19年的，最让她动心的话，也是最实在、最熨帖的话，她铭记在心。过去她最缺少的不是钱，而是爱，是精神的支撑。她童年就开始赚钱，想着这个，想着那个，最终两手空空；她爱过父母，爱过哥哥，爱过妹妹，自己仍然是孤独的存在。只有这个男人的肩膀才是她的港湾，有他在她就不再孤独。

应爱玲怀孕了，这下不想结婚也得结了，双方父母紧锣密鼓地张罗起来，趁还没显怀赶紧把事办了。林加者母亲那边的亲戚让他们拉个单子，列上新家缺少的东西，如家具、炊具、餐具、咖啡用具等，母亲的亲戚会在单子上打钩选择，作为礼物送给新婚夫妇。

金碧辉煌的巴黎市政厅结婚仪式大厅里，在100多位亲友的注视下，林加者和应爱玲结为夫妻，肩披红蓝白三色绶带的市长像教堂牧师似的主持这场婚礼。林加者和应爱玲承诺：爱与忠诚对方，无论贫困、疾病或者残疾，直至死亡。接着他们交换婚戒，在结婚证书上签字。她还不到20岁，需要父亲代签。

从结婚仪式大厅里出来，亲友团开进了一家西餐厅，标准是每位50法郎。

"那个时候，50法郎已经吃得蛮好了。"林加者说。

这对新婚夫妇没去度蜜月，第二天一早爬起来，又像往常那样去餐馆上班了。

"那个时候我只有19岁，也没有觉得爱不爱。他对我真的很好，出去会寄礼物给我。为什么要跟他结婚？我也不知道。人到了年龄就要结婚，那个时候就是这样嘛，我们两个没有恋爱过，没这件事。"应爱玲说。

"没有谈恋爱，我们是先结婚再恋爱。送鲜花给她是有的，结婚前喝咖啡、看电影是有的，看电影时靠在一起，这肯定是有的，这不能说是谈恋爱吧？"林加者也不承认他们婚前谈过恋爱。

爱情有时叩门很轻，也许你没听见，不经意地将门打开，当你还在等待她的来临时，她已在屋里了；有时像一场雨，你仰望着等待，却没发现地面已被打湿。寻常人的爱恋大抵如此，不必期待像小说或电影那么轰轰烈烈，那种爱恋像疾风暴雨，来时迅雷不及掩耳，走后满目疮痍。小说和电影讲的只是上阕，没讲下阕。

林加者对她说："你叫应爱林，应该爱林加者。"

对无法区分"玲"与"林"读音的人来说，应爱玲就是应爱林。一个男人如此联想，也折射出希望爱像名字这般天长地久，相伴终生。没有爱是很难想出这句话的。

"那个时候他喜欢我，超过我喜欢他，可能我有点笨，哈哈哈。"应爱玲说。

1968年12月8日，他们的第一个孩子降生了，是个女孩。

女儿满月了，应爱玲把她放进篮子里，提着上班了。到了餐馆，她把篮子挂在后面长廊的柱子上，就去收款和跑堂。孩子饿了，她或他温一瓶牛奶，把奶嘴往孩子嘴里一塞，又去忙了。小孩吃奶爱动，有时奶瓶从篮子里滚落下来，掉在地上，碎了，他们就再买一个回来。一次，掉下来的不是奶瓶，是孩子。这可把他们吓坏了，把孩子抱起来看看，还好没有摔坏，又放回篮子里，接着忙去了。

1969年，林加者和应爱玲赚到了人生的第一桶金——3万法郎！

第十章 | 回家，这比留下还要艰难

他"租"了一个"法国老板"，却跌进烦恼的深渊。为把根扎下，亲朋好友去了意大利，他却决计不再漂泊了，冲破重重阻力，领着妻子回国。

一

几乎每个温州打工仔都有当老板的梦想，几乎每个温州老板过去都是打工仔。

温州人到法国后，大都先打几年工，一是还债，二是积累资金，接着就是寻找机会做老板了。

在连襟的皮件厂打过三年工后，戴国荣当上了老板。不过，他这个老板在法律上称为"实际控制人"，不是法人代表。

谁是法人代表呢？一个跟戴国荣八竿子都打不着的法国人。我们索性称他为"安东尼"好了。安东尼一分钱没投，也没有钱投。衣工厂盈亏、倒闭，跟他一毛钱关系都没有。

既然如此，为何还要安东尼来当法人代表呢？按法国的相关规定，获得十年合法居留证的移民才有资格办厂开店，戴国荣没这个资格。

这样做有没有风险？有的，且很大，等于把自己的资产挂到安东尼名下，安东尼有权支配这些资产，即便将资产转移出去，戴国荣也没有办法。那么，为什么还要冒这风险呢？

"出国前,我们以为法国的钱很好赚。到了法国才知道,每天从早到晚在工厂里面,眼睛一睁开就工作,放下活儿就睡觉,真是太累了。我想这么做下去是不对的,必须自己做老板,那样自己说了算,会自由些,想休息就休息。" 戴国荣说。

人是复杂的,欲念是多重的,动机也不会单纯。出国前,戴国荣是技术员,那些当农民的亲朋好友对他要高看一眼。到法国后,好似洗牌了,手里原有的好牌没了,再抓到手里的牌还不如别人的。到法国后,过去远不如戴国荣的人都当了老板,他还在打工,那种感觉肯定不好。

市场犹如公交车,有下有上。戴国荣想办衣工厂,有人想转让。戴国荣过去看了看,觉得还可以,但难题出现了:他没有办厂资格。安东尼出现了,他有资格。戴国荣犹如做豆腐找到了卤水,安东尼在东南亚待过,会七种语言,比如越南话、柬埔寨话、老挝话等,简直是个语言天才。他年过而立,除了拥有法国国籍之外近乎一无所有,没老婆孩子,居无定所,像流浪汉般随心所欲,清贫并快乐着。

"以你的名义帮我注册一家衣工厂好吗?什么都不需要你做,也不用上班,我每月给你开5000法郎工资。"

安东尼愣了一下,用陷在眼窝深处的蓝眼睛打量着戴国荣,瞳孔似乎有些扩张。他或许在想世上还有这等好事?看来天上掉馅饼并非白日做梦,只是有运气的人太少。

"你胆子太大了,这么做太冒险。衣工厂注册到安东尼名下,那就等于是他的,他想把你甩掉就可以甩掉,打官司你都找不到地方。"亲友听说后劝戴国荣。

在巴黎,温州人以他人名义开店办厂的例子举不胜举,林加者以自己的名义给许多亲友、同乡注册过工厂和商店。1985年前，法国规定仅有法国公民才可以开店办厂，移民后居留法国十年也不可以。1985年后，法国放宽限制，拥有十年合法居留证的移民可以开店办厂了。没有开店办厂资格的温州人就找有资格的亲朋好友帮忙注册，每月给几千法郎的红包，不过还没人找老外帮忙。

戴国荣有了安东尼，衣工厂顺利开张。那工厂不大，可也不算小，100多平方米，20来名工人，大多为温州老乡，还有越南人、柬埔寨人等。

戴国荣把家里的三个房间腾出一间来，让安东尼住下。安东尼有吃有喝有住，每月还有5000法郎的工资，成了有闲又有点儿小钱、名下还有衣工厂的法国人。安东尼的表现还不错，闲着没事儿会找点儿力所能及的事情做。

开衣工厂远比打工赚得多，但是赚得多付出也多，戴国荣开车去犹太人的服装厂里取活儿送活儿，没有话语权，一切由对方说了算，每单都很急，搞得很紧张，超时罚款事小，不再派活儿事大，如果没有活儿，你的衣工厂就得停摆。停摆不仅没钱赚，还会亏损。社会学家王春光说："到了20世纪七八十年代，一些温州人兴办了一些生产作坊，主要为犹太人代工生产产品（主要生产皮包、服装等产品），还没有达到自己生产、自己销售以及有自主品牌的水平。这个时期，温州人在经济上处于附属地位，他们为他人打工，给其他族群加工，内部没有形成一个相对独立、有相当规模的市场和产业体系，被屏蔽在市场之外。"①

---

①王春光.移民空间的建构——巴黎温州人跟踪研究［M］.北京：社会科学文献出版社，2017：44-45.

衣工厂的老板活得很累，工人下班"不带走一片云彩"，当老板的不行，睡觉前还得到厂里转一转，检查一下水、电、火；半夜醒来想起什么，也要去工厂里看看。没事时还要躺在床上琢磨琢磨衣工厂的明天、后天，把事儿在心里码一遍，捋一捋。

早上五六点又忙碌起来了，一天睡四五个小时觉，能睡上六个小时就算是"轻奢"了。睡眠少，又操劳，戴国荣开车提不起精神，等红灯的工夫就睡着了，后边的车急得直叫，有时跑过来敲车门。有一次等红灯时，他挂了空挡，忘拉手刹，睡着了，右脚一收，溜车了，追尾了……

安东尼刚来时中国话只会说"你好"。在衣工厂有了汉语环境，戴国荣有空也会教他几句，加上他语感好，人又聪明，渐渐学会了中国话。听说戴国荣家里住着一位会说中国话的老外，亲朋好友没事就跑过来跟安东尼搭搭话，听听法国版的中国话，逗逗乐。

安东尼对温州人也很感兴趣，一是可以学语言，二是这些人热情、大方，动不动就带他出去玩，吃吃喝喝，还送个礼物或红包。20世纪八九十年代出国的温州人大都没什么文化，不会说法语，无论是居住在巴黎、罗马，还是阿姆斯特丹，生活圈像个井口，生活圈里只有那么十几个、几十个说温州话的亲朋好友，跟"井口"之外没有交往。可是，他们居住在巴黎，而不是温州，如申请居留证，办理一些手续，去医院看病，不懂法语肯定不行。温州人发现了安东尼的使用价值，安东尼也发现了这群温州人的利用价值。

安东尼渐渐变了，也许本性就是如此。以前某些欲念犹如掉进石头缝隙、见不到阳光的种子，没法发芽生长。现在不同了，安东尼每月有5000法郎，还不时有温州人塞个红包给他。只要有钱，安东尼就像栖落在树上的鸟儿听到动静，眨眼就不见了。钱没了，他就又回来了。

他对钱的渴望越来越强烈了，动不动就对温州人说："我能办居留。"

后来，安东尼发现自己不仅是衣工厂的注册人，而且在法律上还拥有工厂的支配权，可以签支票。他简直实现了财务自由，签张支票就租下了一套房子，再签张支票就有了一套家具。接下来，他吃饭签支票，理发也签支票……

戴国荣找安东尼谈过几次，他说："知道了，知道了。"

好像一位宽容大度的老板在听账房汇报。刚刚"知道了"，又一张支票签出去，近一万法郎。安东尼跟钱一起消失了。几天后，安东尼回来了，钱没了，花几千法郎买的家具也变卖了。

戴国荣被安东尼搞得鸡犬不宁，噩梦不断。每天他都提心吊胆，不知道安东尼会签出多大的支票，会不会让他破产。安东尼是法人代表，戴国荣没法控制他，哪怕衣工厂关停都得安东尼签字。

幸运的是戴国荣最后还是关掉了衣工厂，摆脱了安东尼，更幸运的是他们家拿到了法国居留证，那是1989年。

二

吴时敏租了一间40多平方米的房子，一室一厅，买了两台平车缝纫机、一台双层缝纫机和一台锁边机，在家里做代工。衣工厂把活儿送来，把成衣取回去。加工费根据难易程度和加工量而定，通常三五法郎一件。吴时敏一天可赚三四百法郎，比在衣工厂做工赚得多。

吴时敏在巴黎已待了三年，对法国人的生活习俗已有所了解，知道他们喜欢"这里的黎明静悄悄"的安安静静，厌烦被噪声骚扰。法国人在工作日早晨七八点钟离家上班，晚上十点钟上床休息，礼拜六和礼拜天不去度假的话会睡个懒觉。吴时敏选择地段比较偏僻，有钱的、讲究点儿的法国人根本不会住的那种房子。他租的又是边套，一边是山墙，另一边是空的。

吴时敏和妻子安定下来，每天不必上下班，只管缝制衣服，忙并快乐着。

1995年元旦，吴时敏的二儿子出生了。二儿子出生前，吴时敏的妹妹来了法国，接着妹夫也来了，住在了他们家里。他的妹妹会做衣服。他又买了两台缝纫机，房间更拥挤了，钱赚得也多了，每月有两三万法郎。

妻子的舅公说，要想在法国生存，第一要在法国生个孩子，第二不管有没有居留证都要报工，报工就等于报税。你要去税务局取张表，填好后寄给他们。大赦时，报工表对你申请居留证大有帮助。

儿子相当于居留证，在法国只要你抱个孩子，警察不会查你的居留证。

"居留证"在一天天长大，吴时敏的腰包日益充盈。可是，生活并非洒满阳光，忙碌和劳累外，还有一道浓郁的阴影在心头不散——警察来查。这道阴影像块磐石悬于头顶，不知何时落下，将他们砸翻在地，一切都有可能归零。

到法国的第四年，刘林春在巴黎第三区租了一间46平方米的房子，也像吴时敏那样为犹太人的服装厂或温州人开的衣工厂做代工。这时，他不仅还清了债务，攒下了钱，缝制技术也娴熟了，唯一的，也是最大的遗憾是居留证还没办下来。

"张朝斌做得风生水起，他的衣工厂很厉害。我去的时候，看见吴时敏睡在衣服上，可能一晚上只睡两个小时。他体力好，很能吃苦。他负责熨衣服。"刘林春说。

刘林春和张朝斌、吴时敏见面的机会也不多，彼此都为生存疲于奔命，没时间相聚，偶尔有同乡结婚，会在喜宴上相遇，聊上几句。有时，忙得焦头烂额了，有兄弟过来看望，他就递过一瓶啤酒，让兄弟坐一边去喝，自己继续忙碌。干活儿像打仗似的，实在是没时间跟兄弟聊天。

在那种条件下，人的情调与情感都被榨干，什么想法与欲念都枯竭了，只要明天有活儿干，有钱赚就好了。没活儿干就是灾难，那就等于停工，停工可以休息一下，紧锣密鼓、没日没夜地干活儿，真让人吃不消。可是，休息就没钱赚，租房子要花钱，吃饭要花钱，喝水要花钱，点灯也要花钱，没活儿干不是没钱赚，而是倒搭钱。

刘林春出事那天一点征兆都没有。那是礼拜天，家里一屋子的人都在忙着车衣服，听到敲门声。

"谁啊？"一个来家里玩的女孩耳朵灵，问了一声。

"是我。"门外答道，说的不是温州话，语气怪腔怪调的。

刘林春不在家，去了咖啡厅。他跟吴时敏不同，小时候生活比较优渥，到巴黎后只要条件允许就会跟朋友到咖啡厅坐坐，到公园下几盘象棋，去麦当劳喝杯可乐、吃个汉堡什么的。

到巴黎不久，刘林春和妻子就去看了世界著名建筑，也是巴黎的城市地标之一——埃菲尔铁塔。电梯上到一层平台时，妻子就不再上了——一层平台要收费2法郎，到顶层要5法郎，她舍不得。刘林春上到顶层，他恐高不敢远眺，没有鸟瞰巴黎的壮美和塞纳河的柔媚。下来后，他们在下边的公园里拍了一张照片，他和她躺在草坪上，很是惬意。寄回家后，家乡的人非常羡慕，觉得他们在巴黎很风光，幸福得不得了。

忙着缝制衣服的人以为亲友来了，跟他们闹着玩，装作老外说话。在海外的生活单调乏味，大家都爱开个小玩笑。女孩很开心，想开门看看是谁在恶作剧。"咔"，门开了，几个警察进来了。她傻眼了，不知所措地站在门口。警察也许有几分惊讶，这么小的房间里居然布了五台缝纫机，还有熨烫衣服的案板，还有一幕他们是看不到的，晚上这里要睡6口人！

埋头缝纫的刘林春的妻子、弟弟、小舅子、小舅媳妇抬起头，五台缝纫机还像群马奔腾似的"嗒嗒嗒"转动着，楼下巡逻的警察就是被这缝纫机声引来的。

偏偏这时刘林春回来了，前脚一迈进门槛就发现满屋警察，知道坏事了。

他们被带到了警察局。刘林春学过法语，多少能听懂一些警察的问话。

到法国的前两年，刘林春夫妇为了多赚钱，离开金边人的衣工厂后，去了温州人的衣工厂，每天在衣工厂里干十几个小时，半夜才下班，有时还要干到凌晨两点钟，"鸡那样睡、牛那样干、猪那样吃"。生命状态仅仅是活着，只剩下吃、睡、干活三部曲。

劳动应该是美好的，尤其是在同举着指挥棒的法国浪漫派作曲家德彪西①，有着大眼睛、性感的鼻子的法国最早的飞行员圣·埃克苏佩里②，像马克思似的蓄着大胡子的法国画家保罗·塞尚③联系在一起的情况下，缝一个袖子，上一条领子，法郎就像跳跳鱼似的一尾接一尾地跳进腰包里，那种感觉更是美好。

第三年，刘林春夫妇离开了温州人的衣工厂，辗转于法国人、土耳其人和金边人开的衣工厂，下班早，他可以去夜校学法语。

"想在法国发展，语言肯定是第一位的。我当时一个礼拜学两个晚上，一次两个小时，风雨无阻。我学了很久法语音标，看不了报纸，简单地看一下好像知道，但读出来以后是什么意思就不知道了。"

家庭作坊被迫关掉，刘林春他们去堂哥那搭铺。堂哥租的房子位于第十八区，房龄比较短，设施不错，他们住的房间很小。他们又去衣工厂做工，刘林春边做工，边张罗回国。他一直想回国做服装贸易。在衣工厂缝了五年服装，对款式、面料、加工流程都熟了，对法国也有所了解，以后找机会把中国服装卖到法国。

在巴黎跟朋友聚会时，刘林春时常说："我是要回去的。"朋友以为他随口说说，在异国他乡不开心的事儿多了，每每遇到时说一句"我要回去"，烦恼也就化解了。也许听到刘林春说这句话时，思乡之情会涌上朋友的心头，会顺着这个话题聊一番。回不回国且不说，聊一聊，慰藉一下心灵也好。有四位朋友常和刘林春聊回国发展的事，其中有位朋友去法国还是刘林春推荐的线路，生意也是刘林春带着做的。

---

①20法郎钞票上的人物。

②50法郎钞票上的人物。

③100法郎钞票上的人物。

听说刘林春要回国,吴时敏等兄弟都赶过来劝阻:"在法国拿不到居留也不能回去啊,我们可以去意大利。意大利最近要大赦,到那边是可以拿到居留的。"

见刘林春归意已决,他们又劝道:"拿到意大利居留后,你想回去也可以啊,不想回来还可以卖掉,至少卖十万,这不挺好吗?"

"我不要这个钱,我要给自己压力。"

刘林春想,如果有意大利居留证,回国遇到挫折时,自己也许就会跑到意大利去。他和妻子把在法国赚的法郎兑换成人民币,也就有了做生意的本钱。他们的儿子已经10岁,女儿也快6岁了,该回去了,一家人该团聚了。

"中国任我行,在法国语言不通,我哪里也去不了。我当时就想回国,我想背水一战,破釜沉舟。这是我真实的想法。现在想一想这个决策还是对的。"回忆起当时的情况,刘林春这样说。

1995年11月26日,刘林春夫妇离开了苦苦挣扎5年的巴黎。

见刘林春真要回国了,那几位总说要回国的朋友连忙说:"我不回去了,回去也没什么事做。"他们都没回去。

刘林春走后,吴时敏、张朝斌,还有刘林春的弟弟、小舅子夫妇都去了意大利,在那儿拿到了合法居留。

三

黄品哓在法国漂泊了五年也没拿到居留证。1995年11月8日,意大利总统签署大赦非法移民令①，在法国没拿到居留证的温州人纷纷赶往意大利，黄品哓也赶了过去。

黄品哓去了米兰，到温州文成人开的厂里打工。那厂不大，可也不算小。黄品哓在服装加工上已成为行家里手。厂里有位技工，被众人奉为"师父"。他的确很牛，别人一天做二三十个垫子，他做四五十个。

黄品哓上工的第一天做了二三十个垫子；第二天，他一天干了十五六个小时，产量超过了"师父"；第三天，他又超过了自己；第四天，他把一线一布直接卡在手里，平车轧进去，提高了工效，做了一百多个！这在那个小镇引起了轰动，许多人跑过来看看这是何方神圣，居然把"师父"打到了地平线下。

黄品哓在那家厂里做了一年半就离开了，去了那不勒斯。对老板来说，黄品哓是棵摇钱树啊，一人可抵三五人，做得又快又好。老板极力挽留，但黄品哓不想打一辈子工。他像一粒漂泊的种子想寻找自己的土壤，要生根、发芽开花、结果。在那不勒斯，黄品哓也没找到可以生根的土壤，只得在别人的厂里打工，完成的计件数仍然第一。对这种第一，他已受够了，没什么兴趣了，不管怎样充其量不过是像生产队里打头的，成不了老板。

---

①1982年，意大利劳工部颁布法令，要求所有雇主为其所雇用的"无证非欧共体劳工"办理"合法化"手续，共有1.6万人在规定期限内办理了"合法化申请"。1986年12月30日，意大利通过943/86号法令，时至1988年9月30日，共有118706人依据该法令获得了合法身份。时隔不到两年，1990年2月20日，意大利政府又颁布第39/90号法令，再次大赦非法移民，这一延续到同年6月30日的大赦令，共使21.7万非法移民获得大赦。再过五年，1995年11月8日，意大利总统又签署了新的大赦令，时至次年3月，又有大约20万非法移民实现了身份合法化。

"普拉托是一个神奇的地方，它离佛罗伦萨仅20公里，人口只有20万，曾是意大利的时装制造中心，纺织工业举世闻名，是意大利华人最集中的地区，也是全球最大的华人社区之一……"黄品哓觉得普拉托是可以大有作为的广阔天地。

普拉托是电视剧《温州一家人》里周阿雨成长的地方，也是她大展宏图的地方。那时，这一电视剧的创意似乎还没有着床，主人公的原型已像一片榕树在那片广阔天地间蹿了起来，有的已独木成林。

黄品哓领着家人，大包小包地去了普拉托。1996年，黄品哓拿到合法居留证后，立即着手为父母和两个孩子申请家庭团聚移民。没过多久，他们一家人在意大利团聚了，两口之家一下子"扩张"到六口，两位老人、两个儿子——一个11岁，一个8岁。

黄品哓在普拉托一边谋划办厂大业，一边摆地摊卖"温州制造"——打火机。他很会做生意，把打火机分门别类，到网球店或网球场门口摆摊，卖的是网球状打火机；到装修店旁边摆摊，卖马桶形状的打火机。

"温州制造"帮很多海外温州人渡过难关。20世纪90年代，温州成为世界最大的打火机生产基地，年产金属壳打火机近5亿只，占全球金属壳打火机的70%。日本、韩国制造的金属壳打火机的市场零售价要三四十美元，而"温州制造"仅要几美元。

那时，中国还没有加入世界贸易组织，温州打火机难以打进国际市场。海外温州人发现了这一商机，有人往返意大利、法国等国家和温州之间，随机托运打火机。在意大利等国家，他们加价一倍，甚至更多出手。意大利的中间商以4000里拉一只打火机的价格批发给零售商，零售商在地摊上一只打火机可以卖8000多里拉。

　　"那个时候，温州的打火机企业特别多，虽然说质量不是很好，但是做得很好看，价格跟意大利的比起来还是挺有竞争力的。"一个曾在米兰摆过地摊卖过打火机的温州人接受采访时说。

　　在欧洲摆地摊卖货要有执照，申请执照要有居留证。没有居留证的温州人像打游击似的，神出鬼没，在景区或商店门口手捧只小盒，装十几只打火机推销，发现警察转身就跑。

　　有时没注意，被抓住了，打火机被没收，警察开个单子，签好字，就放人。有的警察较真，把人带到警察局，做一下笔录，至于叫什么名字，是中国人还是泰国人、缅甸人、柬埔寨人，全凭自己报。赶上警察心里不痛快，又发现他没有居留证，会把他送交到移民局。移民局的警察会给他开张自动离境卡，让他签字，限他什么时间离境。无论是在警察局还是在移民局，许多人不会报出自己的真实国籍，更不会报真实姓名，在自动离境卡上签上张三或李四就拉倒了，那个叫张三或李四的人到时会不会离境，也就不关他的事了。

　　那个在米兰卖过打火机的温州人被抓多次。一次被警察抓住时，他的背包里有几十只打火机，要是全部被罚没，损失就惨重了。出乎意料的是警察的态度很好，只是把他手上小盒里的几只打火机没收了，没有翻他的背包。

　　"他们对我们华人还是比较好的，不是那么排斥。"他说。

　　意大利的华人群体壮大得很快。1975年，持有意大利居留许可的中国移民人数仅402人；1993年，上升到两万余人；1996年，约三万人。"20世纪90年代的研究显示，意大利的华侨华人中，有90%来自浙江省，其中又以温州、丽水两地为主。"①

黄品哓说："走在普拉托的街上，能看到王朝大酒店、阿外楼、鹿城饭店、温州大酒店、奥林匹克大酒店、温州一家人美食等酒楼餐馆。"

意大利人说，没有中国人，普拉托就像一座鬼城。确切点说，没有温州人，普拉托就像一座鬼城。是富有创业精神的温州人给"意大利制造"以新的生机，重塑了普拉托。温州人还在普拉托创造了新产业——快时尚产业，像在温州市场卖海鲜似的，早上上货，中午或下午清仓。

意大利人还说，中国人"拯救了许多老字号……在马泰拉，当时沙发制造业开始显现衰败之势，如果没有中国人的到来，肯定逃脱不了灭顶之灾。当地的工人排队下岗待业，他们却合伙开工厂。当米兰和普拉托的某些地区开始荒芜时，它们就会很快变成中国城"②。

温州人生活在普拉托就像生活在温州似的，他们把意大利人、法国人、荷兰人等欧洲人和美洲人、非洲人统称为"老外"，把中国的东北人、西北人、华南人，以及浙江籍的非温州人统称为"外乡人"。

四

王瑞到法国时，父母还没有合法身份。

---

① 包含丽，夏培根.中意建交以来意大利华侨华人社会的变迁——以国家在场理论为中心的分析 [J].华侨华人历史研究，2022，6（2）：38.

② 拉菲尔·欧利阿尼，李卡多·斯达亚诺."不死的中国人"——他们干活，挣钱，改变着意大利，因此令当地人害怕 [M].北京：社会科学文献出版社，2011：2.

　　王瑞家中最先来法国的是妈妈，那是1989年，王瑞刚一岁半。那段岁月在王瑞的记忆里犹如一段空白带，没有任何影像，全凭父母、祖父母和外公外婆的讲述。

　　妈妈说，她给王瑞断奶后就出国了，到法国去投奔阿公。阿公是丽岙籍人，旅法老华侨。阿公在巴黎有家工厂，妈妈去后就在那家工厂里打工。

　　"我爸爸说，我妈妈出国后，他带着我在塘下和温州之间来回跑，坐公交车。爷爷家在温州鹿城区，外公、外婆住在瑞安市塘下镇，当时公共汽车和路况都不怎么好，不知道路上开多少时间，反正很久才可以到。爸爸说，我常常是躺在他的腿上睡着了。"王瑞说。

　　那段岁月留在王瑞记忆中的唯一印象是在塘下，爸爸要到马路对面去，让他在这边等。他站那儿等了一会儿，见爸爸还没过来，就跑过道上去。来往车辆很多，可把爸爸吓坏了。

　　爸爸出国时，王瑞已三岁。爸爸走时的情景，他也没有记忆。

　　"后来，我爸爸告诉我，他走的那天，整理行李时，我跑过去问：'爸爸，你去哪里？'我爸爸听到就忍不住泪流满面了。"

　　爸爸走后，王瑞先是跟着外公、外婆。后来，爷爷奶奶把他接到温州。

　　晚上睡觉，他要搂着奶奶，生怕睡到半夜奶奶丢下他走了。他细小的胳膊搂着胖胖的奶奶，感到踏实。奶奶渐渐习惯了，说让孙子搂着睡觉舒服。后来，他出国了，奶奶一睡觉就想孙子。有时半夜醒来，转过身找不到孙子的胳膊，奶奶哭了。

　　他四五岁时，妈妈回过温州一次，小姨领他去温州永强机场接妈妈。他站在接机口的栏杆上向里边望，人流一股接一股地拥出，他不知道妈妈长什么样,哪个是妈妈。小姨让他喊,他就拼命地喊:"妈妈,妈妈!"

他终于把妈妈从人群里喊了出来。看到妈妈的第一眼,他感觉妈妈好美啊,她烫着发,穿着很洋气,跟温州女人不一样。晚上,他没搂着奶奶睡,而是跟妈妈睡在奶奶家的小屋里。他兴奋得睡不着觉,问妈妈一个问题,又一个问题。妈妈给他讲法国,讲她和爸爸在法国的故事,还有他们朋友的故事……

王瑞上学了,同学都有妈妈接送,他没有。他们都不相信他有妈妈,他气愤地说:"我妈妈在国外,我妈妈在国外!"

王瑞觉得妈妈在国外是一件非常了不起的事情。

奶奶家的邻居羡慕地说:"王瑞的妈妈是华侨。"

华侨是什么,他不知道。他想,华侨肯定了不起。学校开家长会,别人不是妈妈参加就是爸爸参加,他是小姨去的。老师问:"王瑞为什么没有家长?"

一天,小姨领着王瑞去班主任老师家里,解释他家的情况。小姨跟老师说王瑞如何可怜,说着说着眼泪流了下来。他不知道什么是可怜,为什么小姨说到可怜要流眼泪。

后来,王瑞回忆那段经历时说:"农村有很多像我这样的留守儿童,在他们很小的时候父母就去外地打工了,把他们托给了爷爷奶奶养,不同的是我父母在法国,但是跟这些农民工的小孩是差不多的。"

1995年初,爸爸回来了,说要把王瑞接到法国。爸爸妈妈拿到了意大利居留证,为王瑞办了移民。他才7岁半,在读小学一年级,没跟他讲这些事。

"那么,我去国外待三个月,待完就回来。"他说。

他不想跟爸爸去，可是又觉得不去不公平。爸爸回来住了三个月，自己应该去爸爸那儿住三个月。

"是是是。"爸爸笑着答应他。

离开温州时，爸爸拎着行李，王瑞跟在后边，奶奶在后边不停地挥手。他走几步就回头看看，看见奶奶哭了。他想，我三个月后就回来了，奶奶哭什么？若干年后，他回到温州，走到老家那地方就会想到奶奶挥着手流泪那一幕，眼睛不由得湿润了。

王瑞跟爸爸到了北京，从北京飞到芬兰，再到意大利的罗马。

他们乘坐的是芬兰航班，空姐笑得很甜，她很喜欢王瑞，还送给他一个飞机模型。离开温州，离开奶奶，王瑞觉得什么都不对劲儿了。空姐送来的飞机餐是西餐，有生菜，他吃一半就吐了。他想吃奶奶做的菜，盼望这三个月过去，回到奶奶身边。

到罗马后，似乎所有东西的味道都乱套了，咸的变成甜的，甜的变成酸的，酸的变成苦的。酸奶甜腻腻，还有股说不上来的气味；奶酪有股臭脚丫子味，闻着都想吐，老外的日子实在太苦了。

后来当选为巴黎第十九区副区长的王立杰也是7岁多离开温州的。他是丽岙茶堂村人，父母1984年去了法国。那时，他仅一岁，像王瑞似的没什么记忆。他跟爷爷奶奶生活了近7年，他的母语是温州话。他出国时，父母还没拿到合法身份，没法回来接他出去，只得找人把他带到法国。

这是一对温州夫妇，有荷兰护照，他们有两个孩子，一儿一女。儿子年纪跟王立杰相仿，让他以他们的儿子的名义出去，让一个温州女孩以他们的女儿的名义出去。他们这"一家人"飞到香港，又从香港飞到荷兰的阿姆斯特丹。出关时，那对夫妇很紧张，再三叮嘱王立杰和那小女孩："警察要问，你就说我是你爸爸，她是你妈妈，你们是哥哥和妹妹。"王立杰和那小女孩都很乖巧听话。

到阿姆斯特丹后，"爸爸妈妈"开车把他们"兄妹"送到巴黎，交给他们的父母。

有意思的是王立杰的妻子也是这么去法国的，也是那对夫妇带出去的。她比王立杰小三岁，出国那年才6岁。

对王立杰来说，爸爸妈妈是陌生的，虽然在家里看过他们的照片，接过他们的越洋电话，但情感的距离还很漫长。他不叫爸，也不叫妈。住得也不适应，在茶堂村他们自己家有一幢房子，在巴黎两家人住两室一厅的房子，一个房间里住着他和爸爸妈妈，另一个房间里住的是他出国前就认识的叔叔阿姨。那房子很破旧，还没有水，他跟爸爸要去隔壁邻居家打水。

爸爸妈妈有时去工厂做工，有时在家缝衣服，厅里就是他们的工作间，放置了两台缝纫车。

王瑞发现罗马也不是一无是处，街头有许多自来水龙头，是拧开就可以喝的自饮水。罗马的夏天，风儿热乎乎的，这一点有点儿像热情的罗马人，他们喜欢小孩子，却不愿生育，不管谁家孩子，也不管哪个族群的，都会让他们满脸阳光。小孩冲他笑一下，哎呀，可不得了了，罗马人像彩票中奖似的开心。

晚上，王瑞和父母挤在一张床上。他不懂那叫搭铺，搭在老外的家里，位于罗马的郊区，房间很简陋。爸爸不想在这葡萄酒之国①落地

---

① 古代希腊人把意大利称为"葡萄酒之国"，这源于意大利得天独厚的地理条件——整体上属地中海气候，夏季炎热，阳光充足，冬季温和多雨，为葡萄提供了更长的成熟期。意大利拥有超过800种葡萄，其中经意大利农业和林业部记录并认证的就超过350种。

生根，觉得这边的生存环境不如法国。可是，法国的居留证却像阴雨天的太阳不知道什么时候会冒出来，也不知还能不能冒出来。爸爸妈妈在巴黎等待多年，无奈才跑到罗马拿居留证。

没拿到意大利居留证纠结，拿到了还是纠结。最后，父母带王瑞回到了巴黎，想再挺两年，实在不行再回意大利定居。像他们家这样持意大利居留证住在法国的温州人很多。

到巴黎后，爸爸去一家餐馆打工，妈妈在家做衣服，有时也会去衣工厂做工。他们住在塞纳-圣但尼省庞坦市的出租屋里。庞坦市相当于中国的一个镇，仅有5万多人口。

王瑞上学了，父母因没有合法身份，不敢做儿子的监护人，只得请一位有合法身份的朋友来做。王瑞读的是一所公立学校，学校有专门为像他这样不会说法语的孩子开设的语言班。

第一天上学，老师讲的是什么，他不知道。同学说什么，他也不清楚。好不容易挨到4点半放学，大部分同学都被家长接走了。王瑞不明白自己为什么不能回家，想到在老家听说的小孩被拐卖的事，不由得害怕起来。他像只被逮进笼子里的小鸟恓惶不安地向外边张望着。时间像电影的慢镜头，他在分分秒秒煎熬着。

6点钟，爸爸终于出现了，他一下扑到爸爸的怀里，放声大哭，爸爸抱着他也哭了。缘由不同，王瑞是在恐慌中终于等来爸爸，放心了；爸爸哭的是生存艰难，无法给儿子安逸的生活。

爸爸说，自己6点钟才下班，不下班没法来接他。他让爸爸给他买块手表，这样他放学后就知道爸爸还有多少时间才能来。几天后，他手腕上有了一块手表。

王立杰在学校里也哭过。到法国后，父母忙着赚钱，没时间管他，把他送到学校里读书。那是一所公立学校,王立杰刚入学时,那个班上有30个年龄不同的孩子,小的6岁,大的9岁。班里有三个温州孩子,其他都是非洲和欧洲其他国家移民的后代,他们有一个共同点——不会法语。

第一堂课时,老师检查了王立杰的书包,见笔和本子的包装都没拆。同学都看着笑,他有点尴尬。不过,那很快就过去了,老师和同学都很喜欢他,没因他是亚裔而另眼相待。

有一天,一个同学突然对他说:"中国人吃狗肉!"这让他感到难堪和屈辱。他申辩说自己没有吃过狗肉,又想到对方羞辱的不仅是自己,还有自己的家人,以及所有的中国人。他气得哭了起来,哭得很伤心。

到了巴黎,王瑞才知道什么是穷。一天,王瑞想吃汉堡,父母给了他一枚5法郎的硬币,让他自己去买,那枚硬币能买一个最小的汉堡。

"你为什么不跟我一起进去呢?"他问爸爸。

"一个大人带孩子去买这么小的汉堡,会很不好意思的。"

王瑞的牙坏了,爸爸拖着不带他去看牙医。妈妈觉得不看不行了,才带他去。花了多少钱,他不知道,只知道那笔钱对父母来说非同小可。

他们家在外边吃过一顿饭,是答谢一位给予过父母帮助的朋友,吃的却是麦当劳。

意大利居留证有一年期的,有两年期的,还有永久的,前两种到期要更换,不更换就作废了。更换时,要出具在意大利生活和工作的证明。每次换证前,父母都要带王瑞去意大利居住一段时间,还要在那边打一段时间工。妈妈的阿公说："瞧你们家，像个戏班，搬来搬去的。"爸爸一听到这话脸色就不好看，为没能给他和妈妈稳定的生活，心里很难过。

"我爸有时会跟我妈吵架，他说这要多花很多钱，那边要搭铺，这边要租房子，还要把这里的工作辞掉，到那边还要重新找工作，在这上面花费很多心思和时间，不如选择待在法国或待在意大利。"王瑞说。

1997年，爸爸妈妈有点儿绝望，不想在法国耗下去了，决计把家搬到意大利。王瑞只得到学校跟同学告别，他谎称跟爸爸妈妈去意大利旅游了。他回到家，想到自己回不来了，伤心地哭了。这是他出国后第二次哭，爸爸看到了，把他紧紧揽在怀里。爸爸心如刀绞，那几年他很自卑，总说自己不好，自责没能让老婆孩子过上好日子。

他们大包小包地去了意大利，在罗马的朋友那搭铺。妈妈是挺着大肚子去的，到罗马不久就生了妹妹。

那年法国大赦，王瑞家符合条件，他们又匆忙搬回了法国，到妈妈的阿公家里搭铺。王瑞开心极了，毕竟在法国待的时间比较长，也会说法语了。

他们终于拿到了法国合法身份。有了"纸张"①，家里发生了很大的变化。过去爸爸时常去美丽城买鸭头下酒，那家烤鸭店是广东人开的。有时，爸爸也会给王瑞一个鸭头吃。王瑞觉得那鸭头的味道太好了，是世上最好吃的东西，只是没什么肉，除了皮就是鸭脑。有"纸张"后，他跟爸爸说想吃鸭头。爸爸说，我们的日子好过了，就不吃鸭头了，要吃鸭肉了。

---

①指居留证。

第十一章　千里走单骑，生意这么做起来

　　没地方打工就自己当老板，当他大声宣布"我们净赚4万法郎"时，妻儿欢腾。他盘下一间批发店，生意清淡，一个人，一辆二手货车，他跑遍法国的千山万水。

一

　　在巴黎团圆后，一家人就各忙各的了：张达义继续在表哥苏荫生的皮件厂里做工，秀珍去了林昌横的工厂，三个孩子上学了，读公立学校。他们要先过法语这一关，然后分班。他们三兄妹在同一个法语班。上课时，大儿子坐中间，一边是小儿子，一边是女儿。他们的年纪差挺多，大的17岁，中间的15岁，小的10岁。基础也不同，大儿子出国前已初中毕业，小儿子读小学三年级，女儿读初二。女儿读的是温州的重点中学，成绩很好。她法语学得也好，很快超过了老爸。

　　法语班的班主任是一个法国小伙子，长得很帅，他很喜欢张达义家的三个孩子，在课堂上还给他们拍过一张照片。班主任来家访时，秀珍煮饺子招待了他。她在饭店里工作过，包的饺子很好吃。她的饺子征服了这个法国年轻人。

　　表哥工厂里那些法国工人边干活边听广播，张达义也跟着听。开始，他听不懂，听不懂也听。被称为"世上最好听的语言"像一团乱麻，他理不出头绪，理不出头绪就不理，逮到哪儿就是哪儿。他不仅耳朵倾听，嘴巴也不闲着，练口型，练发音。

有位朋友跟张达义说："达义啊，你在法国最主要的不是赚钱，而是学法语。能讲法语，认识法文这才是你的本事。如果你过不了法语这道关，怎么能跟法国人做生意？"

他们是华侨中学的校友，他也是混血儿，父亲是温州人，母亲是荷兰人。小时候，他也跟着父亲回到温州。1962年，他回到荷兰，在中餐馆打工时，遇到张达义的父亲，帮他买过录音机、照相机和收音机。后来，他在荷兰开了家中餐馆，再后来，他去意大利开中餐馆，生意做得很好，让张达义很佩服。

在法国不会说法语就像榕树没找到土壤，哪怕水和阳光充足也不行。张达义9岁时，法语是他的母语，26个字母和语法他还都记得，单词和句子读得出来，还有什么难的呢？他像着魔似的，不放过任何机会，法国养母的女儿送了他一台旧电视机，他有空对着电视学，模仿主持人的口型练发音。在表哥的工厂里，他跟法国工人说法语，哪怕说得不好也要说。跟温州人在一起时，他就教他们说法语，这样既教别人，自己也得到复习。他的法语渐渐有了提高，可以跟法国人交流了。

许多人既惊讶又羡慕地说："达义，你的法语怎么学得这么快？我们来法国这么久也学不会。"

1982年初，表哥苏荫生说："达义啊，看来你得去外面找工作了，我不能再用你了，用工成本太高了。"

"好吧，那我就到外面找找工作。"他茫然地回答。

他知道表哥的皮件厂不景气，自己初来乍到，表哥帮忙过渡一下。这已经做了将近一年了，不能总依赖人家，该到外边去找工作了。小时候妈妈总跟他说："过日子精打细算，做人要诚信，做事不要过于求人，要自强。"精打细算、做人诚信，他都做到了，自强也要做到。

可是，去哪儿找工作呢？他心里一点谱也没有。靠着秀珍的收入和他在戴碧华那里做的那份工，这家哪里撑得下去呢？在丽岙时妈妈当家，去市场买菜回家要跟妈妈报账。到法国后是他当家，秀珍理个发也要跟他要钱，家里的钱怎么花出去的，还有多少钱，他一清二楚。现在，家里只有3000法郎，五口之家，要吃要喝要住，都需要钱。

"工作没了，接下来怎么办？"表弟罗兰听说，不禁为他犯愁。

"要不要自己创业呢？"他不大自信地说。

这事他想了很久，只是没想明白做什么。他已37岁，不创业还有什么路吗？没有。在表哥那儿，他学会了皮料裁剪，别的还不会。

"你可以做背带，男人穿背带裤用的那种。"表弟罗兰像找到了答案，两眼有点儿放光。

"这倒是可以，怎么卖，卖给谁呢？"

"我有个朋友想找人做背带，两法郎一条，你愿意做吗？"

"好啊，我可以在家里做。"

1982年6月，张达义花3000法郎买了一台二手缝纫机，也就是温州人说的缝纫车，不过是缝制皮衣、皮带用的。仅有40多平方米的家里，除了床，还是床。他拆掉一张床，腾出一块地方，支上缝纫机，摸索着车背带。

家变成了作坊，到处是皮料、线团，弥漫着皮料的咸鱼味和化学气味。张达义过去没车过皮件，缝纫车像匹欺生的牡马，顺着直线跑还可以，曲线就不行了。皮料不像布料，布料车坏了可以拆线重车，皮料车坏了，针孔会留在皮料上，那就不能用了。张达义只好车简单的，车直线，复杂的留给秀珍下班回来车。

孩子们知道家里的境况，放学回来也跟着忙活。别看他们年纪小，学什么比大人快，手也灵巧。秀珍回家就趴到缝纫车上埋头苦干。一家人忙到深夜，窗外一片漆黑，万籁俱寂，他们悄悄把床搭起来，各自爬上去睡觉。

1983年新年，当家人张达义埋头算了一笔账，满脸兴奋地抬起头，大声宣布："扣除所有费用，我们净赚4万法郎！明年可以自己开工厂了！"

这一消息着实让人激动，孩子一片欢呼，大人长舒口气，经济危机总算过去了。张达义没想到会赚这么多钱，感到有点儿不可思议，以前在外边打三份工也没赚到这么多钱，怪不得家乡人总说："宁可睡地板，也要做老板。"看来想赚钱还得自己干。

"我表妹想办工厂，你可不可以跟她一起干？"过年时，表弟罗兰又来了，真是及时雨啊。"厂房什么的，她能找到。你们可以做皮带，我的朋友想做皮带生意，你给他加工。"

"可以啊。"张达义开心地说。

1983年春节过后，张达义跟表妹的皮件厂开张了，效益还不错。

一年后，表妹想从工厂退出，她身体不好，不想操过多的心了。这时，张达义不仅有办厂资金，还有办厂经验，可以独自办厂了。

可是，张达义在皮料厂商那里没信用，进料困难。他需要5万法郎的皮料，厂商只赊2万法郎的，进料不足，生产遇到瓶颈。

张达义找皮料商协商，对方说："多赊不可以，或交款提货，或找人担保。"

别说在异国他乡，就是在国内找人担保都不容易。

"我给他担保！他需要多少，你们就给他多少。他付不上款，我来付。"戴碧华听说后，主动跟厂商说。

戴碧华办了多年皮件厂，生意好，信誉高，从不拖欠厂商货款。

"那好吧，你先把皮料拿走，期限到了来付款。"厂商跟张达义说。

"好人有好报。"提起戴碧华，张达义说。

在戴碧华的担保下，张达义的生意像一堆篝火慢慢燃烧起来。

"你们也帮帮忙。"张达义对放学回来的三个孩子说。

孩子放学后，没有什么作业的话就到厂里做背带。做背带成为生活的主题，他们一家人裁背带，缝背带，聊天都是背带。

学校放暑假，三个孩子没去度假，到厂里打了三个月的工，老爸按月给他们开工资。一年后，大儿子法语过了关，读职业学校电工班；女儿升入中学，后来考上大学，读到硕士毕业；小儿子进入了小学，读到高中毕业。

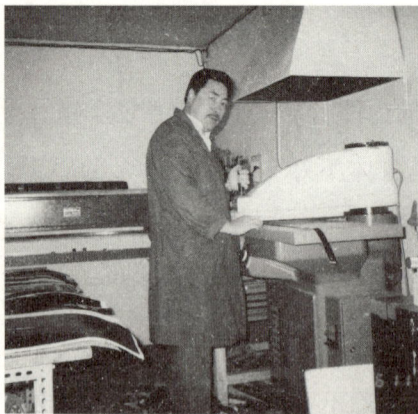

▲张达义、童秀珍在自家的工厂里工作

二

1970年2月，林加者从餐馆撤股，转行做围巾批发生意了。

任岩松和妻子茜梦南在巴黎庙街56号有一家丝巾批发商店。他已59岁，或许觉得自己年纪大了，不想再那么辛苦；也许觉得丝巾批发的利润满足不了他的预期，想把店盘出去。任岩松跟应爱玲的父亲应长生是老朋友，劝说他接过去。

应长生是裁缝，西服做得堪称一流，经商却不行：一是没经验，二是没资金，盘下那间店至少要14万法郎①，他哪有这么大一笔钱？另外，接盘的人还得有法国国籍，这他也没有。他什么都不具备，任岩松为何劝他来接盘呢？任岩松知道他不具备，但他的女婿林加者具备。

"可以呀，开餐馆赚不了多少钱，60个餐位就是60个客人，一天两餐，一年有多少啊?"林加者听岳父一说顿时来了兴趣。

林加者把任岩松那家店盘了下来，首付他付，其余贷款，股份他和岳父各占一半。

"原来第三区、第四区的批发商都是犹太人，批发被他们所垄断。犹太人做生意很厉害，别人是挤不进去的。我们中国人在那儿打工可以，开店不行。任岩松的批发店是以老婆的名义开的，她是法国人。大陆去的，我是第一个在那儿开批发店的。"林加者说。

店盘下来了，流动资金不足，林加者跟厂商又没有建立起信用关系，人家不肯赊账，店里丝巾、围巾的款式和数量都很少，没什么生

---

①林加者说是15万法郎。应爱玲讲得比较详细，说当时也比较纠结。

意可做，门可罗雀。林加者只好延长营业时间，提高服务质量。他们辛辛苦苦地做了一年，年终一结算，没赚没赔。

这怎么办？应长生年纪大了，动作缓慢，跟不上节奏，批发店要靠林加者和应爱玲撑着。他们愁得睡不着觉了。林加者想来想去，想到法国有那么多城镇与乡村，能到巴黎进货的零售商毕竟是极少数，可不可以开车送货呢？

林加者想到做到，他从二手店买了一辆大型箱体货车。夫妻俩把店里批发不出去的丝巾、围巾、领带装了上去。应爱玲在家看店，林加者开着大货车走了。他奔波在法国的13个大区、96个省。20世纪70年代，法国的路况也不大好，道路狭窄多弯，他的车又宽又长，吃了不少苦，遭了不少罪。好在他有在河头村吃苦的底子，加上年轻，也就不觉得什么了。

"我晚上睡哪里？住旅馆？我们的钱也不多，还怕车和货被偷走，我就睡在车上。夏天是这样，冬天也是这样，冷了就套个布袋或盖条被子。法国有55万平方公里，南到离巴黎最远的、法国与西班牙接壤的边境城市——佩皮尼昂；北到法国与比利时比邻的边境城市——里尔；东到隔莱茵河与德国相望的斯特拉斯堡；西到离英吉利海峡不远的布雷斯特，我都去过。后来，我又增加了皮包、腰带、背带等品种，厂家也开始信任我了，要什么货马上发给我。那时真是太忙了，忙得连赚到的钱都没功夫数，一包包扔在地下仓库。我跑了五年，每年跑十多万公里，就这样把生意一点点做起来了。"林加者说。

"我们事先写信告诉客户，他什么时候到。他在外面跑四五天，车上货卖差不多了，会回一次家。他要不回来，我就把货寄给他，告诉他寄到什么地方，让他过去取。他在外边很不容易，有一次，在盘山上刹车失灵，车冲下公路，冲进路边的饭店。还好，饭店里没有人，老板说：'哎呀，你是今天第二位客人。'还好，人没什么事儿，车有保险。他在外送货，我在店里和客户打交道，进什么货，批发什么，都是我拿主意。那个时候生意好得货一到就卖光了，我有时还得求客户，给我留点吧，我要打包寄出去。我们过去批发的是法国和意大利的围巾，后来进了印度围巾。印度围巾时尚、漂亮。印度老板见我们卖得那么好，要送我们两张飞机票，头等舱的，请我们去。我说不去，他就把机票寄了过来，说：'我寄给你，你一定会来。'我们去印度旅游度假，老板把旅馆什么的都安排好了。"应爱玲说。

应爱玲白天要接待上百位客户，一笔一笔地开发票。晚上要把账本带回家，孩子睡了，夜已深，她开始做账了，时常忙到凌晨三四点钟。她太累了，有一次累昏过去。

几年后，林加者和应爱玲又在庙街盘下了一家批发店。

有钱后，林加者在巴黎市区购置了一套120平方米的住房，在郊区建了一幢300多平方米的别墅，买了三辆车。他还给应源松买了一块墓地。应源松31岁就去世了，没能看到华人在法国的变化，也没有过上好日子。

温州老乡见林加者做批发赚到了钱，也纷纷跑到庙街开店。很快，打火机店、眼镜店、皮包店和服装店像雨后春笋似的开起来，生意越来越红火。犹太人的垄断被打破，守不住了，他们将经营十几年、几十年的店铺盘给温州人，带着丰盈的钱袋离开了。

温州人凭着"吃尽千辛万苦，走遍千山万水，想尽千方百计，说尽千言万语"的顽强精神，在庙街，在巴黎，在法国，乃至在欧洲站稳了脚跟，拼出一片天地。

三

张达义的工厂办得风生水起，生意越做越好。1985年，张达义赚到了第一桶金，在巴尼奥雷买了100平方米的房子。在法国的四年，他们先是租住在18平方米的房子，后是40多平方米的房子，现在终于有了自己的房子，面积是过去的数倍，房间也多了，不用像军营那般床摞床，儿子、女儿都有了自己的空间。

好事成双，这年3月，张达义和妻子、女儿，还有小儿子入法国国籍的申请获得批准。一个多月后，大儿子的申请也获得批准，他已满20周岁，要去服兵役了。

这还要感谢戴碧华，没有他的话，张达义他们还得等四年才能加入法国国籍。

1984年，张达义想加入法国国籍，他去警察局查原始户籍记录。

"申请加入法国国籍，至少要在法国居住六年以上，你在法国居住的时间不足六年，不行的。"一位警察对他说。

张达义听罢就回来了。不过，他感到纳闷，跟戴碧华提起这事儿。

"我们一起去外交部问问，你的情况跟我不是一样嘛，你怎么会拿不到呢？"戴碧华不解地说。

在外交部，工作人员向张达义解释说："你的情况跟戴先生不完全一样，他是母亲帮申请的，你的母亲过世了。你年轻时没在法国服过兵役，现在年纪大了又服不了兵役。不过，你现在可以申请法国国籍。"

"警察局不给我原始户籍记录怎么办？"

"没关系，我给你一个号码，他们是没理由拒绝的。"

张达义又去了警察局。

"我不是告诉你了吗？你这不行，办不了的。"那位警察说。

"外交部给我这个号码，说你们是没有理由拒绝的。"

"你等一下。"警察看过号码后说道。

张达义拿到了原始户籍记录，顺利提交了入籍申请。

"有了法国国籍，你可以随便去哪个国家，早上去、晚上去都可以，不用签证，为这个我们才申请法国国籍。如果那时中国像现在这样，你叫我申请（法国国籍）我也不会申请。现在中国国籍在世界上比法国国籍还好很多。"张达义说。

温州人搬新家是要请客的，这会给新家带来人气和喜气。张达义搬进新家后，请法国养母和她的外孙女、外孙女婿到家里做客。

"你来法国才几年就有了房子和车子，了不起啊。"养母欣喜地说。

张达义到法国的第三年考取了驾照，花4000法郎买了一辆二手车。有了车距离一下就缩短了，他可以开着车带着家人去旅游度假了。

法国养母把房间和家具打量了一遍，有的地方还用手抚摸了一下，感叹不已：这个中国儿子有本事。法国养父母从成家那天起就租房住，而且租的房子都很简陋，哪里会有这么大，这种档次？她似乎有点纳闷，大年到法国时还两手攥空拳，怎么这么快就赚了这么多钱，比他们在法国生活了一辈子的人还富有。她劳碌了一辈子，年轻时也是起早贪黑地在厂里做工，也没攒下什么，到老只有2000多法郎的积蓄。

"你为什么要买房子呢？"养母的外孙女婿感到费解。

法国是欧洲租房比例最高的国家之一，约有40%的人租房。法国是不允许随便驱逐房客、不允许随便涨房租、为中低收入人群发放住房补贴的国家。在法国不会发生房东想卖房就把租客驱逐出去的事，租客不想搬，谁也不能赶他走。外孙女家租房住，他们的亲友也都租房住，在他们的心目中，租房是名正言顺、理所当然的事。租房的好处有很多，比如，你可以根据工作地点选择今年住在第三区，明年住在第十九区，不要说巴黎，整个法国你想住哪儿就住哪儿。

张达义告诉他，温州人为什么有钱后先买房，给他算了一笔账："买房要投资四五十万法郎，看似很贵，每月要还贷，付银行利息，很不划算。可是，你想过没有？当你还完贷款，这房子就是你的，不用再付房租。你老了，需要钱时，还可以把它变现，钱拿回来还是你的。你租房每个月要2000多法郎吧？你交10年、20年，哪天不租了，付掉的房租是房东的，你是拿不回来的。"张达义说。

养母的外孙女婿是聪明人，悟性很高，一点就明白了，闹半天房子在温州人那里还是个储蓄罐啊。没过多久，他也买了房子。

1986年的凌晨3点，张达义被急促的电话铃声惊醒。接起电话，是法国养母的外孙女婿打来的，说法国养母来电话说她摔了一跤，在地上起不来了。张达义赶紧爬起来，开车赶过去。

原来养母半夜上厕所摔倒，可能腿骨断了。张达义和养母的外孙女婿把她送到医院，做了手术。

术后不到两周，张达义接到电话：法国养母去世了。

他大为震惊，前两天去医院探视时，养母还乐观地说："我挺好，没问题了。"这怎么说走就走了，连最后一面也没见着。

自回到巴黎后，他不管多忙，每个礼拜都要过去看望养母，带去些她喜欢吃的或用的东西。养母爱吃中国烤鸭，秀珍拎一只过去，养母像孩子似的，高兴极了。有时，张达义和秀珍还给养母包饺子，每次多包点儿，放冰箱里冻上，留给养母慢慢吃。有时，他们也会请养母和她的外孙女一家到中餐馆吃饭。每到礼拜天，养母就站在窗边往外望。门铃还没响，她就把门打开了。见到张达义他们，她像过圣诞节似的高兴极了。她知道孙子爱吃面包和巧克力，每次都提前准备好，孙子一进门就拿给他吃。

放下电话，张达义已满脸是泪，往事像一群海鸥似的在脑海里盘旋：在童年巴尼奥雷的家，养母举着水壶给他洗澡；阑尾炎手术后，他躺在床上，养母悄悄地在他的枕头下塞根香肠；回中国前，养母悄悄地在他鞋里放上法郎；离别25年后的第一次见面，养母泪水横流地拥抱了他，悄悄塞给他500法郎……

养母出殡那天，张达义早早赶到殡仪馆，见养母像睡熟了似的，十分安详。是啊，她思念25年之久的中国儿子带着一家人回来了，日子过得红红火火，已没有了牵挂，可以到天堂跟养父团聚了。

让张达义深为遗憾的是没有带养母去看埃菲尔铁塔。几个月前，张达义一家从奥地利旅游回来就去看望养母，给她讲述维也纳霍夫堡宫、维也纳圣斯蒂芬大教堂、萨尔茨堡老城区……

"我在巴黎一辈子，连铁塔都没去过。"养母感叹地说。

张达义多次要开车带她去看埃菲尔铁塔，她却说她老了，走路要拄拐杖，不去了。她这么一坚持，也就过去了。她走了，他再也没机会带她去看埃菲尔铁塔了，想到此，他心里阵阵作痛。

"你给妈妈带点儿什么呢？"养母的女儿问他。

按他们的习俗，亲人下葬时，要送一件礼物，让他或她带走。张达义不了解这一习俗，什么也没带。这怎么办，无论回家取还是去买都来不及了。他想了想，把腕上的手表摘了下来，放在养母的枕头旁。当年他回中国时，戴的是养母给的手表；现在养母离去，让她带上他的手表，愿这块手表在天堂陪伴着养母，让它的每一秒跳动都在表达：大年想你！

<h1 style="text-align:center">四</h1>

应爱玲又生了一个女儿。

她为难了，怎么办呢，要不要再生一个？

"算了，万一还是女孩呢，谁又能保证生男孩呢？"林加者说。

他心疼应爱玲，她身体不好，还要打理批发店，照料两个女儿，哪舍得让她再生。林加者说过，他们是先结婚后恋爱，也许他觉得婚前对她爱得还不够，婚后加倍爱她。林加者不乏法国人的浪漫，很爱妻子，开车在外卖货时，每到一处就给妻子寄张明信片。"书到用时方恨少"，他在丽岙河头村仅读过两年小学，会写的汉字极其有限。应爱玲在大陆也没读几天书，到法国后读了五六年书。林加者是在部队里扫的盲，可以浏览法文报纸，用法文写信却是不小的挑战。

"不过，'我爱你'，我还是会写的。"林加者幽默地说。

他还经常给妻子送花，让她的房间里鲜花不断。

有钱后，他送她各种各样的礼物，颈上挂的，手指手腕戴的，多得不得了。

再后来，他不再送她首饰了。她也不戴了，而是把贵重的首饰悄悄放进保险箱里，收藏起来。原来，她在街上被黑人抢了，首饰没了，还受了惊吓。从此，即便是重要场合，她戴的也是玛蒂尔德·卢瓦泽尔①式项链。

应爱玲见林加者放弃了,也就没提再生一个孩子的事。

也许艾德蒙觉得当年把儿子留在丽岙,童年没享受到母爱,有心弥补一下,也许在中国生活了几年,受温州文化与习俗影响,她像中国母亲似的帮儿子带孩子。应爱玲的母亲却接受了西方的文化与习俗,把照看外孙女视为女儿女婿的事,从不插手。

林加者的大女儿几乎跟着奶奶长大。艾德蒙住在第十区时,礼拜一早晨,应爱玲把大女儿抱到奶奶家。礼拜六傍晚,他们去奶奶家接她。艾德蒙像千千万万中国母亲似的,给儿子和儿媳做好饭。饭后,他们夫妇把大女儿抱回家,这个礼拜就过去了,周而复始。

大女儿七八岁时,艾德蒙搬离了巴黎。艾德蒙和男友在一起后,他们做酒的生意,在巴黎有15个卖酒点,赚了很多钱。他们在法国南部的一个山脚下建了一幢800多平方米的别墅,有花园和游泳池。那里的空气像被雨水洗过似的特别清新,适合养老。大女儿上小学时,每逢节假日林加者就把她送到机场,交给空姐,然后望着她像只乖顺的小羊被空姐带进登机口。他给大女儿的胸前挂张纸板,写着她的姓名、航班、飞往城市、接机人姓名和电话。艾德蒙和男友会提前在那边的机场等候这只"小羊"。

大女儿回来时,艾德蒙也如法炮制,林加者在这边接机。大女儿有一头金发,二女儿一头黑发,奶奶更喜欢金头发的。她"偏心"地对

---

①法国小说家莫泊桑的小说《项链》的女主角,她为参加舞会,借了一条精美华贵的钻石项链,但却给弄丢了,只好借3.6万法郎买一条相似的项链还给人家。为此,他们夫妇搬进狭窄的阁楼,省吃俭用,苦干了10年才还上买项链借的钱,结果遇到当年借她项链的贵妇人,这才知道当年借的钻石项链是假的。

"金头发"说："我这幢房子是你的，你想什么时候来就什么时候来。"

一次，林加者要送"金头发"去机场，"黑头发"哭闹着非要跟去不可。他只得把"金头发"和"黑头发"都送到机场，给她们买好了机票。办理"托运"手续时，空姐说，这个可以，那个不行，她太小了，要有父母带上飞机。

这怎么办？他想让空姐把"金头发"带走，"黑头发"不答应；两个都不走，"金头发"又不干。要登机了，"金头发"和"黑头发"都哭起来。

林加者没辙了，目光在排队登机的人群里巡视了一下，锁定在一位慈眉善目、年过半百的女士身上："太太，可以帮个忙吗？我两个女儿也乘坐这个航班，妹妹年纪小，没有大人领着不能登机，可不可以委托您把她们带上飞机？那边，她们奶奶会接的。"

那位好心肠的女士把"金头发"和"黑头发"带上了飞机。

"金头发"和"黑头发"越来越喜欢那边，她们跟奶奶、爷爷相处得十分融洽。爷爷有条小船，会带她们划船和游泳，还领她们逛商场。他退休了，除了陪"金头发"和"黑头发"玩，还能有什么事呢？

赶上有三四天的假期，林加者就开着他的奔驰，载妻女去南部看望母亲。吃罢晚饭，他们一家就出发了，应爱玲和孩子可以在车上睡一觉，林加者却要开上一夜的车。对别人来说难以承受，对开着货车跑遍法国千山万水的林加者来说，这是小菜一碟。奔驰的车灯将夜幕打个洞，车在洞中穿行。当晨曦掀起夜幕，他们已抵达艾德蒙所在的小镇。知道儿子一家要来，艾德蒙已早早起来，煮好咖啡，站在门前翘首以待了。

不过，林加者不会直奔母亲的家，而是先去面包店，买一堆刚出炉的牛角包，去母亲家吃早餐。

五

妹妹第一次见张达义时,她对他除手足之情外,还有种怜悯和同情。她认为中国的贫穷落后难以想象,哥哥在那吃的苦像雨后的河道乌泱乌泱的,她想补偿一下哥哥。她是公职人员,收入不高,却把哥哥领到服装店,拽过一件衣服,转过身递给跟在身后的哥哥,让他试穿一下,觉得合身,买下了,又拽过一件让哥哥试试,又买下了。她一连给哥哥买了好多件衣服,最后那件是厚厚的毛衣。

张达义拎着毛衣感到纳闷,这大夏天的穿短袖还汗流浃背,给我买件毛衣干什么?他不会说法语,她不会说中国话,他们没法沟通,心里憋着很多话,没法表达。

几天后,妹妹开车带张达义去距巴黎800多公里的土伦度假。土伦是坐落在法国东南部地中海的港湾城市,白天最高气温30℃,要穿短袖衣服,夜晚气温降到0℃左右,没有毛衣就不能在海边散步。张达义被感动了,这就是一奶同胞,30多年没见,还这么亲,血浓于水。

张达义定居巴黎后,人生地不熟,加上语言不通,有事妹妹就过来帮忙处理。妹妹在梅兹接触的波兰移民和传统的法国人较多,他们没去过中国,偏偏对中国印象不太好。张达义可以用法语跟妹妹交流后,给她讲中国的发展变化,中国人的生活现状。

"你们中国比我们法国好,你们为什么要来法国?"妹妹说。

张达义无言以对了。事实胜于雄辩,他邀请妹妹到中国看看。

妹妹说:"去中国干什么?你们中国那么苦,有什么好看的?"

张达义想,无论如何也要带妹妹到中国看看,领她到阿爸的坟墓看看。

后来，张达义办工厂，生意很好，赚了很多钱。妹妹见他们一家人如此勤奋，如此和睦，如此有头脑、有追求，能在那么短的时间改变生存状态，她对中国人的看法有所转变，也不再像过去那样，说起中国和中国人就不屑一顾了。

舅舅对中国的看法也在潜移默化地改变。他每次过来张达义都要请他到中餐馆吃饭，开始他不大习惯，认为中国菜不好吃。后来，秀珍的妹妹在巴黎开了家中餐馆，舅舅一来，张达义他们就请他去妹妹的餐馆里吃龙虾。舅舅渐渐喜欢上了中国菜。

2017 年，张达义终于如愿，把妹妹带回中国，同行的还有他的两个表弟、两个表妹和一个表妹夫，加秀珍，一行八人。这时，妹妹退休了，养老金不高。张达义承担了她的所有费用，往返乘坐商务舱，住宿是五星级宾馆。临行前，张达义的三个孩子每人送姑姑一个红包，让她去中国消费。

张达义领着这一行人先到北京，接着到上海、西安、桂林、杭州，最后到温州。他带着妹妹和表弟、表妹拜谒了阿爸的坟墓。妹妹看到阿爸墓碑上居然还刻有"孝女　张若克琳"，问哥哥："你为什么把我的名字也刻了上去？"

"你是阿爸的女儿啊。"

"中国是这样吗？"

"中国就是这样。"

或许在那一刻起，她意识到自己是中国人，至少是半个中国人。

妹妹、表弟、表妹对中国的印象发生了 180 度大转弯，他们没想到中国竟然发展得这么好，交通这么便捷，中国人民如此伟大。再提起中国，他们都为自己身上流有中国的血而感到自豪了。

第十二章 刀尖上跳舞，完败中翻盘

他开了一家批发店，为此而骄傲。亲友却说："你这叫乱来。资金链一断，你就完了！"天降一份惊喜，他却交了天价的"学费"。他终于走出困境，一口气为自己的时装公司打上12颗星。

一

1989年，刘若进备受煎熬，钱成为他关注的焦点。他每天早晨最重要的事是开信箱，看看客户的货款到了没有，到了多少；最怕的是支票签出去，银行来电话："你账上的资金不够支付。"

刘若进在巴黎犹太人集中的第二区的核心地段开了一家批发店，这既让他感到骄傲、自豪，也让他饱受煎熬和折磨。所有认识他的人都说这家店一定会倒闭，他们像刘若进关注信箱里的货款似的关注他的批发店是否还开得下去。他们倒不是跟刘若进有仇，那批发店也不是他们的眼中钉、肉中刺，他们是想印证自己的判断准确无误。

有人对刘若进说："你没有资金支撑，没有商业支撑，没有稳定客户或者产品支撑，你这叫乱来。资金链一断，你就完了。"

还有人说："你这是在刀尖上跳舞。"

在开这家店之前，刘若进还开过一家店，在那之前，他还开过衣工厂，那是1984年的事，那年他20岁。在开衣工厂前，他在南特姑姑家的皮件厂和餐馆做了一年多，又到巴黎的餐馆做了一年服务生，赚的钱去掉日常开销，再给父亲汇点儿也就不剩什么了。办厂时，巴黎的亲友帮他张罗,40位亲友,每人出5000法郎。资金有了,办什么厂呢?开皮件厂的舅舅说,"不能做皮包"。娘亲舅大,舅舅的建议自然得采纳,何况舅舅还做过他的监护人。在法国,华人办的工厂大抵有两种,一是皮件厂,二是衣工厂。

前者被舅舅否了,那就只有后者了。刘若进在巴黎的餐馆做服务生时,开衣工厂的温州人来他打工的餐馆吃饭,边吃边吹牛他们赚了多少钱。

"哎呀,开衣工厂这么好赚钱啊?"刘若进瞪大眼睛问道。

"开衣工厂赚钱很简单,就是你要很刻苦,很努力,很辛苦地去做,钱就赚来了。"

刘若进认为自己是做得到"很刻苦,很努力,很辛苦"的。

后来,刘若进发现选择开衣工厂是正确的。做衣服跟做皮包相比,不仅产品不同,生存方式也不同:做皮包能快速融入温州老乡的圈子;做衣服则不然,它逼着你游离温州圈子,去接近法国社会,逼你学法语,跟世界上最会赚钱的犹太人打交道,这过程中会经历脱胎换骨的痛苦,但受益良多。

温州人的衣工厂经营模式基本相似,从犹太人的服装厂里取回裁好的面料,找工人车好、熨烫好,送回去,赚取加工费。刘若进跟戴国荣有一点相似——过去没接触过服装加工,要从零开始。刘若进不想从零开始,他把在温州的哥哥和嫂子办了过来。嫂嫂会做衣服,可以弥补他这一不足。

刘若进的衣工厂里有哥哥、嫂子,他还招了一些亲友,所以,他可以当甩手掌柜,不用像戴国荣那么费心劳神,以致开车都会打盹。上午,刘若进把加工好的衣服送回犹太人的服装厂,然后在那等着来活儿。20岁的男孩还有点青涩，有点孩子气，经不住诱惑，不会像戴国荣一样老老实实地守在那等着来活儿。有时，刘若进见没活儿就开车跑出去玩了，跟朋友喝喝酒，喝喝咖啡，吹吹牛，偌大的巴黎，好玩的多着呢！那时，他已经买了第一辆车，是辆货车，法国产的雷诺，用来送活儿、取活儿。后来，刘若进有钱了，朋友们买宝马，买奔驰，他还是买了辆雷诺轿车。雷诺是法国产的，法国部长都开法国车。他认为要融入法国社会，就要开法国车。

贪玩难免误事，来活儿了，他不在；工厂没活儿就得停工，停工不仅工厂赚不到钱，工人也没钱赚。哥哥看着着急，给父亲写封信，大意是我们都在拼死拼活地干，他却不争气，整天吊儿郎当，上班时也不知道在哪。

刘若进在法国，他的父亲本就不大放心，收到信连着急带生气，奋笔疾书，把刘若进好一通教训："办厂借那么多钱，你不好好干，对得起入会的人吗？全家的希望都在你的身上，我和你妈，还有你的三个姐姐都等着去法国呢，你怎么可以不努力？"

刘若进信没看完，眼泪就流下来了。他感到委屈，自己贪玩不假，可是没有不努力、不勤奋啊，工厂不是运转得好好的吗？不是每月都有钱赚吗？他很生气，就算自己有什么问题，哥哥可以当面指出，哪能跟万里之外的父亲告状呢？在他心目中，父亲是他的人生导师，没有父亲的指引，他哪会有今天？他很想给"导师"留一个好印象，让父亲感到他这个儿子很优秀，并引以为傲。刘若进一气之下，跟哥哥一两个月没说话。

没过多久，他到法国朋友家里参加派对。他以为这就像电影里演的那样，端只高脚杯，倒上三分之一杯红酒，在房间里的某个角落或阳台上，和几位朋友高谈阔论，不时有新人加入，相互认识一下，留张名片，不仅可以广交朋友，幸运的话，还会认识大人物，发现商机。结果，刘若进一进门就蒙了：派对上有人喝高了，手舞足蹈；有人在吸毒品，有人吸过毒了，进入了幻境，摊开四肢仰在沙发上。

刘若进落荒而逃，终于发现父亲说对了，自己担负着一家人的希望，不能贪图享乐，不能忘掉责任。他为自己及时离开，没染上毒品而感到庆幸。

经营了两年衣工厂，刘若进还掉20万法郎债务，积攒了一笔钱，决定改换赛道。他觉得衣工厂层次太低，老板很不争气，完全依附于犹太人的服装厂，仰人鼻息，没有自主权。犹太人太聪明了，太会赚钱了，他们让设计师设计款式，让裁剪师把布料裁剪好，把利润低的缝制工序交给衣工厂做。在生产链中，他们很强势，给不给你活儿，给你什么活儿，他们说了算。有时，晚上临下班派你一单活儿，要你第二天交，你干不干？不干有可能出局，以后没你的活儿，干就要不睡觉。为了生存，还得讨好他们，送点礼物，说几句好听的，低三下四的，很没尊严。

刘若进想开批发店。20世纪80年代，华人的批发生意有三种：一种是皮件批发，如皮包、皮带，自产自销；一种是服装批发，像犹太人似的选好款式，由裁剪师裁剪好，让衣工厂代工，批发出去；还有一种就是服饰批发，像林加者那样从厂商或其他批发商那里进货，再批发出去。前两种利润高，投资大，风险也比较大，尤其是第二种，需要技术支撑，要自己设计、自己裁剪。温州人大多停留在衣工厂阶段，而广东人和东南亚华侨已开始在第十一区做批发了。刘若进选择了第三种批发模式，做的是服饰、皮带、围巾、饰品等货品的批发。

1986 年，刘若进投资几十万法郎，在巴黎第二区开了一家批发店。他本可以选在第三区开店，第三区位于塞纳河右岸，有专门售卖皮具和服饰的巴黎圣殿市场，有著名的商业街——庙街，那也是华人集中的地方。第二区是巴黎最古老、最中心的区域之一，也是巴黎商业活动最密集的区域之一，从世界各国赶来进货的商人很多，生意很旺，寸土寸金。第二区的商店绝大多数是犹太人开的。刘若进认为，犹太人是世界上最会做生意的人，在巴黎做生意就要跟他们学。他的店铺就是从犹太人手上接过来的，老店主年纪大了，跟不上市场律动的节奏，再做下去也就没意思了，于是他把店转给了刘若进，揣着法郎回家养老了。

让刘若进倍感骄傲的是，合同签下后的第四天，他的批发店就开业了。

"这个店原来做其他生意，我签过来后要另换招牌，收银台等都要重新布置，要改卖自己的商品，一切都从零开始。"刘若进说。

第二区的商业活动以批发服装为主，刘若进批发的却是皮带、围巾。他认为错位竞争就等于没人跟你竞争，你就有了独立性。

批发店开业时，刘若进站在柜台后面，内心觉得这种感觉真好。一个来自温州农村的孩子，能凭一己之力在国际大都市巴黎开一家批发店，他为自己感到骄傲。

"当时自我感觉特别好。你开个店，你就有主动权，可以坐在那里收银了。客人来了，你的身份已发生转变，变成店主了，接待的都是你的客户。"说起那家批发店，刘若进似乎还沉浸在当年前的惬意中。

那家店简直就是摇钱树，生意出乎意料的好。他到第三区去进围巾、皮带，摆在自己的批发店里，它们就像落到溪流里的一片片花瓣，被源源不断的客流带走了。批发店哪是一个人开得了的？要像过日子似的有人主外——进货,有人主内——卖货,因此,许多这样的店铺都是夫妻店。

姑姑家的小表妹回国旅游了,刘若进打探到她回法国的时间,从机场把她"劫"过来,两人一起创业。在南特时,她才十三四岁,刚从学校里出来,他做她的导师绰绰有余,而这时她已在市场里摸爬滚打四年,相当老道。这个比他小六岁的小表妹成了他不可或缺的搭档,她的出现就像在店铺下边烧了一把火,让生意更红火了。同时,她也改变了他的生活,让他的厨房有了烟火。

"有些批发的产品是自己制作的,当时制造的皮带量很大,比较辛苦,也比较刺激,生意很好。生意好就有斗志。"刘若进说。

那时的刘若进还不甘心,一是觉得那店铺太小,仅20来平方米,客户一多就像被粽叶裹紧似的,有种窒息感;二是觉得它不在"主航道"上,在一条小巷里边。刘若进年轻气盛,想在犹太区最中心、最繁华的地段风风光光地开一家店,于是把那家可以给他稳定收入、"可以坐在那里收银"的店铺转了出去。

1988年,刘若进投资了数百万法郎,在第二区开了第二家批发店。他的这一举措的确够大胆、够冒险,这家店铺的面积是上一家的10倍,有200平方米,上下两层,月租金5万法郎。这样大小的店铺,地段一般的只要800—1000法郎,地段好点的也就两三千法郎。这店的租金是人家的20倍左右,这哪里还有钱赚?

刘若进的资金很快就周转不开了,吃了上顿没下顿。为扭转局面,刘若进想跟亲戚朋友借钱周转一下,得到的答复却是:"我做的是小本生意,你那生意实在太大了,我借你几万法郎也解决不了你的问题,你只有靠自己了。"

让刘若进印象最深刻的是有个犹太人在他的店里下了一单，那笔单子不小。刘若进既感到惊喜，又感到惶恐，单子大自然赚得就多，赚得多投入就得多，偏偏他资金周转不开，没有钱采购原材料。没原材料那批货做不出来，不仅赚不到钱，还得支付违约金。

最后，刘若进只得硬着头皮去见那位犹太客户。他和这位犹太客户挺熟，关系也不错，开衣工厂时每天都要去他的服装厂取活儿。刘若进知道他不差钱，不过做生意也要讲游戏规则。

"你来干吗？"犹太客户感到有点儿奇怪。

"我有事。"

"什么事啊？"

"我没钱买原材料。"

"啊，你没钱买原材料啊？"

这事在法国是件很丢脸的事，你有没有钱买原材料是你的事，没道理去找客户。人家要说，你没钱买原材料还做什么生意？

不过，这位犹太客户很大度，没计较这些，摸出支票问道："你要多少钱，我开支票给你。"

刘若进总算过了这一关。

为此，他发誓，从今往后无论如何也不再向别人借钱，也不向银行借钱。后来，他开了一百多家连锁店，几乎没向银行借钱。

二

巴黎，第十一区，一家服装批发店里，鹰钩鼻、大胡须的犹太商人犀利的目光在挂着的服饰上扫来扫去，落到一套女性胸衣和内裤上，蓦然停住，瞳孔似乎放大了。那是一款浅肤色，绣着几朵羞涩的、半开未开花朵的内衣。

"这个多少钱?"

"80法郎。"店主王云弟说。

"能不能便宜点?"

"多少啊?"

"75。"

"哎呀，太低了，76吧。"

"你有多少货?"

"100套。"

"全部给我。还有没有?"

"没有了。"

"再给我进2000套。要不要付定金给你?"

王云弟惊喜地把100套内衣打包给犹太商人，却没敢收定金。

这家批发店，王云弟已经开了三年，最早是跟张朝斌合伙开的，股份各占50%。张朝斌到法国后就没离开过服装加工这一行业，已相当老到。妻子到巴黎后不是在衣工厂打工，就是在家缝制衣服，王云弟耳濡目染，对服装也略知一二。

王云弟开店的本钱来自衣工厂。他的衣工厂是1990年创办的，那年王云弟的运气出奇的好，顺风顺水，许多大事都得到解决，一是他们夫妇拿到了居留证，二是有了房子，三是有了车子……

1989年底，听说意大利要大赦，王云弟夫妇赶过去，拿到了意大利的居留证，不过，他们没有在意大利定居，而是返回了巴黎。像他们这样，持有意大利居留证，在法国等待合法化的温州人有很多。

　　有了意大利的居留证后，王云弟的妻子回国把三个孩子接了过来。一家人分离两年后团聚了。他们在巴黎第三区买了房子，有了家。那是一幢老房子，房龄比他们一家人的年龄加在一起还要大，木楼梯踩上去"咯吱咯吱"地响。他们的屋子在5层，一室一厨一卫，面积只有38平方米，五口人住进去有点挤，好在孩子还小，分别为5岁、4岁和3岁。

　　早起后，他们要把折叠床折叠为沙发，为缝纫车腾出一块地方。妻子不去衣工厂做工了，在家照看三个孩子。王云弟一人赚的钱又难以养活五口之家，她要在家做点服装加工的活儿。

　　"我们两兄弟能不能开一家衣工厂？"一天，弟弟跟王云弟商量。

　　"可以啊。"

　　妻子和弟弟都是行家里手，弟弟有驾照，王云弟有一辆二手的雪铁龙，可以取活儿、送活儿。王云弟和弟弟在家附近开了家衣工厂，孩子放学时，妻子把他们接回来，安顿好以后，她就可以回厂里忙碌了。

　　他们衣工厂的经营模式跟别人的有所不同，弟弟把活儿取回后，送给别人缝制，取回后自己熨烫，然后送回服装厂。赶上活儿多时，妻子和弟弟要熨烫到半夜。王云弟把孩子哄睡后，要赶过去帮忙。他们干了一年，赚到一些钱，王云弟和张朝斌才开了这家服装批发店。

　　有了服装批发店，他们的衣工厂改变了生产模式，由代工变成了自产自销，生意特别好，自己厂生产的服装都不够卖。一年后，他们想再开一家，又一想，不如两人分开，一人开一家。现有的店怎么分呢？他们给它估了个价，估价35万法郎，然后两人抓阄，谁抓到这家店就归谁。王云弟"抓"到了这家店，付给张朝斌17.5万法郎。这家批发店归他了，张朝斌则另找地方开店。

　　1993年的一天，一个50来岁的犹太人拎着一皮箱的钱，上门进货。

王云弟开了一年多批发店,还没遇到过这种主顾,开心极了。他想,无论如何也要把大客户留住。那犹太商人很有眼力,选了一批不错的货,走了。

几天后,他来电话,让王云弟再给他发一批货过去,2万法郎的货款暂时拖欠一下。那犹太商人很会说话,货款数额又不多,王云弟也就同意了。又过几天,犹太商人又要了一批货,货款数额也不大,但货款还是没结。犹太商人就这么不断进货,快到年底时,王云弟查了一下账,不由得吓一跳,他已拖欠40多万法郎货款。王云弟急忙给他打电话,他却可怜兮兮地说:"我倒闭了。"

王云弟和一位法语说得好的朋友开车过去,在乡下找到了那个犹太商人。他看似诚恳,却很狡黠:"我倒闭了,没钱付你了。你可以请律师打官司。我这房子法院要是能拍卖的话,我就给你钱。"

王云弟看了看他那房子,拍卖不了多少钱,请律师打官司要付费,官司打得赢钱也未见得能拿回来,他想想算了吧,权且白干一年。

吃一堑,长一智。1994年,王云弟的生意还是很好,赚到许多钱。第二年,他想回国看看。他到法国已有8年,还一次没回去过。他想父母,想家,想路溪村了。那几年脱不开身,想家也回不去。

王云弟回来了,家乡有了很大变化,路溪村建了许多楼房,他走前建的房子已不像过去那么鹤立鸡群、孤零零的了。父母也变了,比8年前苍老了,只有家还是那么温馨,那么熨帖。

回法国前,王云弟和妻子在瑞安服装批发市场转了转。王云弟想起了金边老板。王云弟不做超市后,和金边老板成了无话不谈的朋友。

"你不做可以,要做一定要自己当老板。"听说他要跟朋友开店,金边老板说。

"我做什么生意好呢？您指个方向给我。"

"你到中国进货肯定会好卖的。"

"进什么呢？"

"你有什么门路，在法国可以卖的，都可以进吗？"

金边老板是中国粮油进出口公司的代理商，他的超市以中国货居多，每年春节前还卖唐装。

想起金边老板的话，王云弟在瑞安服装批发市场里转来转去，想选些服装带回巴黎试一试。

"哎哟，这个肯定会有生意。"王云弟指着一套女孩的胸衣和内裤说。妻子看了看，表示认可。他们买了100套，放进皮箱里带回了巴黎。

王云弟没想到从中国带过来的衣物这么抢手，一套胸衣、内裤可赚50多元人民币。那时中国还没加入世界贸易组织，"中国制造"难以进入法国。王云弟只好回国采购，然后打包带回法国。他一年往返二三十次，每月两三次，礼拜五赶航班回国，礼拜天赶回巴黎，在中国住一晚，在飞机上过两个晚上。

自从卖中国货后，王云弟的生意出乎意料的好。有时服装刚挂上去，一位客户进来了，指着那件"中国制造"问："你这衣服一箱多少件？"

"200件。"

客户二话没说就买了两箱，还不讲价。

中国加入世界贸易组织后，温州人的服装批发生意更好了。

"中国加入世界贸易组织，给我们华侨带来了红利，我们华侨才有了第一桶金。我们这些华侨要感谢我们伟大的祖国，感谢党啊。"王云弟感慨万千地说。

生意好了，王云弟也忙起来了。

"每天都要算一下时间，吃饭从原来的5分钟减到2分钟，这是被逼出来的。谁不想偷懒？没办法，生意来了，机会来了，你不努力，等一下就会失去。我经常对我的孩子说，在巴黎，你脚下满地都是500法郎的钞票，你不勤劳，一刮风一下雨就没了。你要抓住这个机会。"

三

1997年，黄品嘠在普拉托租了一间300平方米左右的厂房，招了几位温州老乡，他的衣工厂就开张了。普拉托不比巴黎，缝纫活难做。黄品嘠跟几家服装厂合作过，不是活交上去，对方以种种借口克扣工钱；就是活做好了，工钱拿不到；有的不仅不付工钱，还硬说你做得不合格，要你赔偿面料。黄品嘠的衣工厂不仅赚不到钱，还成了累赘。

黄品嘠负担重，父母和两个孩子都过来了，家里一下子增加了四口人，再加上厂里的工人，十几口人要吃饭。有时今天的饭吃了，还不知道明天的在哪儿。黄品嘠被逼无奈，只得一家接一家地找活儿。有时晚上还要重操"旧业"，跑出去摆地摊卖打火机。

"老板，把你的货给我一点儿。"一天，黄品嘠跑到一家服装厂，跟老板说。

那老板是意大利人，长得很帅，高挑的个子，棕色头发，蓝眼睛。他傲慢地白了黄品嘠一眼，冷冷地说："没有。"

意大利老板见这个亚洲人个子不高，脸黑黢黢的，蹬着一辆三轮车，或许心想，看你那寒酸样儿，把活儿给你，你做得了吗？

黄品嘠早已摸清情况，在普拉托的服装企业中，这一家很有实力，许多世界著名品牌的运动服，如阿迪达斯等都在他们这加工。他们的信用好，从不拖欠工钱，支付的加工费也高。不过，他们对质量要求苛刻，一般的衣工厂是入不了他们的法眼的。

黄品哓再说什么，意大利老板就连理都懒得理了。黄品哓只好惆怅地蹬着三轮车走了。

黄品哓不死心，过三五天就蹬三轮车来找活儿，拿不到活儿也不大在意，用磕磕绊绊的意大利语跟老板扯几句，好像找活儿是幌子，搭话才是目的。凡事就怕习惯，意大利老板慢慢习惯黄品哓的频繁拜访后，黄品哓该出现时没出现，他也许会犯嘀咕：这个中国人跑哪儿去了？黄品哓再出现时，他的表情就像被春风吹拂过的柳丝一样，柔和了一些。

1998年，黄品哓考出驾照，买了一辆福特。他把车开到那家服装厂门口，停好，下车。老板看了看他，又看了看那辆车，略微停顿一下，脸就像开江似的———江春水向东流了，解冻了，活泛了，变得生动了。

"老板，把你的货给我一点儿。"黄品哓发现老板的表情有所不同，趁热打铁地说。

意大利老板给他200件活儿："你拿回去试试，看看做不做得了。"

黄品哓是行家，一看就知道那活儿不好做，没有点本事是干不了的。他想意大利老板或许是被他的执着打动，或许见他买得起车，说明他赚到了钱，赚到了钱说明他还有点本事。为何要选如此难的活儿给他呢？或许还是没瞧上他，如果他这批活儿做不了，往后也就别来找活儿了。

"我要是做得了呢？"黄品哓挑战似的问道。

"做得了？你要是做得了，我的阿迪达斯的活儿都给你做！"

"没问题，我肯定做得了。"

意大利老板晃了晃脑袋，不知是信还是不信。

黄品喨把200件服装缝好，送过去。意大利老板以挑剔的目光检查了一遍，目光渐然柔和，嘴角微微上翘，或许想这个中国人还有点真本事，把活儿做得这么好，看来自己眼拙了。

意大利老板说话算数，愿赌服输，真就把厂里所有阿迪达斯的活儿给了黄品喨。

黄品喨也的确了不起，意大利老板给他200件活儿，他就做200件；给他1万件，他就做1万件。这些活儿如果交给意大利人做，起码要十天半个月，黄品喨三五天就完成了。

意大利老板又不明白了，这个中国人哪来这么大的能量，多少都"吃"得下？

黄品喨只是普通人，每天只有24小时，一分钟不多，一分钟不少。他守信用，懂感恩，意大利老板把这么重要的活儿给了他，他就得保质、保量、抓紧时间。赶上活儿多，他哪怕不吃、不喝、不睡觉，头拱地也要完成。活儿太多，靠硬拼是不行的，黄品喨做了能量储备，联系到一些关键时刻能打硬仗的家乡人，活儿多时，就派发给他们来做。

黄品喨的活儿越干越好，越做越多，"但丁"[①] 和 "维特鲁维安的男人"[②] 像家乡的溪水一般欢快地流进了他的腰包里。黄品喨的父亲感到自己的梦想就像从天际线漂来的一条小船，越来越近，靠近了岸边，伸手就可以把它拴在自己的码头。他向儿子提了一个要求：在家乡王宅村建一幢气派的、让全村人羡慕的楼房。过去家里穷，村里有些人瞧不起他家，还有人欺负他们。父亲想争口气，这何尝不是黄品喨

[①]意大利的2欧元上印有但丁头像，这里代指钱。

[②]意大利的1欧元上印有达·芬奇的作品《维特鲁维安的男人》，这里代指钱。

的心愿？父子俩一拍即合，黄品峣在家乡王宅村建了一幢占地两亩的别墅。

2004年，意大利的"草原"①上出现一片又一片榕树林——数千家华人制衣厂蓬勃兴起，过去温州人到意大利老板的厂里打工，现在变成意大利人到温州老板的厂里打工了。普拉托成为意大利成衣制造业的重镇，全欧洲的客商都过来进货。

黄品峣觉得时机已到，该创建自己的公司了。他去注册时，工作人员问："你的公司叫什么名字？"

黄品峣蒙了，他压根就没想过公司的名字。取什么名字好呢？他一时想不出来。

"叫'前进'好不好？"这个意大利人倒是个热心肠。

"不不不，这个名字不行。什么叫'前进'？"

黄品峣的公司注定是要前进的，前进应该是公司的常态，而且要大踏步地前进，可是时装公司的名字要响亮、时尚、大气。对，要大气，小气的话做什么都不成功。可是，什么是大气，怎么大气呢？黄品峣突然想到欧盟发行的欧元，从欧元想到欧盟，一拍脑袋，有了，就叫"欧洲时装公司"！

"我的欧洲时装公司的市场是整个欧洲，是全世界。"黄品峣说。

注册后，黄品峣意犹未尽，又做了一块"欧洲时装公司"的方形牌，这牌上不仅有中文、英文和意大利文，还有欧盟旗帜上的12颗星。这下大气了，黄品峣满意地笑了。

"我办了自己的时装公司，今后不来取活儿了。"黄品峣赶到已合

①普拉托（Prato）翻译成汉语是"草原"的意思。

作六年的那家公司。

意大利老板眨巴眨巴眼睛，又不明白了，这个中国人要建自己的时装公司，不再合作了吗？他眼圈红了："难道我们合作得不好吗？你不是已经赚到很多钱了吗？"他实在舍不得这个讲信用、不论什么时候要求交活儿都能赶出来的生意伙伴。

黄品嘵说："我想自己试试。"

黄品嘵想自己代加工以男装为主，且在市场上销量很好的服装。凭自己的经验，打造一款男装品牌，肯定大受欢迎。谁知他的公司推出的男装在市场上却不温不火。问题出在哪儿呢？黄品嘵琢磨了许久，也痛苦了许久，还是没想明白。

一日，他恍然大悟，男人是很少买时装的，买时装的是女人。女孩跟男朋友约会穿的肯定要时尚点。他立马掉转船头，改做女装。

黄品嘵他们设计、生产的一款女装上市了，3800件很快销售一空。他们又生产了8800件，又都销售了出去，这在普拉托时装界引起了轰动。

这时，黄品嘵的公司还没有全自动裁剪设备，要去别人的服装公司裁剪，裁剪一条裤子要0.6欧元。黄品嘵对妻子说："贷款也要借过来，把'全自动'买下来。"

他们投资6万欧元，采购了全自动裁剪设备。客户拥过来，他们每天裁剪一两万件。

四

戴国荣想要独辟蹊径，做些同乡做不了的事情。多数温州人都像王云弟那样从衣工厂到服装批发、再到服装进出口贸易，戴国荣的职业生涯却是"一条小路弯弯曲曲细又长",几年间他这条"小路"穿过好几个领域。

到巴黎后,戴国荣念念不忘自己的钳工技术,总想找份跟钳工或机械相关的工作做。可是,他在巴黎两眼一抹黑,谁也不认识。别人的希望在田野上,他却连田野也找不到,希望就不知渺茫到哪里去了。

衣工厂关掉后,妻子买了台缝纫车,在家做来料加工,赚点生活费。他也买了台缝纫车,想跟妻子一起做衣服。开衣工厂时,他负责取活儿、送活儿,或忙些其他的事。他之前没做过衣服,缝纫车支上了,他尝试了一下,真是看花容易绣花难。妻子"嗒嗒嗒",直线、曲线、锯齿线游刃有余,而缝纫车到他手里则像一匹桀骜的野马,你想左它偏右,别别扭扭的,面料往台面一搭就滑下来。他的耐心被一点点吞噬,索性放弃了,不做了。既然不做了,再看到那台缝纫车就有点刺眼了,就把它卖了。

这时,有位越南朋友说,他的朋友在雷诺汽车公司工作,当年法国接收东南亚难民时,有好多人被安排在那家公司。

人以群分,在巴黎的温州人不会讲法语,只好跟同乡扎堆儿,跟当地法国人几乎没有交往。戴国荣不然,他喜欢结交法国人和东南亚移民,时常请他们喝酒、聊天,了解其他族群的事,听听温州人圈子里听不到的事。

雷诺汽车公司是百年企业,创立于1898年,工资、福利待遇都不错,每周工作五天,每天八小时,这就是戴国荣想要的工作。他一听就来电了,说他很想去雷诺汽车公司工作,请朋友帮帮忙。

几天后,朋友通知戴国荣,雷诺汽车公司让他去面试。戴国荣心里有了一片艳阳天,技术不担心,毕竟在丽岙的工厂里干了那么多年,从学徒工到技工，再到技术员，法语马马虎虎，简单会话可以应付。

朋友的朋友把戴国荣领进雷诺汽车公司的一间办公室里，房间不大，陈设简洁。面试官是个法国人，看似温和。没想到面试还没几分钟，戴国荣就败下阵来。他对不上话，面试官说什么，他听不懂，听不懂就答不上来。

他满怀希望而来，尴尬、沮丧而回。他想不明白，自己可以跟开服装厂的犹太人交谈，可以跟越南朋友聊天，怎么进了雷诺汽车公司自己的法语就不灵了呢？难道是口音问题？像广东人遇到温州人，谁也听不懂谁的话？

他最后想明白了，问题出在词汇上。自己跟犹太人的交谈仅限于服装词汇，比如纽扣、扣眼、衣兜、前襟等；跟朋友聊天仅限于生活词汇，吃什么菜，好不好吃；面试官说的是机械专业词汇，比如齿轮、轴承、发动机、变速箱，这些词汇他不掌握，自然就听不懂了。

雷诺汽车公司没去成，那就找点别的事做吧。一天，戴国荣跟越南朋友吃饭时，聊起人生阅历。朋友说，他过去在机场做后勤，修飞机。离开机场后，他搞过设备维修。机械维修那是维修钳工，闹半天两人还是同行，戴国荣大为惊喜。

"我们俩开一家汽车修理厂如何？资金我来出。"戴国荣跟朋友说。

他想，在法国的温州人大多是八九十年代出去的，生意刚刚起步，大多像王云弟那样买辆二手车，二手车的故障率比较高，去法国人开的汽修厂，语言不通，说不清汽车的故障。他们可以开家汽车修理厂，兼做二手车生意，来修车和买车的温州人会很多。

"好啊。"朋友一听就高兴了。

真是踏破铁鞋无觅处，得来全不费功夫。这位越南朋友的法语很好，还会修发动机，可是中国话说得不是很好；戴国荣懂机械，温州话和普通话说得好，法语说得不好，他们可以互补。

他们的汽车修理厂开业了，生意不错。戴国荣终于做了自己喜欢做的事，再苦再累都心甘情愿。他和那位越南朋友在修车时互相学习，遇到难题一起想办法；晚上六七点钟修理厂门一关，他们就出去玩了。

他们的客户里有法国人、越南人、金边人和黑人，沟通要用法语。有时，客户的车坏在半路，打电话过来，要戴国荣过去修车，或询问故障状况，离合器、变速箱等机械专业词汇他也渐渐掌握了。

一回生，二回熟，人熟了就会一起喝咖啡，喝酒，聊天，慢慢就成了朋友。于是，戴国荣的朋友越来越多。

汽修厂礼拜天休息，戴国荣可以在家陪妻子和孩子。这就是他想要的生活。

一年后的凌晨，一个电话把戴国荣惊醒：汽修厂失火了。

这时，汽修厂已是一片火海，十几辆汽车在燃烧，不时有油箱被燃爆，火势越来越猛。消防队接到报警赶了过去，不过他们的救火理念与中国不同，不像中国消防队员那样冲进火场，用水把火扑灭，而是防止火灾蔓延，用水把火灾现场四周浇得像落汤鸡似的，以免烧着。

戴国荣赶到汽修厂时，天亮了，火灭了，地上到处是水，汽修厂变成一片焦土，十几辆在修的和待售的汽车全被烧掉了，变成黑黢黢的壳。戴国荣的心像那被烧过的汽车壳，凉凉的。

汽修厂没了，那段好日子像电影戛然而止，回不去了。戴国荣给汽修厂投了保，不过理赔程序很烦琐，而且要一年左右的时间。

"投资的钱我不要了，理赔的钱都给你好了。"他跟越南朋友说。

朋友没意见，戴国荣退出来，投资的几十万法郎打了水漂。

皮包做过了，衣工厂、汽车修理厂也开过了，接下来做什么？回头路不想走，他已年近不惑，工作不好找，只有自己创业。他在第十一区找到一家门面，想做服装设计、裁剪和批发一条龙的产业，自产自销。许多人听说后都瞪大眼睛，那是犹太人的天下，你既不懂服装设计与裁剪，又没有客户，能干得了吗？

修理厂赔了，要是服装裁剪批发再赔，日子还怎么过？亲友替他捏把汗。

戴国荣请了一位裁剪师，是非洲人，温州人开的衣工厂很多，活儿不愁没人接。20世纪90年代，德国、意大利、西班牙、葡萄牙的服装商都到法国来进货，第十一区的服装批发生意很火，加工的服装不愁卖。

戴国荣愁的是那位非裔裁剪师，他活着不是为了赚钱，而是赚钱为了活着，每天只干八小时，多一分钟也不干，赚到了钱就去享受生活了，哪怕地上有几捆法郎也不捡了。这么好的生意哪能让裁剪师给耽误了？可是，戴国荣找不到温州裁剪师，再找一个老外也是这个样子。他只好跟那位裁剪师学裁剪，每次裁剪师下班走了，他就接着裁剪。

一天，一个小个子东南亚女孩来到戴国荣的批发店，要应聘销售员一职。批发店生意很旺，人手不够，戴国荣在报纸刊出招聘广告，招聘一名会说英语、法语和中国话的销售员。女孩是金边人，长在越南，会四种语言，除广告上要求的之外，还会越南语。戴国荣比较满意，当场就录用了她。

"你学的是什么专业？"她上班后，闲聊时他问了一句。

"我在越南时学过服装设计，到法国后学过会计。"

她的母亲是服装设计师，她从小耳濡目染学会了服装设计。

"你能不能给我设计一款服装？"

戴国荣的批发店里没有设计师，裁剪制作的服装大多由客户提供打版。有时他见市场上冒出一款好卖的服装就买一件，拆开临摹到板上，裁剪制作后推向市场。但这毕竟不是长久之事，戴国荣想招聘一名设计师，没想到她竟以这种方式被招了进来。

女孩设计了一款服装，戴国荣感觉还不错，就聘她做了设计师。

有了设计师，批发店的服装款式丰富了许多。有时客户说一下某种好卖的款式，她改动改动，加上点自己的想法就设计出一种新款。市场上好卖的，电视上看到的服装，她看一眼也能设计出相似的款式。批发店的客户越来越多，德国的、比利时的、波兰的、意大利的都来进货，生意越来越红火。

听说戴国荣的批发店很赚钱，那些开衣工厂的温州人纷纷转行做批发。他们男女老少齐上阵，没日没夜地干。服装批发竞争激烈，利润越来越薄，越做越累，犹太人纷纷把店铺转让出去。

社会学家王春光认为："在中低档鞋帽、服装和箱包等生产和贸易上，开始的时候温州人似乎只是嵌入犹太人的经济活动圈子，为犹太人代工，但目的还是想从犹太人那里学习商业经验，尽快摆脱对犹太人的依附，形成自己的产业链，与犹太人竞争，乃至在一定程度上将犹太人从中低档鞋帽、箱包、服装等领域挤出去。号称'温州人打败犹太人'，似乎温州人很'牛'，但实质上这是犹太人主动的战略选择，本来这个领域的利润并不很高，后来犹太人基本上已经没有什么可赚了。"

戴国荣不想让孩子进厂帮工，降低生产成本，也不想让自己活得太累。他把批发店卖了，服装厂转让给了弟弟，自己改行去做房屋中介、咨询公司了，这些是华人还没涉足的领域。

衣工厂可以开在角落，或自己家里，做房屋中介和咨询服务不行，要有店铺，而且店铺还不能太偏，太偏没生意做。戴国荣想到一个犹太人的注册公司，他那儿的位置不错，面积也比较大。戴国荣帮他介绍过生意，他们之间的关系不错。

"你的注册公司也不需要这么大地方，这边给我，你在那边。"戴国荣过去跟他商量。

也许他真的不需要那么大的店铺，也许是因为租给戴国荣一半还有一笔收入，这个犹太人就爽快地答应了。注册公司不需要在橱窗上贴什么，戴国荣就在上面挂满卖房、租房的信息。

做房产中介也不错，可以带着客户去看房，在大街上走走逛逛。没生意时，戴国荣就坐在店里读书。

"你忙不过来，我帮你。"戴国荣跟犹太人说。

犹太人求之不得，戴国荣帮他填表，送材料。他渐渐熟悉了注册流程和方法，觉得这比开房屋中介和咨询公司好多了，赚钱比较容易，也受尊重。

"我想做注册公司，不过我的客人跟你的不同，我只做温州人的，有其他客户的话，介绍给你，哪怕来找我的也都给你。"

"好的，好的。"

犹太人的客户很多，忙不过来。再说，温州话他也听不懂，温州人也不会找他注册。他们"一店两治"，彼此信任，互相帮助，和气生财，做得很好。

20世纪90年代末，在法国的温州人大多拿到了居留证，赚到了一些钱，想自己创业做老板了，找戴国荣注册公司、工厂和商店的人多了起来。那间店铺对戴国荣来说就有点小了，他另找了一间店铺，搬了出去。

接着，戴国荣又开了一家会计师事务所。公司、工厂、商店注册后，要有会计，巴黎的会计师事务所大都是犹太人、法国人、金边人开的，温州人没法跟他们沟通。

"你开注册公司，又不开会计师事务所，我们还得到处找会计，找到也搞不懂，太麻烦。"时常有客户抱怨。

戴国荣一想也是，就聘了一名会计师，帮客户做账。随着业务的增加，一个会计忙不过来，戴国荣只好在报纸上招聘会计。一个金边女人拿着报纸赶来应聘，跟戴国荣一见面，两人都愣住了："怎么是你啊？"

她是他开服装批发店时的设计师。批发店关掉时，他们各奔东西，再没联系。

"你怎么学会计了？"

"我跟你说过，我本来就是学会计的。"

离开批发店后，她去深造，拿到会计专业文凭。看到报纸上的招聘广告就兴冲冲地赶过来。在批发店时，戴国荣对她很关照，不论什么困难都热情帮忙：她没钱吃饭，他就提前支付工资；她母亲生病，他就跟妻子过去看望。

"你怎么总是跟着我啊？"他开玩笑地说。

"你待人好，我喜欢跟着你干啊。"

毕竟是熟人，彼此都很了解，戴国荣录用了她。弹指间，她已在戴国荣的事务所工作了20多年，孩子大学毕业了，她已成为所里的骨干，负责70多个公司的财务。

如今，戴国荣的会计师事务所从仅有几名会计发展到有十几名会计，并成为得到法国政府认可的注册会计师事务所。他们的客户80%是中国人。

第十三章 | # 万里奔丧，
没有血缘的母子情

　　在巴黎出生的两个"大年"，一个二十多岁夭亡，另一个在巴黎接到噩耗回国奔丧，他一进家门就双膝跪地，放声恸哭，一步一叩首，跪行至中国妈妈的遗体旁。

一

"达义，你妈快要不行了，你要马上回来。"王医生在电话里冷静地说。

"我在家时她还好好的，怎么一下子就这样了？"

1996年9月，温州部分县区受灾，新当选法华工商联合会会长的张达义提出组团回温州，为家乡做点事。张达义是法华工商联合会创始人之一，在会里威望很高，他的提议得到了响应。

1993年的一天，黄品松跟张达义说："达义，我们是不是组织一个会，把我们刚出来的十几人组织在一起，群策群力、互相帮忙？"

"可以，怎么不可以？"张达义说。

"那好，算你一个。"

"好，你算我一个。"

他们都是温州华侨中学的校友。不过，张达义进校时，黄品松已经毕业。黄品松是丽岙叶宅村人，叶宅村距离下呈村不远，山不转水转，他们总有机会相识。

后来，张达义进了陶瓷厂，黄品松进了丽岙信用社。张达义没事就去找黄品松聊天，那个年代生活单调，聊天近乎精神聚餐。

黄品松是在1984年到法国的。那时张达义的工厂还处于爬坡阶段，不过已经赚钱了。他们本来关系就不错，到了国外又近了一层，有空就见面，吃饭，聊天。张达义表达能力强，读过很多历史小说，且过目不忘。黄品松有头脑，有思路，擅长策划，他们很多事能想到一起去。

黄品松见张达义表示赞同，接着说道："我们想建一个行业性社团，把八九十年代到法国、有发展前途的青年组织起来，一是顺应国内的改革开放，组织大家回国投资；二是促进中法贸易，把温州的、中国的名优产品引进法国，把法国好的东西引进温州和中国。"

当时，法国的华人社团很少，除旅法华侨俱乐部外，还有青田同乡会、文成同乡会等组织。

张达义想，在法国，大家都是单打独斗，很难做大，如果把三五十个像他这样的小老板组织起来，每人出三五十万法郎，加在一起就是上千万法郎，就可以回国投资了。

1993年9月，黄品松和张达义等人注册了法华工商联合会，并得到中国驻法国大使馆的支持，选举会长时，有人提到张达义。

"现在不行，会刚成立，我也没有经验，而且我家里的事比较多，先让其他人当一届。"张达义说得实在，大家也理解。

张达义的朋友戴碧华也加入了法华工商联合会。大家经常开这两个混血儿的玩笑，说戴碧华长得像列宁，张达义像斯大林。开会时，两人坐在一起就有人说："给列宁同志和斯大林同志拍张照。"

1996年9月，法华工商联合会换届，张达义被选为会长。他连续当了两届会长，1999年参加了中华人民共和国成立50周年庆典，并受到了党和国家领导人的接见。

1996年10月初，张达义率团回国，考察后，他们在天津投资了100多万元人民币，成立了一家合资公司。接着，他们回到温州，张达义回家探望妈妈。妈妈比他上次回来瘦了些，她已是84岁高龄，白发苍苍。

张达义在家住了几天，见妈妈还好，就回巴黎了。

没多久突然接到妈妈病危的消息，张达义既感到震惊，又不大相信。

"你对我说的话忘了？"王医生反问一句。

"没有，好，我马上回去。"

张达义出国前，对王医生说："请你一定照顾好我母亲。如我母亲有什么危险，只要你打个电话，无论我在哪里，无论在什么情况下，我都会马上赶回来。"这话他哪能忘呢？

出国后，张达义唯一不放心的就是妈妈，可是他们联系很不方便。他不论多忙，每个月至少要给妈妈写一封信，报一下平安，免得她惦念，再问寄的钱收到没有，够不够花，不够说一声，马上就寄。邮局到他家步行只要5分钟，妈妈跟邮递员处得很好。他的信一到，邮递员马上就送过来。妈妈却不拆信，不是她不急于知道儿子的情况，而是她不识字，拆开也看不了，还得找个识文断字的读给她听。回信自然也要请他人代笔，她会找张达义过去的工友，还有经常上门给她看病的王医生代笔。

有一年，妈妈在信上说，丽岙可以装住宅电话了，不过很贵，需要一万元钱。

"一万元钱就一万元钱，你把它装起来，接电话也方便，我也可以经常打电话给你。"张达义信上说。

他立即给妈妈汇去一万元钱。于是，妈妈成了下呈村第一个有住宅电话的人。

妈妈每次接到他的电话都特别高兴。不过，国际长途电话费用昂贵，打一次电话要上百法郎。对张达义来说，只要妈妈高兴，那钱就花得值。偶尔妈妈也会给他打电话，那时打国际长途很麻烦，要经丽岙邮电局、塘下区邮电局、温州邮电局、上海邮电局才能转到巴黎，类似于古时骑马送信，要经过数个驿站。通常从打电话到接到电话，需要两三个小时。

王医生听张达义说马上回来，就说"好，我在家等你"，便挂断了电话。

张达义一边通知在荷兰的哥哥嫂嫂，一边办回国签证。

巴黎飞往中国的航班每个礼拜仅有一班，在礼拜四。办好签证那天是礼拜六，意味着还要等五天。可是王医生说了，妈妈"快要不行了"，哪里还等得了？

"你可以礼拜一飞到法兰克福，在那乘当日飞往北京的航班。不过，你得买巴黎到法兰克福的往返机票。"旅行社给他提了个建议。

"好，把法兰克福到巴黎的机票废掉也没事。"

"这样你们每人要多花三千多法郎。"

"没事，多三千多就多三千多。"

张达义和妻子、大儿子就这样飞往了法兰克福……

二

20世纪六七十年代，在巴黎的华人不多，温州人则更少，在1978

年前的28年里，温州的出国人数仅1599人①，去法国的则少之又少。温州人的生活圈很小，几乎除亲友就是同乡。俱乐部让林加者开阔了视野，交到了一些朋友。

林加者虽然跑遍法国的千山万水，却没交下什么朋友。他的客户99%都是法国人，仅有一两个温州人，像林永迪初到法国似的摆地摊，做小生意。林加者20多岁，客户大都为中老年，大他二三十岁，有道难以跨越的代沟。他过去他们请吃饭，他们来他请吃饭，这都没问题，就像油倒进水里或水倒进油里相安无事，但想融合在一起，那是不可能的。

在海外华人中，最抱团、最讲侠义的可能就是温州人了。

在法国巴黎出生的第一个"大年"——邵大年②走了，死于车祸，车祸地点是荷兰。

邵大年是20世纪60年代初回法国的。据说，他在巴黎漂泊了一段日子，跟八九十年代初到巴黎的温州人差不多，或在皮件厂做工，或在餐馆刷盘子维持生计。早在40年代，也就是邵大年出生时，他的父亲邵炳柳就在巴黎开皮件厂，邵大年想找家皮件厂打工应该不难。

难的是他已十八九岁，到了丽岙人成家的年纪。据说，他想回温州跟未婚妻成婚，礼服都置办了，还买了两块高档名表，回中国的签证却没办下来。

车祸发生在1968年。母亲雷蒙想把他的遗体运回巴黎安葬，但心有余而力不足，只好请林永迪帮忙。那时，林永迪已48岁，年纪不算

①《温州华侨史》记载："1950—1978年，经批准，以合法途径出国的人员中，文成县有462人，瑞安市丽岙镇有209人，永嘉县七都乡有928人。"
②有关邵大年的故事均源自林加者。

大，身体却很差，患有肺结核和胃病。他把这一重任交给了儿子。林加者的情况也好不到哪里去，从一场车祸中捡回条命，住了半年医院，刚恢复行走功能。

林加者没推辞，陪雷蒙去荷兰处理邵大年的丧事。车祸前，邵大年在一家中餐馆打工，老板是温州人。那老板人不错，把邵大年的遗产——五六千元人民币的存款、两块名表，以及一些衣物交给了林加者。林加者想，雷蒙回法国后跟阿拉伯人生了两个女儿，生活不大好。可是，她生活再差也比在河头村的日子好过，邵家住的房子已不像样，没钱翻修。这五六千元对雷蒙来说解决不了什么问题，但带回国内却可称为巨款。邵大年的父亲邵炳柳每月工资三五十块钱，这笔钱相当于他十几年的工资收入。如果把这两块手表再带回去，邵家的房子就可以重建了。

"这五六千元的存款，还有这两块手表能不能让我转交给邵大年的父亲？剩下的东西给他母亲就好了。"林加者跟餐馆老板说。

老板一听就把存折和手表交给了林加者。林加者为此吃了很多苦头，一趟趟地去大使馆，要出示死亡证明，还要证明邵炳柳与邵大年是父子关系，以及邵大年没有其他合法继承人。最后，这笔存款总算汇给了邵炳柳。两块手表怎么办？1970年，林永迪回国时，捎回一块。两三年后，林永迪再次回国，又捎回一块。

"有了邵大年的那笔钱，加上卖两块表的钱，他们家才建了三间房，没这些钱房子是建不起来的。"林加者说。

温州人热衷于置业，林永迪第一次回国，在温州建了五幢房子。林加者在法国，先在巴黎市区购置了一套120平方米的住宅，接着在郊区建了一幢300多平方米的别墅，后来又在市区购置了一套200多平方米的住宅。林永迪的印染坊倒闭后，温州的三幢房子被卖掉，建在河头村的两幢小洋楼跟两兄弟平分。70年代，他又回去建了一幢小洋楼。

林加者的房子倒没分给别人，却跟许多人分享。每逢周末他和应爱玲就约上一群亲友到郊区别墅度假，那里有宽房大屋，有大花园，还有清新的空气。

林加者在半地下室搞了张台球桌，可以打卡罗姆台球。他还买了一口大锅，给大家烧菜做饭。他开过餐馆，做饭烧菜很在行。

"那时候，许多人来我家别墅，有的我们根本不认识，不知道他跟谁来的，或谁介绍来的。他们的生意都不大好，没有地方度假，跟我们在一起玩玩会很开心。"应爱玲说。

他们的生意不大好，度假就不能让他们买单，开销都由林加者承担。他们没有车，要坐地铁过来。从地铁站到林加者的别墅还有十几公里，步行是不现实的，他还要接站送站。

接站是件麻烦的事儿，那时没手机，去早要等，去晚别人等，来多少人不知道，有时说好三家，不约而至也不能不欢迎。礼拜六晚上，林加者像蚂蚁搬家似的往别墅接人，礼拜天晚上再送到地铁站。后来，他索性买辆七座车，英国造，四驱的，这下好了，可以少跑几趟了。

一次，七座车被别人借去了，五座车"趴窝"了——进了修理厂，仅剩四座车。林加者开去接站，从地铁口出来三四位朋友，带着妻子和孩子，总共11人。

"挤挤，大家挤一挤。"

林加者把他们一个接一个"摆"进车。车里像沙丁鱼罐头，一点空隙都没了。林加者舒口气，开车往别墅赶。

"有警察……"不知谁喊了一声。

忽见路边蹿出个警察，吓得大人急忙趴下，压在了孩子身上。车与警察擦肩而过，不知是前边的人忘报"警报解除"，还是众人惊魂未定，没有听见。

"到家了。"

车停在别墅旁，趴下的直起身来，像在水里憋口气。下边的孩子放声大哭起来："哎呀，把我压死了。"

还有一次，林加者开着轿车到海边度假，上山时车像八旬老翁慢慢腾腾，警察发现不对，让车在路边停下，车里的人都下来。警察一边看着下车的人一边数，5个、6个、7个，怎么还有？警察蒙了。最后，从车上下来12人。一辆轿车居然塞这么多人，真是创纪录了。

警察把林加者批评一通，然后让他拉4人先走，其余人等他回来接。

别墅有人去度假也就罢了，毕竟一周一天，他们在市区的家也有人来住。温州亲友到巴黎没地方住就住他家，他家三室三厅，客厅里也住人。

有时，客人从意大利、荷兰或比利时打来电话，让接一下，林加者就会开车去接。林永迪的一个表亲持比利时旅游签证，想来法国巴黎，林加者就把他接过来住。没过多久，那表亲的老婆和女儿也过来了，也住进他们家里。

一天，表亲的女儿看电视，音量很大。林加者的女儿感到太吵，生气地说："你吵到我了！"

那孩子连忙把音量调小了。这一幕被应爱玲见到了，一下想起自己小时寄养在姑姑家，以及住在父亲的香港朋友家的情景。她把两个女儿找来："你们要知道她住在我们家，不是自己家。妈妈像她这么大时也在别人家里住过。住在别人家已经很不舒服了，你这样说她会难受的，她的爸爸妈妈也会难受的，妈妈心里也不舒服。"

晚上，应爱玲从店里回来，发现床边有一束鲜花。她知道是女儿送的，以示歉意。

后来家里来人多，两个女儿的房间被挤占，她们只好睡桌子上，也没怨言。

"有些人见面说，我在你家住过。我说，我不认识你啊，你怎么会来我们家住？他说我是谁谁谁，哈哈哈。我大女儿现在也跟我们一样，家里常常有朋友来来往往。她很喜欢帮朋友忙，有些人她根本就不认识，是朋友的朋友。"应爱玲笑着说。

住下来找不到工作，不走怎么办？"请神容易送神难。"有时，帮了忙，出了力，花了钱，还惹人家不高兴，这种事也时有发生。父亲表亲的孩子到法国没地方住，在他们家吃住了三四个月。

"你必须找工作，在我家里蹲时间长了，你就不想找工作了，也就失去了发展的机会。"林加者跟他说。

那时，想在法国找一份做皮带、腰包的工作并不难。

"我孩子没有工作，你干吗要赶他走？"表亲来电话，生气地说。

"我说等他找到了工作，再让他走啊。"林加者解释说。

后来，孩子找到了工作，搬走了。林加者帮他办理了居留证。

也有在他们家一住就是几年的。有人跟林加者他们说，女儿要到法国读书，没有地方住。

"没关系，你叫她来我家住好了。"应爱玲说。

"他们跟你们是什么关系？"在接受采访时，应爱玲被问及同这些住过她家的孩子的关系。

"没关系，一点关系都没有，不认识的。不过，有一个孩子的爸爸认识我大女儿，只是这样。"应爱玲说。

"那房租呢？"

"从来不收的。如果要给我房租，那去外面租房好了。"

"那吃饭呢？"

"我做，大家吃；我忙了，她们就自己做。我们不收男的，只收女的。"

"那个在你家住了5年的孩子是什么情况？为什么要在你家住那么久？"

"她过来读书，一年后，她不喜欢那个专业了，改学其他专业，就这么一直学，后来不学了。她现在在美国，已有两个儿子。她叫我'林妈妈'，相当于我的三女儿。这种情况很多很多。"

许多人没拿到居留证，还要办厂开店，林加者和应爱玲要以自己的名义为他们注册。那几年，以他们的名义开了多少家工厂和店铺，他们自己都不知道，出了事有关方面就会找到他们。那些人不会法语，普通话也讲不好，办居留证，或买房子、贷款、看病，有事就找他们帮忙。

"有人找你陪着去看病，你一定要去，店里忙不忙都没关系。"林加者常跟应爱玲说。

他们的批发店生意很好，每天有大量包裹寄出，人手不够，林加者宁愿自己打包到次日凌晨，也要让应爱玲去陪别人看病。

有个朋友已有三个孩子，但她又怀孕了，跑来求应爱玲陪着去打胎。

"别的忙我都可以帮，这忙不帮。"

在应爱玲的劝说下，这位朋友把孩子生了下来。后来，她回国了，在温州开了一家饭店，生意不错。那个差点被打掉的孩子已年过不惑，在意大利经商，做得很好，应爱玲见到他就开玩笑："当年要不是我拦下，你现在在哪儿都不知道。"

三

张达义他们几经折腾终于回到下呈村。

一进家门，满屋是人，哥哥张荫旺和妻子已从荷兰赶了回来。

张达义放下行李，三步并作两步地进了一楼妈妈的房间。妈妈仰卧在床，双目紧闭，面色蜡黄，皤然白发散落在枕头上。她在吸氧，蓝色氧气瓶立在旁边。

"哦，达义回来了。"坐在妈妈床边的王医生抬起头，如释重负地说。

"妈……"张达义两眼含泪叫一声，接着就哽咽得说不出话来。

妈妈慢慢睁开眼睛，似乎一下清醒了。

张达义在妈妈身边坐下，看着妈妈。

"达义啊，你回来我就放心了。"妈妈声音微弱，枯枝似的手伸进内衣，摸索出一把钥匙递给他。

"你给我这个干什么？"

"柜里有张存折，你把钱都取出来。"

"这个钱是给你用的，我取出来干什么？"

"我不行了，你拿走吧。"

他寄给妈妈的钱，她舍不得花，一笔笔都存进了银行。

"妈，现在不说这个，你把身体养好再说。"

钥匙交到了他手里，妈妈似乎没了牵挂，闭上了眼睛。

张达义的泪水夺眶而出，童秀珍和大儿子泪雨滂沱。大儿子从小在奶奶身边长大，祖孙的感情很深。童秀珍跟婆婆也亲若母女。出国前她带女儿和小儿子住在温州，不论多忙她都要挤时间过来看望婆婆。她带三个孩子出国时，婆媳俩难舍难离，哭了一场又一场。

"荫旺一家出去了，大年出去了，你也要出去了，孩子也跟走了，就把我一个人留下了，苦死了……"婆婆哭着说。

童秀珍望着年迈多病的婆婆，满心的歉疚和不忍。张达义出国后，婆婆半夜犯过一次病，是她和慈湖姆去医院请的医生。村道大多没有路灯，她们深一脚、浅一脚的，吓得要死。她出国了，以后就要靠慈湖姆了。慈湖姆年纪也不小，快70岁了，还能照料婆婆几年？

"妈，我们会想法把你办过去的。"童秀珍说。

"我就不出去了，身体不好，出去会给你们添麻烦。你们可要常回来看看我啊……"

童秀珍想，孩子爷爷的坟在丽岙，婆婆想守着。于是，答应婆婆一定常回家看她。

到海外哪里是想回来就回来的呢？童秀珍到荷兰不久，噩耗传来，老父亲病逝。她和孩子出国时，老父亲把他们送到北京，这怎么说走就走了呢？她接受不了啊，更接受不了的是她和张达义赶不回来。作为长女，她没给父亲送终，连最后一面也没见到。

1985年，他们加入了法国国籍，张达义已经六年没回温州，没见妈妈了，童秀珍也四年没回家了。11月下旬，温州进入冬季，落叶归根了，大街小巷的行人都穿上了大衣和厚外套。张达义和童秀珍带着两台电视机，乘坐"民主十八号"客轮回来了。那个年代，想买台日本松下、东芝、日立原装电视机，没有门路想都别想。从国外回来，他们每人可以带回一台电视机。为给妈妈和秀珍的母亲一人买一台电视机，他们绕道香港，下单交款后到杭州提货，又转道上海坐"民主十八号"客轮回到温州。

张达义推开庭院的耳门，里边有一幢贴着粉红色瓷砖的二层小楼，这是1966年阿爸和哥哥出钱，由他设计和建造的。堂屋对着大门，屋门口有两盆铁树，一左一右。院门两边，左手一棵枇杷树，右手一株山茶树。一切都那么温馨，那么亲切，似乎静候他的归来。

▲1966年，张达义家盖的二层小楼

听到他的脚步声，妈妈走了出来，看到他们掩面而泣，六年的思念瞬间化为了泪水，或许她等待得太久，时间仿佛夕阳下的影子被拉得很长很长。当那熟悉的"沙沙沙"脚步声传来，这突降的幸福让她不知所措。

张达义出国前，每次回家还没进院，妈妈就会说："大年回来了。"她听得出他的脚步声。

1985年后，张达义几乎每年都会回来看望妈妈。妈妈在他的一次次看望中老了，头发越来越白，身体像冬季的银杏树枯瘦了，不过还能到院子里走走，晒晒太阳，也能爬上楼看看张达义的房间。

上一次回家时，张达义见妈妈太孤苦了，问道："妈，你跟我走吧，我去上海给你办签证。"

妈妈摇摇头，又拒绝了。

他没想回法国没几天，妈妈就卧床不起了。

他回家后，从早到晚守在妈妈的病榻前。妈妈越来越虚弱，吃不下东西，只能喝点米汤和水。每次喂妈妈时，他把妈妈抱起；妈妈解手时，他也抱着妈妈。

四

温州作家蒋胜男说过："侠情义情温州都有。在世界上任何一个地方，只要你是温州人，你去向任何一个温州人求助，他都会毫不犹豫地帮助你的。"

温州人之所以创下惊天动地的成就，缘于"抱团"，一个温州人做不成的事，两个、三个、五个，或一群温州人跟他一起做，一定能做成。他们的凝聚力，源于侠义、仗义、互助，以及肯为朋友两肋插刀的品性。

林加者和应爱玲就是如此。他们古道热肠，为社团出钱出力，对陌生人也会出手相助。林加者的农村亲戚多，什么堂兄弟、表姐妹，还有八竿子打不着的、从没见过面的堂亲、表亲，不管是谁，他都有求必应。有的跟他借钱，借两万、三万、五万的都有；有的到了法国，赚到了钱，慢慢地把钱还上了；有的十几年都还不上，见面说，"我还欠你钱，要还你的"。

"算了吧。"林加者说。

这种人大多在巴黎没能发展起来，经济状况不好。

"他心肠很好，帮人帮到底，借出去的钱还不还都没关系。有个朋友刚到法国，想跟他借一万元钱，他给拿两万元。几十年过去也没还，这样的债很多，算不过来。"应爱玲说。

温州人热衷于做生意，没资金怎么办？弄个会，请大家帮忙，比如一个人做生意需要5万元钱，这钱可分为10份，每份5000元，到场的亲友出一份也行，出两份也行。遇到这种情况，林加者大多会出两份。

有位朋友第一次弄会，林加者出1万元。他生意没做起来，赔了。第二次又弄会，林加者又出5000元，他又没做起来，这钱就打了水漂。他再来求助，林加者还会帮忙。

"我的朋友要开餐馆，你帮一下忙，出两份，有什么问题我负责。"有时，林加者不仅自己出钱，还请自己朋友帮忙出钱。

应爱玲说，差不多一半的人最后生意没做起来，钱也拿不回来了。不过，也有人在林加者的帮助下生意做得红火，特别是从事服装批发的。中国加入世界贸易组织后，从事服装外贸的温州人把中国产的牛仔裤销到欧洲，赚了很多钱。

一次，朋友的儿子想在巴黎开饭店没有钱，林永迪帮不上忙，就把他介绍给林加者。这次投资金额很大，林加者一时也拿不出那么大一笔钱，就把郊区的别墅抵押给银行，为那人贷了一大笔款。

"他的生意还好？"

林永迪病情复发，住进了医院。每当林加者和妻子应爱玲去医院看望父亲时，父亲都会这么问。

"还好。"

其实，那人饭店的生意不大好，林加者不敢跟父亲说。

"那好那好。"父亲说。

他怕朋友的儿子赔了，银行贷款还不上，林加者他们的别墅被银行收走。

后来，真的还好，那人的生意渐渐好了起来，还清了银行的贷款。

20世纪80年代初，林加者携妻女回国探亲，带了18箱东西。听父亲说温州乡下蚊子多，买不到蚊帐，他就带回了很多蚊帐布。他还带回很多钱，怕海关过不去，把钞票卷在了蚊帐布里。到上海后，他又去友谊商店买了两辆凤凰牌自行车和好多箱香烟、糖果。

两辆自行车送给了他的弟弟和应爱玲的妹妹，糖果给了村里的孩子，钱、蚊帐布和香烟则分给了亲朋好友。他爷爷的兄弟姐妹多，他们的后代每人都分到一份。生病没钱看医生的、穷得讨不上老婆的或建不起房子的，他就多给些钱。

1986年，林加者再次回国时，见家乡连像样的宾馆也没有，他和其他侨领便捐资建造了一座集住宿、餐饮和会议于一体的瑞安华侨饭店，他个人出资87万法郎。

20世纪90年代初，林加者为丽岙华侨中学捐资50万法郎，建了一幢占地1914平方米的三层"林加者教学楼"。

1991年，大兴安岭发生火灾，林加者捐资5万法郎赈灾。

1994年，温州遭受台风袭击，损失严重，林加者捐资3万法郎。

2002年，听说一个小学生全年的学费仅要600元，林加者赞助30

名小学生重返校园，直到他们小学毕业。

2004年，应国务院侨办、全国政协港澳台侨委员会邀请，林加者率法国华侨华人会国庆观光团参加中华人民共和国成立55周年庆典时，为国内贫困地区的教育捐资145.5万元人民币，建了七所希望小学，解决了3000名学生就学难的问题。

五

下呈村，张达义家中，低沉的念经声像下呈河水，缓慢而沉重地流淌，灵堂设在一楼中间的堂屋，丧幡低垂，黑色背景墙上挂着大大的"奠"字。父亲张月富的画像和妈妈郑灯花的照片分挂两边，下边摆放着覆以黄布的供桌，一支白蜡烛燃着，火光如豆，随风闪动，桌前放置着妈妈的遗体，两边站着身着黑衣念经的居士。

从荷兰赶回来的侄女站在院外，目光顺着那条巷道向前张望。当张达义他们出现在视野中时，她急忙将大铁门打开。张达义脚步沉重，满面悲戚地进了院子。远远见到妈妈的遗体，他手中箱包落地，双膝一弯，"咕咚"跪在地上，放声恸哭，边跪行边磕头至遗体旁，身后的妻儿也随之跪行……

▲张达义的中国母亲

妈妈的遗体已按丽岙习俗从头至脚用上等的丝绵裹住，罩以乌黑殓衣。

妈妈再也听不到大年回家的脚步声，再也不能从堂屋里出来说："我的大年回来了！"

妈妈，大年回来迟了，没赶上为你送终，你不会责怪他吧？

上次回来，张达义他们在家待了一个礼拜。他二儿子在一个礼拜五结婚，原来想定在礼拜六，考虑到亲戚在荷兰开餐馆，周末生意好，抽不出时间，就改为礼拜五。儿子结婚的日子一天天逼近，张达义左右为难，如坐针毡，走吧，万一妈妈过世，没送上终，遗憾终生；不走，儿子的终身大事，做父母的不到场哪行？何况父母还要在巴黎市政厅结婚仪式大厅里签字。

人生如月，亏之八九，有谁完美？顾此失彼，还是顾彼失此？张达义即如此，顾小的还是顾老的？有两全之策吗？

"王医生，我妈妈的病情究竟怎么样？我回去把二儿子的婚礼办完再回来，有没有问题？"

"目前看来应该没问题。不过，你得跟你妈讲好，她不同意的话，你还不能走。"

"妈，你的二孙子要结婚，请帖都发出去了，酒席订了30多桌。我不回去婚礼不好办，"张达义看了看妈妈的表情，接着说，"我回去把事情办好，马上就回来。"

"没事，孩子的婚事也重要。这边有你哥哥在，放心走吧。"

妈妈清楚，按温州习俗，如有老人过世，那么儿孙结婚起码要推迟一年。

于是，张达义和妻子、大儿子匆匆赶回法国。到了巴黎，他急忙给家里打电话，问妈妈病情，哥哥说："还好，跟你走时差不多，就是觉多，不停地睡。你把儿子婚礼办完回来没问题的。"

张达义高悬一路的心落下了。第二天儿子的婚礼后，他又打电话问妈妈病情，王医生说："还好，没问题。"

两天后，张达义接到家里电话：妈妈走了。

这个消息犹如一枚炸弹在心底引爆，炸出一个洞，一个无边无际的洞。他的泪水奔涌而下，怕的就是这个，偏偏就发生了。养育之恩大于天，自己愧对妈妈啊！

没为妈妈送终，让他肝肠寸断，妈妈的身后事要办得庄重。

"这怎么行呢？在大门外就能看到我妈妈的遗体，这是对逝者的不敬。"

"大院门口的灯笼哪能用红的？改用白的，出殡后再换红的。"

张达义重新布置了灵堂，在妈妈遗体前挂了一道白帘，白帘上挂上妈妈的遗照。

张达义布置完灵堂后就为妈妈守灵。

"你坐了十几个小时飞机，也很累了。"表弟说。表弟或许担心他身体吃不消，毕竟年过半百，体力精力都不比从前；或许怕他舟车劳顿，半夜睡着了。

张达义怎么会守不住灵呢？这是坐在妈妈身边的最后一夜啊！想当年，一个从小失去母亲的9岁孩子，跟着阿爸远渡重洋回到下呈村，在妈妈的母爱下长大成人。"三年困难时期"时，妈妈饿得绵软无力，却把村里送来的一碗粥给大年吃。那碗白米粥来之不易啊！全村壮劳力吃瓜菜代①，从口里省下那点米，熬成稀粥，每天给村里老人和孩子一人一碗。当年妈妈还不算老，在村里的辈分却最高，有人称她阿太，有人称她老太。晚辈知道她身体不好，每天都给她端来一碗。

妈妈，你走了，以后还有谁会给大年以指点？第一次回国时，他骄傲地告诉妈妈，他们在巴黎买了100平方米的住房。本以为妈妈会为之感到高兴，没想到她却问一句："你大儿子结婚怎么办，让他搬出去吗？这不行，我们温州人是要跟孩子住在一起的。"

"妈，我听你的，回去再买间大房子，一家人住在一起。"

1990年，他在巴黎塞纳-圣但尼省买了一幢四层小楼，每层150平方米，他和两个儿子一人一层。

妈妈出殡时，700多位亲友赶来送行，下呈村小学来了两个班的孩子，张达义和哥哥张荫旺披麻戴孝，手持孝棍，把妈妈送上山，跟阿爸合葬一处。通往阿爸的坟墓的上山道还是张达义出钱、哥哥找人铺的。妈妈的葬礼办得隆重，丧宴摆了70多桌。

丧事的开销，张达义跟哥哥一人一半。这是一个不寻常的家，哥哥张荫旺是妈妈的亲外甥，比妈妈小15岁；张达义是阿爸的亲儿子，跟妈妈和哥哥没有血缘关系；阿爸是哥哥的姨父，他们也没有血缘关系。

1970年，哥哥张荫旺从荷兰回来，对张达义说："大年啊，我们家跟别人家不一样。你出生在巴黎，我的阿爹是你亲爸，我是过继的，是阿姨姐姐的儿子，我们一点血缘关系都没有，可是我们两兄弟比亲的还亲。我出国后，三个女儿在家，你照顾得比我还好。我们要团结在一起。"

---

①用蔬菜代替粮食。

"我们今生是兄弟，下辈子还不知道是不是，所以要珍惜这辈子的缘分。"张达义跟哥哥说。

有这么个哥哥是幸运的，当年回来时，他走不惯泥土道，哥哥背着他到处走；过年时哥哥给他的压岁钱都是崭新的钞票，有一分、两分和五分的硬币，也有一角、两角和五角的纸币；他在温州华侨中学读书时，哥哥在陶瓷厂当厂长，哥哥每次到温州出差都请他去看戏。哥哥出国后，三四个月就汇一次款，每次不少于1000元。那时，他每月工资才35块，秀珍的工资要贴补娘家，娘家人口多，她父亲挣钱不够用。秀珍生大儿子时，哥哥出钱雇了保姆——慈湖姆。后来，慈湖姆成了家里的保姆，洗衣服，做饭，收拾屋子，照料妈妈。保姆费都是哥哥出的。

保姆费不高，20世纪60年代每月十几块，后来涨到二十多块。张达义工资也不高，支付这笔开支的话，连饭都吃不上了。不过，慈湖姆也很难得，他要吃干的，饭不能太烂；妈妈要吃稀饭，不能硬；他想吃辣的，妈妈吃不得辣的；他不吃热饭，妈妈不吃凉饭……慈湖姆都照顾得周到。

妈妈去世后，慈湖姆走了，回了慈湖村。张达义怕她形单影只，晚年凄凉，诚心挽留一番，说家里没有人，请她帮忙照看一下。她说："我老了，身体也不好，不能住在外面了。"

回巴黎前，他领着秀珍、大儿子，还有两个侄女去看望慈湖姆，她很高兴。

春节前夕，张达义请亲戚代他和家人去看望慈湖姆，送个红包。亲戚回电话说，他去过慈湖村，红包没送出去，慈湖姆过世了。张达义听后心情沉重，又失去了一位亲人。

慈湖姆跟妈妈是同一年走的，也许会在另一个世界相伴。

后来，哥哥张荫旺从荷兰回到家乡，担任两届丽岙侨联主席。

随着年事增高，张达义也退休了。法国诸圣节①，他要给葬在巴黎的母亲和法国养父母扫墓，清明节，他要回温州给阿爸和妈妈上坟。

"人必须懂得感恩，懂得感恩的人才会有好报。"张达义说。

人不过匆匆过客，来的都得走。林加者的父亲、母亲和后母也相继过世。他们都是在巴黎走的，父亲走得很早，1983年就过世了。

"怎么办哪？"父亲过世时，后母不知所措地大哭起来。

"不要慌，我都做好了。"林加者说。

后母不大相信，这么大的事没跟她商量就做好了？

20世纪70年代，林加者把后母和几个弟弟妹妹陆续办到了法国，一家人在巴黎团聚。

前不久，医生说父亲最多还有6个月时，林加者怕后母着急上火，不敢告诉她。可是，父亲突然病逝怎么办？后母不埋怨，别人也会说："林加者，你那么有钱，父亲的坟墓都没做好。"

父亲病重时说过："五个孩子都在法国，我将来还是在这里好。"

林加者为父亲选择了巴黎著名的园林公墓——拉雪兹神父公墓。那座公墓葬有波兰作曲家肖邦、现代法国小说之父巴尔扎克、英国作家王尔德、美国舞蹈家邓肯，还有摇滚歌星莫里森。

林加者买了12个墓位，连后母和他们兄妹及配偶的都买好了。

父亲去世后，林加者把父亲的工厂分给了弟弟，父亲私下存在他那儿的10万法郎给了后母。

---

① 法国的万圣节，在每年11月1日。

　　"虽然我小时候吃了许多苦，但是那个年代吃苦的也不只是我一个人。后母生了四个孩子，她拉扯一帮孩子也很不容易。她对我再怎么样，总归是我的长辈。我一直叫她妈妈，没有叫她阿婶。为让别人听得明白，我称后母为'中国妈妈'，称母亲为'法国妈妈'。现在两个妈妈都已去世。我非常怀念她们。"

第十四章　"你要买下整个巴黎吗？"

巴黎那片榕树林郁郁葱葱，他当年打工找不到地方，却成为一家服装进出口公司的老板。那哭着喊着要回家的男孩，创办了一百多家连锁店。"欧拜赫维利耶之王"拥有了欧洲第一家华人上市公司。

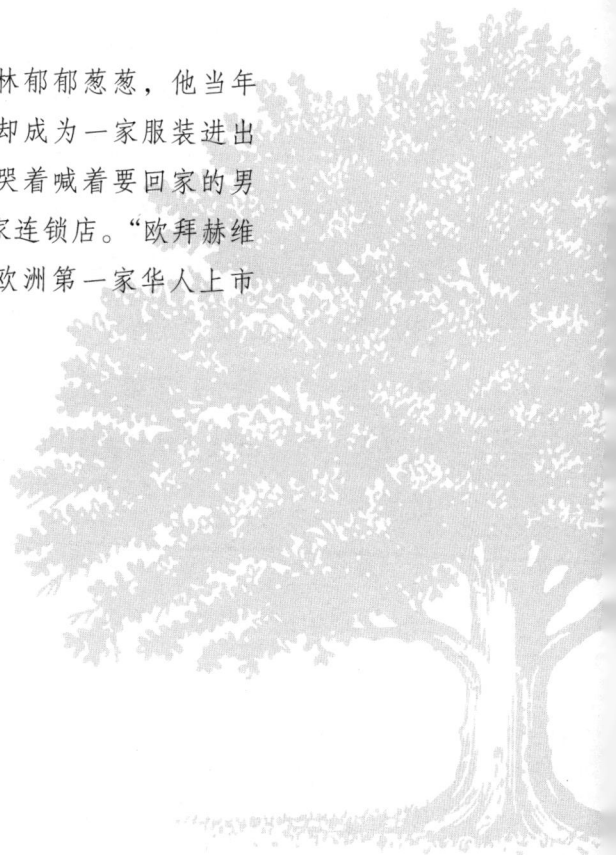

一

2001年12月11日，中国加入了世界贸易组织，巴黎温州人的服装批发生意火爆了。吴时敏想把服装厂卖掉，去做服装批发。

吴时敏的服装厂已经营了三年多，有十几个工人，在温州人开的服装厂中，无论规模还是产量都不算小。这家服装厂是1998年底他从别人手里买下的，那时，他已拿到法国居留证，有了办厂资格。

这一张"纸"是生存的根本，是融入法国社会必不可少的通行证。吴时敏为这一张"纸"奋斗了七年，饱受屈辱、煎熬和无奈，付出了很大代价，还在意大利普拉托等候了六七个月。

1995年下半年，弟弟跟他说，意大利政府要大赦，让他赶快过去。他过去了，付出数万法郎的代价，才在1996年拿到为期两年的意大利居留证。

留在意大利，还是回法国？吴时敏很纠结。留在意大利，有合法身份，可以申请家庭团聚移民，把大儿子接过来。可是，意大利的生存环境不如法国，老板拿到订单就让工人没日没夜地干。在法国也有一天干十六七个小时的时候，不过不会像意大利这么疯狂。最终，他选择回法国。

1997年，在法国议会选举中，左翼政党击败右翼政党，总统希拉克被迫与左翼总理利昂内尔·若斯潘共同执政。法国政府颁布一条法令，凡在法国居住5年以上的夫妇，有至少一个在法国学龄超过三年的孩子，才可以申请法国合法居留权。

吴时敏的大儿子已经10岁，符合这一条件，可是他在中国。吴时敏以11万法郎的代价，找人把儿子带到法国。儿子离开丽岙那天，巴黎和丽岙两边亲人的心都悬了起来，谁知道路上会发生什么意外，吴时敏夫妇和孩子的爷爷奶奶两三宿没睡着觉。还好，大儿子一路平安。

大儿子一到，吴时敏犹如摸到一张关键牌，就等待和了。他将申请递交上去，十天左右接到移民局的通知，让他过去一下。吴时敏很紧张，为什么要让自己过去呢，有什么问题吗？他越想越慌张，于是花一万法郎请了律师，万一遇到麻烦，律师可以申诉。

在移民局，移民官问了吴时敏几句话，他一句也没有听懂，律师告诉他一切顺利。

7月8日，吴时敏一家拿到了期待已久的居留证，他高兴得一宿没睡觉。那次大赦被称为"法国1997年大赦"，约有14万人申请，有8.7万人拿到合法身份，其中有8000多位华人，90%是温州人，有吴时敏一家，还有王瑞和他的父母。

有了法国居留证，就等于有一扇大门向他敞开了，他可以来去自由，想什么时候走就什么时候走，想什么时候回来就什么时候回来。吴时敏挈妇将雏，衣锦还乡，妻子出来七年还没回过家，他四年前回去过一次，另外，他们的父母还没见过他们在法国生的二儿子。

巴黎的温州人在20世纪90年代的变化是翻天覆地的，远超想象的。有了居留证的吴时敏在越南人开的衣工厂找了一份工作，月薪

9500法郎，每礼拜休息一天，加班一天另付500法郎。工作到第十个月时，有家服装厂要转让，吴时敏以13万法郎的价格买了下来。那服装厂的生意甚好，用吴时敏的话说，老天爷对他不错，付出有了回报。

服装厂经营了三年多，吴时敏想去第十一区做服装批发。第十一区的服装批发生意过去被犹太人垄断，华人是插手不进去的。90年代，法国中低档服装、鞋帽和箱包开始走下坡路了，周边国家来进货的商人也少了，犹太商人有人撤出，垄断局面渐渐被打破。

王云弟、戴国荣等温州人趁机而入，生意被他们做了起来。随之，大批温州人涌入，自产自销的经营模式渐渐被进口的"中国制造"取代。物美价廉的中国服装大受欢迎，再加上温州人勤奋，从早做到晚，周末都不休息，余下的犹太商人挺不住了，将店铺高价转让给温州人，便揣着丰盈的钱包离去。第十一区服装批发店的转让费由二三十万法郎飙升到50万欧元。

"你能不能便宜点，48万行不行？"

吴时敏看好一个店铺，跟店主讨价还价。

"不行。"

"50万就50万好了。"

吴时敏见谈不下来，只好让步。

店主却不卖了，涨到55万。第十一区的商铺转让费比大海涨潮涨得还快，一天一个价，一会儿一个价。温州人的服装批发店、打火机批发店、眼镜批发店像山坡上的杜鹃花，一片接一片……第十一区渐渐出现了温州商业街。

"53万，少两万。"吴时敏还价。

店主不卖，又涨到58万欧元。

"哎呀，我想要了，你说多少就多少吧。"

吴时敏要入手第十一区的店铺时，弟弟阿龙说意大利罗马服装批发市场的生意很好，问他想不想到那边去做。

阿龙1992年出国时，吴时敏建议他去意大利，兄弟俩先看看哪个国家好，然后再往一处去。于是，阿龙去了意大利，在表哥的衣工厂里打工。后来，遇到张朝斌的妹妹，两人相爱，结了婚，夫妻二人去了米兰。

吴时敏在意大利罗马考察了两周。罗马火车站前的几条街和维多利奥广场的服装生意像火烧云似的一片红。法国、德国、希腊、西班牙、葡萄牙等国家的客商一拨接一拨涌现。

吴时敏跟弟弟商量："阿龙啊，我在罗马待了20来天，这里的生意的确好做，我们两兄弟合起来做好吗？"

"我听你的。"

兄弟俩一拍即合，说干就干，他们成立了服装进出口贸易公司，吴时敏出资300多万元人民币，阿龙出资179万，股份两人平分。阿龙在罗马做销售，吴时敏回中国做货[①]。没有商铺，阿龙就在批发市场租下一面墙，每月1500欧元。阿龙把样品挂在那面墙上，公司就开张了。几个月后，他们买下附近一间店铺的经营权，12年52万欧元。

温州人在中国做货大都选择广东，吴时敏80年代在广东做过生意，对那边比较熟。他到广州的第一件事就是考察火车站附近的服装市场。他做生意很老到，在市场里找到想做的服装后，像鱼似的逆着溪流找

---

①做货，即品牌服装非原厂加工生产，所用原材料和制作方法跟原厂相似，比如有些著名品牌的服饰不是由原产地原厂加工。

到顺德均安镇的生产厂家。均安镇是中国牛仔服装的生产基地，有数千家服装厂。吴时敏陆续跟9家服装厂建立了业务关系。这9家服装厂，大的有150多名员工，小的也有七八十名，同时为吴时敏加工牛仔裤。

吴时敏精通裁剪、缝制、熨烫等各道工序，人也爽快，做事干净利索，从不拖泥带水，出货立马付清货款，跟服装厂老板处得很好。

2008年，吴时敏在巴黎买下一家服装批发店。大儿子读大三时，父子间有过一次很正式的谈话。他问大儿子大学毕业后想做什么，是从事服装贸易工作还是去法国人的企业工作。做服装贸易的话，想不想接他的班。大儿子毕竟是从温州出去的，他的想法跟在法国出生的两个弟弟不同，他想做生意，他的大弟弟愿意做学问，后来读到博士毕业。于是，吴时敏买下那家服装批发店，交给大学毕业的大儿子经营。

2017年，吴时敏从意大利罗马的公司退出来，把自己50%的股份给了弟弟阿龙。

"你做得好好的，为什么要退出呢？"有人问。

"你把股份给你弟弟，每年要少分五六十万欧元啊！"朋友说。

吴时敏说："我一年中有半年时间在中国，有四个月在意大利，在家的时间只有一两个月，老婆一个人在家带孩子很辛苦。钱是赚不完的，我该回家好好陪陪老婆孩子了，再说年纪也越来越大了。"这年，他52岁。

其中还有一个原因，吴时敏那年当选为法国中法友谊互助协会会长，没法坐镇广东，也没时间到欧洲各国收账了。

这个协会的前身是法国第三团体，是由法国著名的哲学家、人类学家、社会活动家,学界称为"法国马克思主义人类学的典型代表"的伊曼纽尔·特雷和学者伊丽莎白女士在1995年创办的,他们组织没有合法身份的移民上街游行,抗议示威,强烈要求身份合法化。他们在无证者与法国政府间建立了有效互动渠道,许多温州人通过这个组织拿到了合法居留。阿坦是这个组织的成员,吴时敏夫妇也参加过这个组织的活动。后来,这个组织更名为"法国中法友谊互助协会",阿坦作为创始人之一,担任了秘书长。2006年,吴时敏和阿坦都做牛仔裤生意,经常碰面。在阿坦的劝说下,吴时敏担任了法国中法友谊互助协会常务副会长,兼监事长。他心直口快,有什么事就说出来,在会里很有威望。

听说吴时敏要担任会长时,他的大儿子反对:"你要当会长,这个公司我就不干了。"

后来,阿坦做通了吴时敏大儿子的工作。阿坦担任法国中法友谊互助协会会长时,成立了一个青年委员会,吴时敏的大儿子担任副会长。

二

刘若进的第二家批发店没开几年就关掉了。

开店时,刘若进感到很自豪,他是在犹太区批发市场核心地段开店的第一个华人,做了其他华人没做的事——跟犹太人平起平坐做生意。后来,他发现不论批发店开在犹太区的犄角旮旯,还是开在寸土寸金的地段,都无法赢得犹太人的尊重,自豪与荣耀的感觉像雨后的残花落了一地。

"刘先生，你好！"

一天，在刘若进附近开店的一个犹太人来了，满脸和善的笑容，还多少有点儿谦卑。

对中国人来说，上门就是客，更何况人家还是犹太人，是那个区域的主体，刘若进自然要热情接待。这个犹太人很会说话，让刘若进感到很熨帖，像认识了多年的哥们似的亲近了起来。接着犹太人道出来访的目的，想借个工具。别说哥们了，就是过路的陌生人想借工具他也都会欣然答应，刘若进急忙找来，拿给他。

几天后，刘若进去咖啡厅喝咖啡，正巧那个犹太人也在。刘若进觉得既然都是哥们了，理应过去打个招呼。没想到那犹太人却像从来就没见过"刘先生"似的，冷冷地看着他。这让刘若进十分尴尬，讪然离开。

他搞不懂到底是哪里出错了，为何那个犹太人判若两人？苦思多日，他想明白了，虽然自己在犹太区最繁华的地段开了一家店，却并未被周边的犹太人认可，那犹太人自然不愿在咖啡厅当众承认自己认识"刘先生"，还有所交往了。可能在犹太人眼里，中国人就是捡垃圾的。

"在我的店里，我是主人；到马路上，我成了捡垃圾的中国人。我的自尊心受到很大的伤害，后来我就不愿意出去了。我说，作为中国人，祖国改革开放，强大了，我们很自豪，我是发自内心的。没有中国制造业提供那么好的资源，那么物美价廉的产品，我们能做什么？"刘若进真诚地说。

刘若进开店的热情没了，批发店也不温不火了。

"后来，我见过优秀的犹太人，说起这事儿。他们说：'刘先生，这不是你的错。你周围的犹太人大多是较差的。'我说：'对不起，我懂了，他们是底层的犹太人，他们赚点儿小钱就在咖啡厅里抽着雪茄，吹着牛，说自己赚了多少钱，有多少房产。他们不能代表犹太人。我不该对犹太人有偏见。'"

批发店开得荣耀，关得干净利索，刘若进没拖欠别人一分钱，这为他在巴黎商界赢得了口碑和尊重。许多店开不下去，店主欠了一屁股债，破产了。按照法国破产法，破产后不论欠多少债也都可以不了了之。有些商人钻法律空子，进许多货，把货卖掉把钱转移，然后申请破产。王云弟就上过犹太商人的当，40多万法郎打了水漂。

刘若进想，从制造业到进出口贸易，再到批发，终端还是零售。掌握终端市场也就是掌握零售市场，他应该在零售上做文章。有人听说刘若进想开零售店，就说："开零售店养家糊口没有问题，想有所作为就很难了。开零售店的大多是夫妻档，做好了再开一两家没问题，当开到第十家，管理就跟不上了，问题也就出现了，最终还得退回到三五家。"

刘若进不相信，他想开连锁店，创建一种新的商业模式。

1998年，第一家麦斯柯汀连锁店开业，刘若进将店址选在波尔多市的步行街上，那是法国最长的步行街，许多世界著名的连锁店都开在那条街上。别家连锁店选白色、米色或咖啡色基调，麦斯柯汀连锁店却像深秋的森林——五彩缤纷，非常吸睛。连锁店一开业，人流就像涨潮的海浪般一波波涌进来。那店不大，仅100平方米，很快就灌满了人，生意出乎意料的好。

在连锁店的选址上，刘若进煞费苦心，请了专业团队。他的要求很奇特，甚至有点不可思议，要选城市最佳商圈的最佳位置。他还给最佳位置下了个定义：左边有五家著名连锁店，右边有五家，前边有十家。这是刘氏定义，绝对有创新。他解释说，有这些连锁店包围着，就不怕没有人流。人流能否流进店，就看装修是否吸引人，把人吸进来后人买不买东西，这要看商品是不是齐全，有没有价格优势。那时，温州人已掌控法国批发市场，刘若进也做批发，他的连锁店里衣服、裤子、鞋子、毛巾、围巾、皮包、皮带应有尽有，价格也有优势。

刘若进是爱挑战的人，不仅在挑战中感到骄傲，而且不迷失自己。欧洲历史上还没有中国人开几十家连锁店的历史，刘若进的连锁店开到第10家时，有人说温州人在海外开10家店基本上就是天花板了。他开到第20家时，他们说刘若进的连锁店快倒闭了。他开到第50家时，他们不相信刘若进真有50家连锁店。他开到第100家时，有人说刘若进在吹牛，还有人说刘若进的连锁店肯定有国家资本注入。有人为证明自己的判断正确，天天盼着刘若进的连锁店倒闭，早晨眼睛一睁开最想知道的事就是刘若进的连锁店关了几家，有没有倒闭。

"我的店铺都是开在市中心最好的位置、最核心的地方，人气很旺。每当我的店铺开业，店里都是人。那个年代很疯狂。"

有时，刘若进跟素不相识的法国人聊天，对方问他："你是中国人吗？"

"对对对。"

"我们城市里有中国人开的麦斯柯汀连锁店。我从小就去那里买东西。"

"那是我开的。"

对方大吃一惊。

一次，刘若进骄傲地说："在法国的任何地方，都有人知道我的牌子。有一代法国女孩子是跟着我的店长大的,她们天天去我的店里买耳环、围巾、皮带、鞋子。她们从12岁开始就是我的忠实顾客,一直到40岁。你敢说法国的一代人跟你有关系吗?我敢说,那一代人的成长跟我是有关系的。"

在一次饭局上,有人说:"你们都不牛,刘若进才牛呢,他说想在法国开一百家店,他做到了。"

"一些中国人有了钱就开豪车,住豪宅,喝好酒,搞宴会和大活动,牛得很。西方人不看你有多少钱,有多少房子。你有多少钱跟他们有什么关系?西方人看重的是你为社会做了什么,有多大贡献。"

2009年,麦斯柯汀开通了线上销售,吸引近80万客户。后来,刘若进还创办了37VIP跨境电商网和打通中欧物流渠道的37速运。

"我以前为中国服务,把中国产品卖到海外,赚取外汇,我很骄傲;现在我反过来,把法国产品卖到中国,我在法国人面前也很骄傲。"

刘若进的哥哥、嫂子去法国后,父母和三个姐姐也都出国了,两个姐姐在意大利,另一个姐姐在法国。刘若进完成了父亲交代的任务。

▲刘若进(左二)把父(右三)母(左三)接到法国安度晚年

父亲到法国后患了脑梗，手术失败。刘若进以为父亲没什么希望了，没想到奇迹发生了，父亲在医院住了两个多月后居然康复了，没留下后遗症。刘若进开心极了。

"爸，你对法国没做过贡献，没纳过税，没交过什么费，法国却给你提供100%的医疗，还有这么好的服务。"

"我不欠他法国的，我儿子在这交税了。"父亲理直气壮地说。

父亲就是父亲，一点也不糊涂。

"我做得最好的事情就是投资'华人街'和创办两个商会。"刘若进说。

"华人街"是个网站，创始于2006年8月，为生活在欧洲乃至全球的华人提供本地资讯和社交平台。

三

1994年，黄学铭在广东东莞高埗办了第一家工厂，生意不错。几年后，又买下一家工厂。那家工厂原来是给黄学铭做贴牌皮包的。

"我们合作几年了，你们的包包做得不错。你要退休的话就把这家厂卖给我。"黄学铭跟那家工厂的老板说。

"你要买的话，我现在就卖给你。"老板是香港人，也许想退休养老。

那家工厂位于广州增城石滩镇，距另一个在高埗的厂也不算远。这两家工厂分别生产两个不同品牌的皮包。

黄品松说："这两家厂加起来有600多人，生意做得非常大，非常好。我的儿子呢，名气越来越大了，年纪也轻啊。公司产品是自己设计、自己生产、自己销售的，一条龙。"

黄学铭到法国后可谓如鱼得水，特别顺。他1980年到法国，在皮件厂打了半年工，拿到居留证就去读书了。

黄学铭过去住在皮件厂里，条件很差，两人住一个房间，连扇窗户都没有，黑黢黢的，通风不好，有股味道。他赚到点钱后就在巴黎第十二区租了一间一室一厅的房子。他读书的学校也在第十二区。当年到机场接他的舅公在第十二区开了一家餐馆，黄学铭经常去蹭饭。蹭完饭，他就帮餐馆刷盘子洗碗。

"哎呀，你做工做得这么好，读书很可惜啊，能不能一边读书，一边工作啊？"皮件厂的老板跟黄学铭说。

"那也可以啊。"

读书是父亲要求的，黄品松很有头脑，他希望儿子能融入法国社会，别像那些没文化的老华侨那样一辈子困在"温州圈"中，跟外界一点联系都没有。

老板一听他这话就买了一台机器送到黄学铭家里。老板每天早晨6点钟准时过来，"学铭，我到你家门口了，你开门，我把裁好的皮料拿给你"。

"每天6点钟就起来做，做到8点15分去上学，8点半上课。11点半放学，回家马上接着做，做到一点十几分再去上学，4点半放学，又开始做，有时候做到深夜一两点钟，当时真的是很辛苦的。"黄学铭说。

"你有没有兴趣跟我一起做皮包啊？我给你计时工资。"黄学铭跟一个同学说。

同学一听有钱赚就乐了，也加入了进来。接着又有两个同学加入。

1983年，妈妈和妹妹来到法国，接着，姑妈、表哥、表弟也都过来了，人手多了，赚的钱也多了。到1984年时，黄学铭已经赚了10万法郎。

1984年对黄学铭来说是最繁忙的一年，也是最不寻常的一年，这一年他考出驾照，买了第一辆轿车；买下一家皮件厂；结了婚；父亲黄品松带着一弟一妹来到法国。父亲来法国之前，黄学铭还回了一趟国。

买皮件厂花了35万法郎，黄学铭没有那么多钱，亲戚朋友帮忙做个会，给他凑了30万法郎。黄学铭接手工厂后，工厂生意出奇的好，订单特别多，他们天天晚上加班。

黄学铭赚到钱后就买了一辆宝马，有时拉着几个小兄弟到外边转一转，还去过凯旋门。开车出去，不时有警察查他的证件。有时，警察忍不住问一句："你怎么开这么好的车？"

"我们一天工作的时间相当于你们的两天。"黄学铭说。

黄学铭说得没错，他每天要干15个小时以上。

黄学铭是接到父亲的电话回国的，父亲说爷爷病重，要他马上回家。黄学铭怀揣10万法郎飞到了上海，在上海从车窗爬上开往金华的火车，结果紧赶慢赶还是没能赶上给爷爷送终。

黄学铭的妻子是瑞安汀田人，距丽岙叶宅不到20公里。他们原来不认识，出国时三家温州人在北京相遇，为了省钱，在北京大栅栏的一家旅馆，三家人挤在一个房间里。姑娘的母亲跟黄品松开玩笑说："到了法国，我女儿长大了，就嫁给你儿子好了。"

没想到居然成真。

黄品松到法国后，父子一起干。那年黄品松41岁，正年富力强。他有远见，有人脉，有能力，他们的皮件厂蒸蒸日上，品种和产量不断增多。黄品松让儿子边做生意边读书。黄学铭又到巴黎第七大学读了两年法语，直到读书看报基本没问题，写字也基本不成问题，说话就像温州人讲普通话那样多少有点温州腔，跟法国人交流没什么障碍。

1987年，黄品松父子在庙街买下一家批发店，自产自销，生意好得很。黄学铭到意大利、韩国进口皮箱手袋。他有生意头脑，有市场眼光，在韩国进口的一款皮包没入库就销售一空。

1994年，黄学铭到中国香港进口皮包时，从香港到了深圳，又去了东莞高埗，在那儿办了工厂，生产自己的品牌——卡罗皮包。

黄品松和黄学铭父子生产的卡罗包箱打入了美国、意大利、比利时、德国、荷兰、西班牙、葡萄牙等国家的市场，还远销东欧、中东、非洲，在法国的老佛爷、家乐福等商场大都有专卖柜。

后来，黄学铭拿下法国时装品牌ELITE旗下手提包的欧洲代理权。

1993年，法华工商联合会成立，黄品松是发起人之一，他把儿子黄学铭也拉了进去，先做理事，接着是副会长。2011年，黄学铭被推举为第十届法华工商联合会会长。

"我的儿子，人聪明，胆子大，很善良，对人特别好，大家对他评价很高。他有什么好事都会介绍给朋友。他有十几个比兄弟还好的朋友，他们经常相聚。这十几个人里，就他发展最早、最快。他是我家里的火车头，把我全家人带出来，还把我一个姐姐，四个妹妹，我的外甥、外甥女都带到外国，现在我的家族在法国有100多口人。他的事业得到发展后，也没有忘记家乡的建设，他为家乡造桥建路，在泰顺捐资建造希望小学、救灾等，一共捐了150多万元。"黄品松说。

四

2004 年，刘林春在惠州买了一块地，100 多亩，建了一家服装厂，可年产牛仔裤 1000 万条。不像那些中小服装厂，要购进面料、纽扣、拉链等，他的服装厂是"一条龙"，棉花进去，牛仔裤出来，从纺纱、染纱、织布、制衣、洗水，到装拉链、钉纽扣、缝线等环节全部自己完成，只有商标不是自产的。

从法国回来时，妻子在家庭未来发展的谋划上提出了异议，她想把留守在丽岙乡下的孩子接过去，一家人在巴黎定居。丽岙农村怎好跟巴黎相比？她这一想法是比较得出的。刘林春却不这么比较，他说："我们在法国是社会的最底层。在法国，我哪儿也去不了，什么事也做不了，看不到希望和前途。"他每天收听中国广播，了解国内形势和发展趋势，相信中国会发展起来。他说，他要回国创业，要回来做生意。

"那个时候压力是非常大的，尤其是我妈妈，她不同意我们回来，打死也不同意，就是不能回来，不可以回来。我妈妈通过所有的亲戚、朋友劝我不要回来。"刘林春说。

母亲不同意，岳母也不同意。岳母说："一定不能回来，丽岙的人都千方百计想出去，你们要从法国回来？不行，绝对不行。"从丽岙到巴黎有多么难，光路费就要十多万，两个人就是二十多万，回来就等于白花花的银子打了水漂，这不是理解不理解的问题，是让人愤怒的问题。

两个母亲的认知高度一致。

他们到温州那天，是岳母去接的，她找了一辆灰头土脸的小四轮拖拉机,拖斗里摆了几个木头板凳。刘林春他们哭笑不得,朋友家里有车,说一声就能过来接,为什么找个小四轮呢?

岳母说,她很生气。五六年后,岳母去了一趟法国,在巴黎待了一段日子,回来后理解了他们:"哎呀,还好你们回来了,说真的在法国实在太辛苦了,当时不知道嘛。"

从法国回来,心情本就复杂,这下更加五味杂陈了。坐在小四轮上,一路颠簸地往家走,认识的不认识的看着从法国回来的"华侨",觉得好笑,丽岙条件再差也不至于这么寒酸啊。小四轮张扬,"突突突"叫得响,众目睽睽下,他们感到难堪。

到了家,见到孩子的那一刻,5年的牵挂与思念都化为欣喜与激动。孩子长大了,离家时女儿刚出生6个月,还在襁褓中,现在6岁,懂事了;5岁的儿子变成11岁的小学生了。

女儿看着妈妈不说话,一个劲儿地笑。

"晚上跟我睡好吗?"妈妈问。

似乎生怕妈妈改变主意,她立马点了点头。这是她懂事后第一次见妈妈,妈妈走时她还没有记忆。没记忆不等于不想妈妈。一个孩子想妈妈的滋味没人描述得出来,肯定是成年人难以想象的。

"哎哟,我带了你5年,还不抵你妈这一瞬间?你妈回来了,马上就跟她睡了?"奶奶有点儿吃醋了。

晚上,他们一家四口人挤在一张床上,这种感觉真好啊,终于团圆了,真不容易啊。家庭的温馨,孩子的欢乐,冲淡了他们的烦恼。

社会的无形压力像海浪涌来,认识的人见面都会问:你们怎么回来了?法国多好啊,谁谁谁在法国都有自己的工厂了,谁谁谁开了批发店,谁谁谁买了房子,谁谁谁买了车子……好像在丽岙的人比在巴黎的知道的还多。

"很搞笑，我回来前我二哥和二嫂刚到法国。我们回来的时候，大家就看不懂我家了，说法国不好吧，你还叫你二哥、你二嫂过去了；说法国好吧，你们两夫妻回来了。我们一回来，他妈妈就不待见我，看见我就走。他妈妈认为，我待在那里，林春肯定不回来。这个罪过推到我身上了，哈哈哈。"刘林春的妻子说。

"回来很有压力，包括我妈妈的压力已经很大了。我要创业，我一定要赚大钱。"刘林春说。

他买了一辆自行车。许多人想不通了，从法国回来的人都很有钱，怎么买辆自行车骑来骑去呢？他说，有自行车骑挺好的，我们在法国都是步行，很艰苦的。

他回来后当了村支书。镇领导说，你从法国回来，对国外比较了解，这对村里发展有好处。他一边当村支书，一边创办摩托车配件厂。回来的第三年，他又办起了服装厂，从柯桥采购布料，加工成服装，为在欧洲做服装贸易的丽岙华侨供货。丽岙华侨回国进货面临两个问题：一是普通话不会讲，沟通不便；二是对国内行情不了解，想进的货也未见得找得到。刘林春供货一是可靠，毕竟是同乡，谁也不会骗谁，交点定金也放心；二是价格比较合理，不会乱要价。

"我的理想就是做贸易，把中国的产品卖到国外去。我从法国回来，这个理念是对的。中国的人工费低，国外要八千块到一万块左右，国内最多也就一个月一千块，相差几倍。人工费低，我的产品就便宜，肯定会赚钱的。我在法国待那么多年，比别人会多一点感觉。"刘林春说。

2001年，刘林春和四位盟兄弟去了广东，在顺德均安镇开服装厂生产牛仔裤。2002年，刘林春和弟弟在意大利罗马创办服装贸易公司，他在广东做货，弟弟在罗马销售。2006年，惠州服装厂投产一年后，刘林春在迪拜创办服装贸易公司，由妻子打理；2009年，他在洛杉矶创办他的第三家服装贸易公司……鼎盛时期，惠州服装厂一年生产1000万条牛仔裤，有一年仅意大利罗马的那家服装公司就销售了400多万条牛仔裤。

"在法国的五年是我人生的转折点，意志力得到了锻炼。"刘林春反思道。

2010年，刘林春当选为惠州温州商会会长，八年后又当选为美国洛杉矶温州商会会长，带领十五六家北美侨团成功地举办了有30多个国家华侨社团参加的北美温州人大会。

"有一次我飞到法国，从法国飞到洛杉矶，再回来，刚好绕地球一圈。我想，我怎么又回到了丽岙，又回到这个村里来。我几个月都没想明白。其实人生就是一个过程，就是一段经历，没有说你一定在哪里，是吧？"

五

2010年2月2日，上午8点59分55秒，巴黎欧交所大厅里，众人围绕着一块荧屏和一口铜钟，记者的摄像机镜头对着站在前边的五个人，中间是位国字脸，有着浓密黑发的中国人，穿着深灰色西装，系着紫格领带，脸上挂着胜利者的笑容。

众人一同计时：56、57、58、59。黄学胜和站在右侧的中国大使馆公使、左侧的中国大使馆经商处公使衔参赞以及欧拜赫维利耶市长

雅克·隆拉瓦德同时拉动钟绳。钟声响了，荧屏出现："欧华集团
EURASIA"。

欧华集团在巴黎创业板上市。欧洲第一家华人上市公司诞生！欧
交所一片掌声和欢呼声，欧交所总监与敲钟人的手紧握在一起。

黄学胜对记者说："作为中国人，我无比自豪。这个荣誉不仅是欧
华集团的，也是海外华商群体的。它可以说明我们华侨有能力上市，
也希望我们的经历可以为海外华人下一代的发展提供新的目标和新的
动力。"

中国驻法国大使发来视频祝贺，法国权威报纸《世界报》《费加
罗》等不惜版面进行报道。做人低调的黄学胜就这么出现在欧洲公众
的视野，引起关注的还有近百年来在欧洲默默无闻的温州人群体。

27年前，黄学胜还是丽岙的一名中学生，从叶宅小学毕业没几个
月。他的父亲是农民，种几十年田，日子就像长不起来的庄稼，让人失
望、沮丧。据黄学胜的小姑说，他们一家老少三代住在一幢很旧的房子
里，家里有爷爷奶奶、五个姑姑，还有黄学胜的父母和他们兄妹三个。
小姑只比黄学胜大7岁，小时他们在一起玩，彼此看着对方长大。

"他小时候挺聪明，也很乖巧，活泼可爱。读书是还可以的。"小
姑说。

黄学胜家老房子的庭院里有一门楼，刻有对联："祥云生紫户，喜
气绕朱轩。"横批是两个字："凝祥"。庭院不大，有一月形门通往后
院。三间四层的楼房，摆设的都是老家具，至少也有四十年的历史，
最老的是厨房的碗柜，有五六十年的样子。如今他们一家都在法国定
居，在叶宅村已没有什么亲眷了，房子空着，请别人帮忙照看。

黄学胜的父亲有四个兄弟，二叔早年去了法国，1972年把黄学胜

父亲办了过去。父亲拿到居留证后,母亲领着黄学胜和哥哥、妹妹一起去了法国,那是1983年,黄学胜13岁。

父亲在法国开了一家中餐馆,生意似乎一般。黄学胜兄妹到法国后,住在巴黎第十二区阿里格尔广场旁的出租屋内,据小姑说那房间不大。黄学胜在学校读了两年书,就去瓦勒德马恩省父母开的餐馆帮忙了。

小姑说:"我侄儿还挺厉害的。在餐馆做了两三年就去开工厂了。"

黄学胜给中餐厅供过货,开过衣工厂。他于1987年结婚,妻子也是温州的,他们是在法国认识的。

1993年,黄学胜和妻子吴青青在法国康布雷市投资5万法郎创办了一家服装日用品零售公司BONY。黄学胜的商业模式和行事风格得到了法国一家零售巨头的青睐。两家公司合并后,黄学胜如虎添翼,跟世界知名品牌有了合作,同时从中国进口大量纺织品、百货日用品。

2001年中国加入世界贸易组织,为海外华侨华人带来了巨大商机,黄学胜以横扫千军之势收购了大量商业地产。2003年,黄学胜收购了欧拜赫维利耶市三家最大的批发店之一,利用已有资源形成生产、加工、进出口、销售的一条龙产业链,这一年,黄学胜的公司进出口货物量超过800个集装箱,总销售额超3亿欧元。2009年,BONY公司改名为"欧华集团"。在黄学胜为收购法国北部勒阿弗尔港仓储区向银行贷款时,在审计事务所的帮助下,欧华集团成功上市。2012年,欧华集团收购了勒阿弗尔港15万平方米的仓储区,投资2200万欧元,将其打造成多功能"欧华商贸中心"……2022年1月,欧华集团又成功收购了位于巴黎第十九区的拉维莱特大厦,那是巴黎城市规划中的标志性建筑。

黄学胜让法国媒体大为震惊,有一家电视台称他为"欧拜赫维利耶之王",期刊《大都市》发问:"黄先生,你要买下整个巴黎吗?"

▲2016年9月16日，法国总统弗朗索瓦·奥朗德在一次会议上，就法国的经济发展听取刘若进等侨领意见，并与刘若进合影

第十五章 游走在香榭丽舍大街的中国龙

香榭丽舍大街——世界三大繁华中心之一，法国举办国庆大阅兵的地方，突然舞出一条中国龙，法国的华人华侨走上街头，春节彩妆游行。法国人惊喜地高呼："啊，中国！中国！"掌声如潮。

一

　　林加者是在 2001 年法国华侨华人会换届时，当选为第 15 届主席的。

　　法国华侨华人会是法国政府批准建立的第一个华人社团，也是法国最大的华人侨团，其前身为旅法华侨工商互助会，成立于 1949 年。1964 年，中法建交后，更名为"旅法华侨俱乐部"，同时申请注册，1971 年获得批准，1998 年更名为"法国华侨华人会"。

　　这个社团初期的主体是老华侨，他们在海外漂泊几十年，饱受欺凌，孤独、落寞和无助。这个社团让他们有了一种找到组织的感觉。林永迪是这个社团的活跃分子，逢年过节，会请社团的朋友聚聚，喝喝酒，叙叙旧。

　　一对男女结了婚，没有房子也就等于没有家，哪怕天天住五星级酒店，仍像被风刮得到处乱飞的蒲公英似的，没有归属感。社团也是如此，你可以把大家约到咖啡厅或餐馆搞场活动，也可以租间会议室开两天会，可是没有固定活动场所，就像没有家的夫妻。想有固定活动场所，先要解决资金问题。作为一个侨团，想获得法国政府的扶持资金，那是连想都不要想的，来钱的道儿只有一个——会员捐款。

　　旅法华侨俱乐部获得法国政府批准时，会员为了有固定的活动场所捐过款，林永迪捐了2万法郎，又动员儿子林加者捐款。林加者很听父亲的话，捐了6000法郎。林加者当年在皮件厂做工时，月薪500法郎，6000法郎是他在父亲工厂打工那年的总收入。有了捐款，俱乐部在巴黎第四区置办了一处100多平方米的活动场所。

　　"这个好啊，你可以去看看电影，打打乒乓球。"父亲对林加者说。

　　那时，林加者还开着大货车奔波在法国的13个大区、96个省，在家的时候不多。不过，他只要从外边回来就会背着女儿来俱乐部。那时，林加者和女儿在俱乐部看了好几遍《红灯记》《沙家浜》《智取威虎山》等样板戏电影。

　　林加者看样板戏电影时像20世纪70年代末、80年代初的大学生看英语原版电影学英语那样边看边听边记，跟着学普通话。出国时，他只会讲丽岙版温州话，这种方言与乐清、平阳等版本的温州话有区别，不过在温州地区还是能听懂的，到温州之外就不行了。作为中国人，和外国人不能交流也就罢了，跟本国人不能交流就有点说不过去了。

　　70年代末，中国改革开放，出国的人多了起来，俱乐部的活动场地就捉襟见肘了。为购置新的活动场所，老华侨慷慨解囊，罗周姆捐了16万法郎；林昌横手里没现金，把家里的8公斤黄金捐了；林永迪捐了5万法郎，林加者捐了3万法郎，任岩松等人也都捐了款，俱乐部筹集了200多万法郎。这就是温州人，当时他们在法国做的生意都不大，大多像林永迪那样开小作坊，起早贪黑地做，赚点儿辛苦钱。林加者捐的3万法郎相当于他和应爱玲的第一桶金——开一年中餐馆的收入。

　　俱乐部有了资金，合适的会址却没找到，他们想选华人比较集中的第三区、第四区，交通方便，还要够大。房子看了不少，不是这方面差一点，就是那方面差一点，好不容易差不多了，周边邻居不同意："你在我家旁边开俱乐部，人来人往，吵吵闹闹，我们怎么生活？"

　　林加者这时已有两家批发店，生意上了轨道，不必开车满法国转悠了，时间和精力逐渐转到俱乐部上来。

　　"爸爸，快打电话，让他们过来看看旁边的院子……" 1981年末的一天，林加者到厂里看父亲时，推开门兴奋地说。

　　原来父亲家隔壁战斗报社的院落要整体出售，有500平方米。父亲住在巴黎第三区庙街41号，战斗报社的院落在43号。那是一块风水宝地，右邻巴黎市政厅，左靠华人区，后面是蓬皮杜文化中心。

　　林永迪放下手里的活儿，给俱乐部主席刘友煌打电话，没过多久，刘友煌回话说："那院落已有了买家，交了定金。"

　　"我们可以和中介沟通，让他们把定金退回去。"林加者说。

　　"这能行吗？"

　　"能行。"

　　俱乐部按林加者说的去做，还真买下了那个院落。

　　"加者，你也出了不少钱，也要多做点儿事啊。"老华侨赞许地说。

　　这句话的潜台词或许相当于领导说的"得给这个年轻人加加担子"。

　　于是，林加者的事情多起来，国内代表团来了，让林加者陪同参观考察。林加者一是车技好，二是路线熟，三是慷慨大方。俱乐部有一个不成文的规定，谁陪同谁出钱，请客吃饭各种开销都得买单。

1989年后，林加者把两家批发店全部交应爱玲打理，成了甩手掌柜。有老客户来，她让他接待一下。

"他们都是你的客户，我就不去了。"

俱乐部开会，他凌晨两点多钟就爬起来，为参会的七八个人准备吃的、喝的和用的。

20世纪90年代末，林加者被全国侨联聘为海外顾问，每年参加全国人大和全国政协的会议，被国家领导人接见，到国内参观考察，参加各种各样的社交活动，在家的时间越来越少了。

有一年母亲节，店里的生意特别好，林加者却回国了。不巧的是店员病了，应爱玲一人接待35位客户，从早忙到晚。

"爱玲，我佩服你啊。"林加者的朋友说。

"为什么佩服我？"

"这么忙，你却没有抱怨，还做得轻松自如。"

"我也就开开发票，这都是熟悉的嘛。"

林加者在侨团不仅出人出力，还要出钱，而且他还要比别人多出很多。

"我在店里从早上做到晚上，赚的钱呢，他拿走了。"应爱玲说。

不赚钱的比赚钱的还忙，林加者有一年接待了106个代表团，时常跑这家酒店敬两杯酒，再跑到另一家酒店敬两杯酒。他有两次因酒后驾车被警察抓住，被带到警察局醒酒。第二天早晨，他才被放出来，扣分、罚款，几个月不能开车。

林加者得到了老华侨的器重，也获得了大家的敬重，从执委到常委、副主席、第一副主席，渐渐进入核心层，最后当上了主席。

林加者当选主席时，张达义从法华工商联合会会长的职位上退下已一年，他连任了两届会长，先后四年。在丽岙的海外侨领中，林加者、张达义深孚众望。

海外有135个温籍侨团，其中有多少是丽岙人创建的？丽岙出了多少侨领呢？有多少人担任或担任过会长（主席）、副会长（副主席）？

一位旅居意大利的丽岙侨领说，在意大利米兰的20多个华人侨团中，米兰华侨华人工商会成立时间最早，创建于1946年。1970年，中国与意大利建立了外交关系，从中国大陆去意大利的人渐渐多了起来。在异国他乡最渴望的就是能找到一个华人社团。在70年代商会的一次换届选举时，开幕时挂的还是青天白日旗，闭幕时易帜，换上了五星红旗。

在国务院侨务办公室的官方网站上，米兰华侨华人工商会的简介是：米兰华侨华人工商会成立于1946年，现有理事300多人。长期以来，该会始终秉承"爱国爱乡，服务侨胞"的宗旨，坚决反对"台独"，维护祖国和平统一，为中意两国文化、经贸等领域交流与合作发挥着桥梁作用。

二

任岩松等老华侨小时候没读过什么书，不识汉字，留下终生遗憾。法国华侨华人会成立后，办起了中文学校，教华二代学中文。

"如果不对下一代进行中国传统文化教育，他们融入法国社会后就会把中国忘了。"林加者担任第一副主席后说。

他经常对中文学校的学生说："我们中国传统文化博大精深，你们要努力学好中文和中国传统文化，从小为弘扬中华文化，增进中法友谊打好基础。"

他的两个女儿不仅精通法语、英语和西班牙语，还会说中国普通话和温州话。大女儿担任过法国航空公司驻中国总经理，小女儿担任过法国国民银行派驻中国的首席执行官。林加者说，他的两个女儿之所以能获得那些职位，其中一个很重要的因素是她们懂汉语。

张达义不大担心这一点，他的三个孩子生于温州，汉语是他们的母语；去法国前大儿子在国内已初中毕业，女儿也已读到初中二年级；小儿子读书少一点儿，读到小学三年级，汉字也认识几百个了。

后来，大儿子做服装进出口贸易，将在中国加工制作的服装销往欧洲，生意做得不错，还当上了服装协会副会长。大儿子的女儿硕士毕业，她精通英语、西班牙语、法语和汉语，也会讲温州话，跟父亲一起经商。小儿子在法国开了家咖啡厅，他有三个女儿，大女儿在读硕士，二女儿和三女儿在国外留学。张达义的女儿硕士毕业，在法国开了一家翻译公司，她的翻译水平为中国政府和法国政府所认可。

"她对客户态度很好，不管人家有没有文化，是不是温州人，她都这样对待人家。有一次，有位女客户说她现在生活很困难，这个钱付不起，她就免费给她做。她肯帮别人忙，这很好，我很骄傲。"张达义这样评价大女儿。

"你中文不好，大学毕业不可以找工作，先去中国学习一年中文。"大女儿硕士毕业时，戴国荣说。

戴国荣的大女儿出生于温州，被母亲带到法国时才两岁。她在法国读小学、中学和大学，精通法语和英语，不会汉语。戴国荣夫妇从零开始忙着打工和创业，没时间陪孩子，四个孩子都不会讲汉语。戴国荣想让大女儿在工作前先学会汉语。

"不管你是法籍还是别的国籍，在外国人眼里你就是中国人。有的法国人都会讲中国话，你一个中国人不会讲中国话，人家要取笑的。"戴国荣说。

他把大女儿送到上海复旦大学。刚到上海时，她语言不通，处处尴尬。到餐馆吃饭，她进去没法点菜，要先看看别人吃什么，再指给店家。

她在复旦学了一年中文，回法国后进入一家美国公司，担任化学分析师。公司在上海有分公司，她时常被派到上海，因为她会说汉语。

二女儿学的是药学，按学校规定她要到国外实习一年。戴国荣托关系帮她联系了上海复旦大学中山医院。

"你去中国既可以实习，又可以学中文，一举两得。"他对二女儿说。

"我不懂中文，去中国怎么实习？"她却不那么想。

"你可以讲英文啊。"

"我不去。"

二女儿跟大女儿不同，她出生在巴黎，很有主见，不像大女儿那么听话。她自己联系了几家英国、美国的实习医院，有的接受了，有的让她补充材料再确定。

"这绝对不行，你一定要去中国，这是学习中文最好的机会，这是第一；第二，中国医院的病人多，医生临床经验丰富，可以学到更多的东西。"

20世纪90年代，孩子放暑假时，戴国荣夫妇都会带他们回国参加丽岙的"寻根之旅"夏令营。七八月份的温州，溽热难耐，街巷脏乱，到处是人和自行车，孩子也不愿意出去，老家的住房简陋，没有卫生间，不能洗澡，起夜要用木质马桶，掀开盖臭气扑面，再加上蚊子和苍蝇多，给孩子也没留下什么好印象。参加夏令营，学了几句汉语，没出温州就忘了，结果还是一句汉语都不会说。

"你去其他国家，我不出一分钱，你有能力就自己去！"见二女儿要去英国和美国实习，戴国荣着急了，使出了撒手锏。

这下二女儿没辙了。她被迫妥协，去了上海复旦大学中山医院。她没想到上海那么现代，那么繁华，高楼林立，车水马龙。她一下子就喜欢上这一人口远超巴黎的世界一线城市。她没想到中国还有不同于温州丽岙的地方，对中国的印象发生了巨大的改变。在上海，她结交了很多朋友，中山医院的一位教授经常请她到家里吃饭。实习的那年，每逢节假日，她会回丽岙看望爷爷奶奶，渐渐也对家乡有了感情。

回法国后，她获得了博士学位，经常回中国旅游，走了很多地方。

三女儿读的是电力工程专业，她的学校好，硕士没毕业就被一家企业录用了。戴国荣说，三女儿书读得好，人很聪明，又爱学习，父母给的零花钱都买书了。她回家从不温习功课，考试前翻一下书就行了，学习成绩很好。

20世纪八九十年代到法国的温州人大多不注重孩子的学习，或生存艰辛，顾不上让孩子读书，有人说："让小孩读书有什么用，读好了也是做生意，会讲几句法语就好了。"

王瑞读大二时，妈妈说："你读到大二和读到大五不是一样吗？"

王瑞在法国第九大学读经商管理学，学制五年。妈妈希望他退学回家做生意。在许多家庭，这么大的孩子可以顶半边天。

王瑞也知道父母不懂法语，他们很需要自己。他11岁那年，爸爸要开餐馆，买回一沓法文报纸。王瑞把报上刊载的店铺出租与转让信息找出来，翻译给爸爸听。他还要帮爸爸打电话联系店家，询问店铺具体位置、周边的环境。有的单词他不会写，对方就在电话里教他怎么写。王瑞还要拿着地图带爸爸去看铺，父子俩一间接一间地看，早出晚归。下雨了，他们找个地方躲一躲；饿了，爸爸给他买个面包充饥。爸爸也很心疼他，可是他不去，爸爸就无法跟店家沟通。后来，爸爸在美丽城开了一家餐馆，法国人来吃饭，瞪着眼睛不知道对方说什么。

戴国荣会法语，不需要孩子帮忙翻译，他说："我认为许多传统行业迟早会被淘汰，你不注重培养孩子，不让他读书学习，他做不了别的，只能做这些谁都能干的事。父母做得好一点的，会留点儿产业给他做，父母做得不好的，那只有像我们刚来法国那样给别人打工。"

为了孩子读书，戴国荣花几十万法郎买了一间20平方米的"学区房"。这房子是"抢"来的。他做过房屋中介，认识很多这方面的人。有人发现这一房源，打电话告诉了他，他急忙赶过去。那房子位于巴黎圣母院和大学城附近，周围的学校多、学生多、餐厅多，上学和吃饭都方便，有的餐厅24小时营业，戴国荣一下就相中了。可是，相中的人很多，想要的人很多，戴国荣排在第二。排在第一的看过了房，定金还没交。

"我看中了，给我吧。"

"不行的。"

"你找理由回掉他嘛。"

"不行的。"

那个房屋中介认为有先有后，排在前边的明确说不要了，戴国荣才可以买。

到了饭点，他请那个法国人吃饭。在吃饭时，他对法国人说："你可以跟他说昨天在他之前已经有人看过了，今天那人回复要了。"对方很聪明，明白戴国荣的意思，这等于在第一的前边还有一个第一，这样也就符合他们的游戏规则了。

最后，中介按戴国荣说的回掉了"第一"，把房子卖给了戴国荣。

这间房子改变了女儿们的命运，她们中有人读高中了就搬过去，礼拜六回家看望父母，改善生活，洗洗涮涮。

三女儿毕业后，按父亲的安排到浙江大学学习中文。

"你先去学一年中文，别怕没工作。"戴国荣对她说。

三女儿欣然同意。过去，两个姐姐跟她说中国如何好，让她很羡慕，她说："我也去，我也去。"

三女儿学了一年中文后，进入法国国家铁路公司工作。戴国荣遗憾地说，她读书特别好，可惜没有读博士。2024年法国举办奥运会，需要建造一批体育场馆，她作为电力工程师被抽调过去。

老四是儿子，有三个女儿之后才有这个儿子，他在父母和姐姐心目中的地位可想而知。他很聪明，可是迷上了网络游戏，成绩不断下滑，这让戴国荣伤透脑筋，他把儿子送进法国的贵族学校、以重金请家教辅导都不行，最终只好把他送到上海师范大学附中，让儿子学中文，也可以远离那些打游戏的朋友。儿子在上海参加了法国高考，考上了大学，读的是国际金融专业，硕士毕业后，进了戴国荣的会计师事务所。

戴国荣说："我们温州人不管大人还是小孩，做生意脑子非常好使，是天才。我们的小孩在法国出生长大，脑子就没有在温州长大的小孩灵活，做生意不行。我对小孩说，你做生意没办法跟温州长大的小孩比，你没有那个基因，你只有好好读书。"

他们这代华侨华人最怕后代失去温州心理文化基因，有人要求孩子与温州人通婚，以保证后代是100%的温州人。戴国荣没要求儿女一定要跟温州人结婚，不过一定要找中国人。大女儿读大学时，她的同学和朋友都是法国人，没有中国人。她跟一个法国同学有了感情。戴国荣夫妇知道后坚决反对，硬把他们拆开了，她再没找男朋友。

二女儿也选择了一个法国人，他在戴国荣当年没能应聘进去的雷诺汽车公司工作，做电脑编程，有公司的股份。戴国荣夫妇接受了大女儿的教训，没那么反对。二女儿嫁给了这个法国人。有了孩子后，他们开了一家药房。

三女儿也嫁给了法国人，他在达索公司工作。达索公司是世界主要军用飞机制造商之一。

戴国荣怕儿子娶法国女孩，千方百计把儿子拉进华人圈，让他多接触温州女孩。他也帮儿子介绍过好几个对象，儿子却不喜欢。最后，儿子自己找到一位丽岙女孩，她大学毕业，在巴黎之外的一个地方开香烟店。

任法国华侨华人会第一副主席和主席那些年，林加者对中文学校十分重视，学校从最初的三五百名学员，增加到1200名学员。为让学生了解祖国，提高汉语水平，还组织学生参加"寻根之旅"夏令营。

三

2004年，正值中法建交40周年。

1月24日，中国农历正月初三，下午1点30分，巴黎凯旋门附近已是人山人海，由法国华侨华人会主席林加者倡导和组织、60多个华人社团参加的春节彩妆大游行隆重开幕，上万华人身着盛装而来，一条中国巨龙出现在世界闻名的香榭丽舍大街。巨龙昂首，两根龙须高高翘起，张着大嘴，长达120米，围观的法国人震惊了，高喊："啊，中国！中国！"随后响起热烈的掌声。接下来是来自中国的秧歌、划旱船、舞狮表演，还有身着56个民族服装的方队……

"巴黎香榭丽舍大街是法国每年庆祝国庆节的地方，能给我们华人用来庆祝中国春节，我是想象不到的。我们华人在法国的人口远低于阿拉伯、阿尔及利亚、西班牙、意大利等族群。他们对别的族群有过这样的优待吗？没有的。"林加者自豪地说。

2002年，马年正月初五，法国华侨华人会等12个华人社团举办了一次盛大的联欢活动，巴黎市政府广场的灯杆挂上了120盏喜气洋洋的大红灯笼，整个巴黎洋溢着浓郁的节日气氛。下午2点半，一面五星红旗在广场上迎风升起，锣鼓喧天，鞭炮齐鸣，金龙彩狮飞舞，活动进入高潮，成千上万名法国人赶来观看。下午3点半，春节彩妆游行开始，在中国和法国两国国旗的引领下，华侨华人走上街头载歌载舞，身穿黑色大衣、系着领带的中国驻法国大使，巴黎市长贝特朗·德拉诺埃，身穿浅米色大衣的第四区区长贝尔提诺蒂，以及身穿紫红色唐装的林加者走在游行队伍的前边。

德拉诺埃市长感慨地说："有这么多巴黎人来看彩妆游行，我很感动，也很惊奇。我当市长前就对中国文化感兴趣，这次深深领会了中国文化的魅力。"

林加者说："我们这些来自浙江省的华侨华人绝大部分从巴黎的第三区、第四区起步，从小到大，慢慢发展起自己的事业，所以我们对这里的街道很有感情。"

那年春节，《巴黎竞赛画报·中国特刊》社论的最后一句话是："今后不了解中国，就不能了解世界。"

中国驻法国大使说："法国人在重新认识中国。"

2003年，在巴黎市政府举办的庆祝羊年春节招待会上，林加者对德拉诺埃市长说："市长先生，2004年是中法建交40周年，要在法国举办中国文化年，届时我们能不能在香榭丽舍大街举办中国猴年春节彩妆游行？"

德拉诺埃市长为难了："香榭丽舍大街是法国的象征，在这条大街上举办活动，必须经过总统批准。"

香榭丽舍大街位于卢浮宫与凯旋门的中轴线上，又被称为凯旋大道，除每年7月14日法国国庆大阅兵在这条大道上举行之外，还有庆祝法国大革命200周年等大型活动，外国侨民怎么可以在这条大街上举办活动？

希拉克总统在总统府——爱丽舍宫三次接见林加者和中国侨领代表，2002年春节在总统府举办的马年春节团拜会上，希拉克在致辞中说："马年代表着生机与活力，代表着美好的未来。我愿意与法国人民共同分享马年新春的喜悦，并希望在法国的华侨华人为法中两国的合作与沟通做出更大贡献。"

他还说："旅法华侨华人通过辛勤劳动、坚忍不拔和团结互助的精神，在法国获得了应有的社会地位，赢得了法国人民的认可和热爱。"最后，他给大家拜年，祝大家春节快乐，马年好运！

林加者赠送希拉克总统一匹铜马。总统回信：

法国华侨华人会主席林加者先生：

我非常感谢您在中国新年之际对我传达的祝福。

此外，我对您赠送的铜马也无比珍爱。

我很高兴 2 月 13 日在爱丽舍宫总统府与您会见，并再次向您表示，我非常珍重华裔对我国的贡献。

亲爱的先生，请接受我崇高的敬意。

法兰西共和国总统 雅克·希拉克

2002 年 2 月于巴黎

▲林加者与法国总统希拉克在总统府合影

在林加者的坚持下，德拉诺埃市长让办公室主任起草一份信函呈送给总统。

总统能批准吗？林加者没有信心，毕竟外国侨民从来没在香榭丽舍大街举办过活动。两个月过去了，三个月过去了，还没有消息，看来是没希望了。

6 月 30 日，林加者突然接到市政府的电话："林先生，总统批准了，你们可以在香榭丽舍大街举办春节彩妆游行！"

　　林加者高兴极了，他作为活动的提议者和召集人去见中国驻法国大使商量活动方案。这一活动得到了国内的大力支持。林加者专程到上海定制了一条高9米、宽4米、长120米的巨龙，还订购了1200套蓝、白、红相间，象征着法国国旗的唐装。

　　春节前夕，巴黎连续十几天阴雨绵绵，林加者睡不着觉了。入夜的雨滴仿佛打在他的心上，要是正月初三下午天不开晴，彩妆游行就功亏一篑。

　　初三早晨，巴黎的天空阴沉沉的，雨淅淅沥沥下个不停。身着盛装的华人仰望天空，一片阴云笼罩心头。有人默然祈祷：老天爷啊，让天晴了吧！

　　上午10点钟，雨骤然停了。

　　11点钟，乌云散了。

　　12点半，太阳出来了。

　　早早等候在凯旋门附近的华侨华人欢呼雀跃，身穿紫红色唐装的林加者和穿着红色唐装的应爱玲也笑逐颜开。

　　彩妆游行大获成功。游行结束后，巴黎市政府在埃菲尔铁塔二楼举办庆祝晚会时，埃菲尔铁塔的灯光变成了中国红。林加者拍了下来，设为他社交媒体的头像。

第十六章 | 远超父辈期望的骄傲

读过大学的华二代精通法语、英语和汉语，不像父辈那样胆小怕事，埋头赚钱，被凌辱也不声不响。他们不允许辱华和歧视华人的现象存在，他们起诉著名法文媒体，组织盛大游行示威……

一

法国反种族歧视团体 "SOS Racisme" 发表声明，正式起诉法国著名时事周刊《观点》。该刊在 2012 年 8 月 23 日社会版刊登的报道《在法华人耐人寻味的成功之道》，将在法华人诋毁为 "狡诈、吝啬、拜金的工作狂"。2012 年 12 月 10 日，反种族歧视团体向法院递交了上诉书，请求法院判决《观点》违法，并赔偿 5000 欧元。

那篇报道称当地华人为 "小气、痴迷于工作的逃税者"，把华人的成功归结为 "超长时间工作、雇用黑工、偷税漏税"，更将 "偷渡""黑帮" 等帽子扣在华人头上，还使用了 "妓女""赌钱""犯罪黑帮" 等字眼。

那篇报道激起了在法华人的强烈不满和各界广泛的争议。

法国 CANAL＋电视台还专门播出了名为 "黑人、白人、阿拉伯人，就是没有黄种人" 的节目，称 "华人在法国外裔群体中最谨慎、最不引人瞩目，如今却因为这篇带有严重种族歧视的文章而愤怒了"。

有媒体说："在法华侨超过 50 万人，主要聚居于大巴黎地区，已形成了几处相当有规模的唐人街——巴黎第十三区、美丽城和龙城唐人街。移民数量众多，不可否认，极少数的华人是有过偷税漏税或是勾结黑帮的情况。但是这种情况在法国的任何一个移民群体中都存在，就连法国人中也会有类似的情况。很大程度上，华侨也是其中的受害者。"①

有媒体说："近年来，法国主流媒体辱华事件频发……说明法国主流媒体不仅对中国本身进行新闻'围剿'，也在将'毒舌'舔向在法国本土生活的华人族裔。"②

法国华裔青年协会发言人王瑞接受媒体采访时气愤地说："这篇文章的信息是完全错误的。如果按照文章的说法，那么在法华人就是一群不纳税也不缴纳社会保障金的人了。这篇文章不但侮辱了华人群体，更损害了华人的整体形象和名誉。"

王瑞还说："我们之所以要上诉《观点》，是不希望我们的母亲和妹妹走在法国的街上被认作是妓女！"

法国华裔青年协会创建于2009年，王瑞是创始人之一。7岁半跟着父亲到罗马，又跟着父母从罗马漂泊到巴黎的王瑞现已成为一名大学生，就读于法国第九大学经商管理专业。这所学校是1968年从巴黎大学拆分出来的。但这不是王瑞最理想的学校，他想读巴黎最好的大学。

王瑞小学和中学是在塞纳-圣但尼省读的。塞纳-圣但尼省也被称为"93省"，位于巴黎东北部，有人说，那里是法国大陆最为贫穷的地区，治安混乱，毒贩横行。他高中是在第十九区美丽城街区附近的一所高中读的。一是父母不懂法语；二是家里开餐馆，起早贪黑，疲于

①郑雪.在法华人起诉辱华媒体［N］.法治周末，2012-12-20.
②法国《观点》杂志辱华主编发文道歉［N］.欧洲时报，2013-01-23.

奔命地忙着，学校的家长会他们基本上是不去的，去了也没用，老师讲的都听不懂，还耽误生意。不仅是王瑞，他们那一代的孩子像一棵棵小树一样自然生长，几乎全靠自己。

王立杰是法国华裔青年协会秘书长，也是协会的创始人。他比王瑞大四岁，他和王瑞至少有两个共同点，都是温州人且都是7岁多到巴黎的。他觉得读小学时还是很快乐的，法国的老师对他特别好，没有因为他是中国孩子而另眼相待。

他们邂逅于某一社交网站，同时还有一群年纪相仿的华二代。

有人吐槽父母："像鸡那样睡、牛那样干、猪那样吃。"

有人补刀："特爱面子，生怕别人觉得他们穷，请客吃饭挑贵的点，还特爱炫耀，戴金项链，穿名牌，戴名表，拎名包。在外边装完，回到家吃清水泡饭。"

"胆小怕事，埋头苦干，闷头发财，被人打一巴掌，吐一脸口水，一声都不吱，低一下头就过去了。"

"他们虽然赚了些钱，活得却没有尊严。"

王瑞吐槽：上一代温州人告诉小孩不要继续读书了，马上工作，早点赚钱，早点积累社会经验……

妈妈在他读大二时就劝他退学去赚钱，他不大理解妈妈，在法国读大学是免费的，又不需要家里出钱，为什么不读呢？

对此，在巴黎律师学院（EFB）读商业法硕士的王立杰颇有感触。父母对王立杰读书还是支持的，可能源于两点：一是他是独生子，承载着父辈所有的心愿；二是爷爷有话，"阿杰要读书的话，你们要让他读，不要叫他去工作"。

▲2009年1月，王立杰宣誓成为律师

王立杰的烦忧来自家里的亲友。他们见到他的父母就说："你们小孩那么大了还要读书，读那么多书有什么用？你看看谁谁谁家的孩子读完大学后，还不是回家跟父母开餐馆。"

这些话妈妈都听烦了，生气地说："我们又没跟他讨饭吃，我孩子读不读书跟他们有什么关系？"

妈妈对王立杰说："你要读书就不要读到一半，要把它读完，这样才有效果。"

王瑞的爸爸跟妈妈想法不一样，他认为书中自有黄金屋，希望王瑞读到大学毕业。爸爸初一没读完就退学，顶替爷爷工作了，没文化也许是他心里的痛。

王瑞内心充满矛盾，想读书，也想帮助父母做生意。他知道家里是多么需要他。

1998年，王瑞一家拿到法国居留证后，爸爸想要创业。真是"夜里想了千条路，早晨起来卖豆腐"。爸爸出国后一直在餐馆里打工，想来想去最终也只有干本行——开餐馆。爸爸不懂法语，没法到外边去兑餐馆、租店铺。爸爸买回一沓法文报纸，递给王瑞。王瑞一页页地翻着，找到刊登餐馆转让与店铺出租广告的版面，把上边的广告一条条翻译给爸爸妈妈听。爸爸妈妈说："这个可以。"王瑞就拨打电话。对方听到一个孩子的声音感到奇怪，王瑞就向他解释，自己11岁，在读小学，电话是替父母打的，他们不会法语，不能跟他通话。然后把爸爸和妈妈要问的翻译成法语说给对方听，再把对方说的翻译成汉语告诉爸爸妈妈。有时对方说的地名他不会写时，就在电话里让对方告诉他怎么拼写。

电话里问清楚后，王瑞还要拿着地图带爸爸去看铺，远的地方他们父子就坐火车过去，一间接一间地看，早出晚归。下雨了，他们找个地方躲一躲；饿了，爸爸给他买个面包充饥。爸爸很心疼他，可是没办法，如果他不去，爸爸跟店家没法沟通。

后来，爸爸在美丽城开了一家餐馆。王瑞清楚家里很需要他，爸爸妈妈不会说法语，法国人点菜时说什么，他们听不懂，有时被食客欺负了，有理说不出。

王瑞在社交网站上听说王立杰是律师，于是说："好啊，温州人的圈子里面也开始有律师了。"

他对王立杰发出邀请："我们一起吃个饭呗。"

他们在美丽城一家有名的餐馆——幸福楼见了面。两人一见如故，共同点很多，都是"80后"，都戴眼镜，个头也差不多，王立杰长着一张娃娃脸，显得年轻，两人看上去年纪也差不多。后来，有许多人把王瑞当成王立杰，可见他们有多么相像。

那顿饭吃了两三个小时，他们相谈甚欢，谈了华人在法国的处境，以及华二代要怎么做。

"我认为在巴黎有才能的人，王瑞是其一。他中文好，法语也好，人也很聪明，以后可能他会做更多的事。"王立杰说。

王瑞很敬佩王立杰，认为在法国的华人需要像他这样的律师，想到自己还在读大学，事业还没开始，那么有机会就多支持王立杰。

后来，王立杰、王瑞和社交网站上的网友在线下认识了，他们没事就一起喝咖啡，出去唱卡拉OK，打牌，关系越来越好，成了朋友。

2009年4月，他们成立了法国华裔青年协会，会员有二三十人，90%是温州人。郑立当选为首届会长，王立杰当选为秘书长，王瑞当选为副会长。郑立出生在法国，是他们中最年长的，头发已经花白。

为什么要成立这个协会呢？王瑞认为，父辈把温州习俗照搬到法国，通过红白喜事等方式把失去的人脉重新建立起来。他们互相信任，互相帮助，可以通过做会借到做生意的本钱，这是他们的成功之处。华二代、华三代做不到这一点，需要建立自己的平台。

王立杰说，读大学时，看到有关种族歧视的新闻，他就想，为什么没有协会或者政府部门来保护在法国的华人？法国个别人对华人存有偏见，法国个别媒体对中国并不友好，特别是在2008年北京奥运会时，法国个别媒体总说中国、中国人不好，他们歪曲事实，丑化华人的形象，给在法国的华人造成了许多负面影响。

这时，王立杰已经硕士毕业，创建了一家以自己的法国名字命名的律师事务所。

最后，他们确定协会的主旨为：全力支持在法华人与法国社会之间的文化交流，促进在法华人华裔学习法国文化和融入法国社会，并大力向法国社会推介中华文化，树立华人在国际上的良好形象。

父辈不懂法语，读不了法语报刊，听不懂法语广播，不论法国媒体怎么说，他们都不知道。华二代不同，他们在法国完成学业，关注法国主流媒体。他们发现近年来法国媒体辱华行为不断，法国一名电视节目主持人在一档节目中，讲到中国商人购买法国酒庄一事时，用手拉眼角，做出暗讽中国人的"眯缝眼"表情，并喊道："现在我要收购你了。"

2012年，《观点》的报道刊出，王立杰、王瑞他们正想讨个说法时，法国电视四台找上门，说要给华人反驳的机会。

王瑞的法国朋友接受了《观点》的采访，报道出来后他大吃一惊，气愤地给《观点》杂志和那个记者发了邮件，指责道："我说的跟你写的完全是两码事，你要了我，侮辱了我。你们这样做很不对，没有职业道德。"记者没有回复。

"我们应该怎么样？接不接受采访？按惯例是不接受。为什么？我们发现每次接受采访都对自己不利，我们所讲的不是媒体报道的，等于是自己打自己一个巴掌，不只是自己被媒体侮辱了，也连累华人这个群体，要被其他华人骂的。"王瑞后来说。

这时，王瑞已经大学毕业。对于法国电视四台的采访，很多人都不愿意出面。有人说最好不要接受他们的采访，这样做是最没风险的。年轻气盛的王瑞说："我上。"

"我那时25岁，一个小青年，什么都不懂，普通话叫什么？一腔热血。我没有考虑那么多就上去了，把自己的想法表达了出来，就这么简单。法国电视四台站在了我们这一方，把《观点》里面很多没逻辑的地方指出来，讽刺了它。"回忆当年，王瑞说。

后来，王瑞成了协会的发言人。

《观点》回应："我们有权使用幽默，有权讨论某个特殊群体。"

《观点》编辑部的代表接受《地铁报》采访时表示："我感到很痛心，作者经过翔实的调查才写下这篇文章，而且文中分析十分均衡，也没有任何种族主义言论。那些'小标题'就是为了取悦读者。但别人却不理解我们，这很遗憾。"

王瑞反驳：幽默、讽刺从来都不是《观点》的主要论调，《观点》没表现出一丝后悔之意，令人失望。

二

《观点》那篇报道刊发十多天后，法国华侨华人会邀请温州商会会长刘若进，法华工商联合会会长黄学铭，法国华裔青年协会会长郑立、秘书长王立杰等侨领商议。

郑立说，我们的协会里有五名律师，他们对《观点》的报道进行分析之后，认为可以采用法律手段维护华人权益。他们对那篇报道的受访者进行了调查，受访者潘先生气愤地说，记者将他的话移花接木，完全按照自己的意图进行了拼凑。潘先生说，如果起诉记者，他愿意出庭做证。

王立杰说，我感觉这就是种族歧视，他说的不是一个人，而是华人族群。过去就有法国媒体说法国华人的餐馆不卫生，还说华人有灰色收入，有人参与黑社会，丑化了我们在法国的华人形象。报道中提到的华人偷税漏税、使用黑工、洗黑钱等都没有确切证据，我们可以控告作者诽谤。

刘若进和黄学铭等人也都建议调查取证，起诉《观点》。黄学铭说，他的女儿看过该文后，十分气愤，在社交网站上给总统奥朗德写了一封信，表示抗议。

有人担心法国新闻自由受法律保护，诉讼成功的概率很小，可能劳民伤财，得不偿失，也许有人会想起12年前，林加者主导打的那场官司。

那年初冬傍晚，林加者和应爱玲饭后沿街散步，走到巴黎内勒剧院门口时，见到荒诞剧的蓝色调广告，画面的右上角有把张开的中国伞，伞面有一圈蓝色花纹，画面的左下边有条蹲坐在地上的狗，望月似的仰视着伞，中间的法文是："华人与狗不得入内。"该剧改编自弗朗索瓦·齐博的同名小说。齐博是法国著名文学家学会——塞利纳学会会长，还是一位有名的律师。

林加者打电话给剧院表示强烈抗议。剧院说："我们是租赁剧场，您应该去找作者。不过，您最好看过戏再说，这出戏与你们中国人没有什么关系。这部戏在巴黎的另一个剧场上演3个月了，很成功。"

林加者又发现巴黎的休闲与文化周刊《巴黎圈内》刊登了这部剧的广告。激愤之下，他致信当地的中文报纸《欧洲时报》，在信中写道："如今中国强大了，海外华人也挺起了腰杆，绝不允许任何人侮辱我们中国人！"

这时，林加者已是法国华侨华人会第一副主席，不像当年回答营长问话时说的，如果中法发生战争他会举手投降，此时他已有了明确的站位——我是中国人。

《欧洲时报》在2000年11月8日以读者来信的形式刊发了林加者的信。一石激起千层浪，无论是老华侨，还是新华侨无不义愤填膺。

"当年殖民者把中国人看得连狗都不如，那段历史已经过去了，中国人现在不能再任人侮辱了。"

"'华人与狗不得入内'是殖民者对我们中国人民的侮辱，我们决不答应，中国人敢怒不敢言的时代已一去不复返了。"

《欧洲时报》记者采访时，林加者说："中华民族已雄伟地站立在世界民族之林，'华人与狗不得入内'这一辱华文字及其广告竟然出现在巴黎，我们广大华人决不允许任何人拿中国人的历史伤痛开玩笑！"

11月15日，林加者联合41家华人侨团前往巴黎高等法院提起紧急诉讼，指控小说与剧本作者"种族歧视与煽动种族歧视"，要求剧院更改剧名及相关海报，对给华人造成的精神损失和伤害赔偿一法郎。

林加者他们的诉讼得到了祖国的支持，外交部发言人表态："华人与狗不得入内"是旧中国时代外国殖民主义者对中国人民的侮辱，法国有关话剧却以此侮辱性词语为剧名，严重伤害了中国人民及海外华人的民族感情，这是不能接受的，要求作家与剧院立即改正错误。

巴黎检察院召开紧急听证会，被告出庭。齐博说，他并不是有意伤害中国人民的感情，法国人并不认为"华人与狗不得入内"具有侮辱性，他对中国人民一直深怀敬意，毫无种族歧视的意思，他还说这部作品三年前以"去他的戒律"为名在中国翻译出版，未引发过争议。

11月27日，林加者和华人社团代表与弗朗索瓦·齐博进行了谈判，最后达成协议，齐博公开道歉，修改书名，更改广告。

有人说，这场官司诉讼费一万法郎，被告仅赔偿一法郎，得不偿失。

林加者却说："我们起诉的目的不是钱的事，是我们的民族尊严绝不允许侮辱。"

起诉著名时事周刊《观点》结果如何，能否胜诉？

王立杰说，有些华人认为这些都无所谓，他们关注的是客户少没少，赚的钱多没多，所以才有了《观点》的报道。他主张，一是起诉《观点》，二是在法国主流媒体发表文章澄清事实。

法国华侨华人会主席池万升提议，法国华裔青年协会的成员都很年轻，法语好，懂法律，这次维权行动以他们为主力，各华人社团要给予强有力的支持。这一提议得到与会侨领的赞同。

王立杰他们联系法国反种族歧视团体。法国反种族歧视团体认为那篇报道将华人成功之道归纳为"五大法宝"，包括"你每周要工作80小时""你要睡在店铺里"以及"你要雇用非法劳工"等，还将"偷渡""黑手党"等帽子扣在华人头上，确实侮辱了在法华人，接受了王立杰他们的委托。这是他们首次接受亚裔社团的诉讼。

2013年1月17日，在重重压力下，《观点》刊发了一篇对华人的正面报道，还发表了总编辑的一篇文章：

为结束一场愚蠢的论战

歧视不仅仅是一种愚蠢，还是一种精神上的疾病——《观点》周刊与之抗争了多年。那些社交网络对我们所发表的文章真正的"罪行"是什么都不感兴趣，就激动地反对那篇本意幽默的文章，这表明我们生活在一个过快的时代，假消息变成了真正的诽谤。我们是热爱中国的，尤其是我们的驻华记者发表的文章以及《中国特刊》（1996年起）都证明了此点，我们甚至有时候被称作"对华友好"，这说明了纯粹和简单的超现实主义，但是我们现在却被指责为反华，种族歧视。

有两种方式来回应。首先，是鄙视。鄙视所有那些无法承受我们在法国不断展现媒体独立性的人，我们的展现方式是不顾一切的。第二，是理解。当我们为了开玩笑，而引用了网上流传的关于中国商人成功模式的观点的时候，这些信息很明显不代表我们自己的看法。

关于控告"我们写出所有的华裔法国人都是犯罪者"的事件纯粹是荒唐的。我们的文章写得却是恰恰相反："要是中国人的成功确实有帮派在起作用的话，那么，这个帮派的主体是家庭。"

这也同样荒唐——我们也从没写过所有的华裔法国妇女都是妓女。她们毫无疑问与其他法国妇女是一样的。

然而，如果我们因为幼稚的玩笑而伤害了一部分中国群体，我们很抱歉，并在此向他们表示抱歉：当一种幽默行不通，那就证明这不是好的幽默。

王瑞认为，"这并不是真正的道歉信，只是在解释他们所谓'幽默'的立场。他并不承认那篇长篇报道给读者所传递的信息：中国女人都是妓女，华商都不纳税。那篇报道并没有量词"[1]。

法国反种族歧视团体诉讼中心负责人加农女士说："《观点》从来都是一份时事杂志，并不是幽默杂志，这是他们为自己的歧视言论寻找借口。"

加农女士还说，法国反种族歧视团体去年所作的一项调查显示，法国社会对亚裔族群的种族歧视有所增加，这体现在各个方面，而这种现象并未得到重视。

---

[1]法国《观点》杂志辱华主编发文道歉 [N].欧洲时报，2013-01-23.

2013年1月24日，巴黎法院对《观点》周刊辱华言论一案立案。

2014年1月23日，法庭判决《观点》总编辑支付法国反种族歧视团体1500欧元作为补偿，并支付对方的律师费。

"法官谈到华人的时候，大多会想到遍布巴黎各处的中餐馆，会想到华人聚集的第十三区的中国城超市，等等。他们大多认为华人在法国善于经营、也肯吃苦，这些年还有若干华人步入法国政坛。"

法国反种族歧视团体的代理律师对媒体说："据我所知，这在法国还是首例。"

"我们去听法官说出（《观点》）杂志是错的，就为去听这句话。然后我拍了一张照片，作为纪念，很高兴。媒体也会谨慎些，不能乱说话。我们对自己更有信心了，以前我们可能说我们不要做了，我们（协会）太小，我们办不了，现在不会了。"回忆那天去法庭听判决时的情景，王立杰说道。

那天去了四五个年轻人，听到判决欢欣鼓舞，认为这是一次具有历史性和标志性的胜利。

三

王瑞在广州接到王立杰的电话，两地有7小时的时差。他这边差不多该喝下午茶时，王立杰那边太阳刚升起。

王立杰跟他说了一件大事——要不要以无党派身份加入巴黎第十九区区长候选人的竞选团队？王立杰在担任法国华裔青年协会副会长和会长时期，尤其是在起诉《观点》获胜后，结交了很多法国各界的朋友。一天，施伟民对他说，第十九区区长候选人想找一位华人加入他们的竞选团队。"阿杰，你如果有兴趣的话，我可以帮你介绍一下。"

施伟民是福建人，妻子是丽岙人，凭这一层关系，施伟民成了王立杰的半个老乡。他是1999年到法国的，开过香烟店、小吃店、驾校、超市和牙医诊所。他是美丽城联合商会的副会长，也是2011年法国"6·19反暴力，要安全"大游行的组织者之一。

2011年6月19日，近万名华人在巴黎市共和国广场，举着"反暴力，要安全"的标语游行。起因是华裔青年胡建明在美丽城见到一名华裔妇女被抢，勇敢地拿出手机拍摄，结果遭到抢劫者袭击，头部受到重创，昏迷不醒。胡建明是美丽城联合商会常务副会长的儿子。

"同一时期，巴黎发生三件事：一是法国人去银行取钱，被人用锤子砸伤，媒体连续报道一周左右；一是犹太人被杀，媒体连续报道三周。而我们常务副会长的儿子被打成植物人，我给每一家媒体都发了邮件，却没有报道。"施伟民说。

"不能让这件事情不了了之！我们成立这个商会的目的之一就是解决治安的问题，常务副会长的儿子被打成了植物人，商会要是没有任何行动的话，那就解散了吧。"施伟民愤怒了。

"我不是温州人，很多会议他们说温州话。"施伟民听不懂他们的温州话，但他们听得懂施伟民的普通话。

王立杰一直主张："如果我们华人在法国被欺负了，应该用法国方式去表达，比如说游行，比如说要跟政府直接提些要求。"

这两个1983年出生的人，在这一点上不谋而合。

那天，王立杰作为游行的主持人和新闻发言人站在第一辆卡车上，他穿着一件深蓝色西服，敞着怀，没系领带，一手举着话筒，一手用力地挥动着，领喊法语口号："和平共处！安全共居！"下边的人群挥着红蓝白三色旗跟喊着，喊声响彻云霄。他们已忍无可忍，美丽城已连续发生两起针对华人的暴力抢劫事件，搞得人心惶惶，不敢出门。

巴黎市副市长和法国前总统希拉克的养女站在王立杰两旁。副市长还对着游行队伍喊道："你们是拥有平等权利的法国公民，你们理应得到自由、平等和安全！"

王瑞也参加了游行，他还是大学生，用他的话说是"打酱油"。王立杰在上边领呼口号时，王瑞在下边编写口号。他还和几个小伙伴教年纪大的温州人喊口号，他们法语说不好，容易喊错。

王瑞第一次参加游行还是1999年，那是林加者等组织的千人游行，起因与这次相似：温州侨胞刘玉滔下班回家，好不容易在家门前——巴黎第十区水塔街找到个停车位，上面放着一个垃圾桶。他下车把那垃圾桶移开，还没来得及把车倒进去，一辆车流星似的划过，抢占了那个车位。刘玉滔很气恼，与对方理论，结果被人殴打致重伤，昏迷不醒。14天后，48岁的刘玉滔去世，留下妻子和4个子女，还有年迈的父母。

法国华侨华人会第一副主席林加者跟主席杨明提议，组织华侨抗议游行，强烈要求警方缉拿凶手，严惩歹徒，为刘玉滔申冤，同时改善巴黎城区的社会治安，为华人的人身安全提供应有的保障。

法国华侨华人会组织的示威游行得到其他华人社团的积极响应，上千名华人聚集在巴黎市共和国广场，拉起横幅，高呼口号：

"保障华侨华人合法权益！"

"消灭暴力犯罪行为，维护社会安定！"

华人的游行示威，引来众多法国市民围观。林加者跟围观的法国市民讲述刘玉滔被害过程以及华人对巴黎治安的诉求。法国华侨华人会还联合其他华人社团在《欧洲时报》发表题为"强烈谴责违法暴力行为，维护华人生命财产安全"的声明。

那时，王瑞12岁，是跟妈妈一起去的。12年过去了，历史再次重演，法国华人的生命财产还是没有保障。

游行那天早晨，妈妈对王立杰说："杰，游行很乱，你不要去。"

在这样危险、混乱的治安状况下，每位母亲都为孩子提心吊胆，怕孩子哪次出去就再也回不来。母亲没想到她的杰不仅参加了游行，还是在风口浪尖上。

华人大游行后，法国内务部长来到美丽城，举行了一次座谈会，给美丽城增加了20多个警力。

施伟民说："美丽城位于巴黎第十区、第十一区、第十九区和第二十区交界处，警察跨区执法是要提交办案申请的。歹徒在第四区实施抢劫后，跑到对面街上去，第四区警察就不追了。我们去警察局，我提出解决方案，警察局长办公室主任说，你这话我已经听懂，听清楚了，马上去办。"后来，全法国第一个跨区警察局在我们美丽城成立。

施伟民初一没读完就辍学了。不过，他聪明好学，头脑也灵活，做义工时结识了第二十区区长。2013年，施伟民加入第二十区区长的竞选团队。王立杰认识第二十区区长，他也向第十九区区长候选人弗朗索瓦·达纽推荐了王立杰："这个小伙子可以，你可以见见他。"

施伟民对王立杰说："你可能选不上，但可以参加一下。"

远隔千山万水的王瑞一听就兴奋了，对王立杰说："既然有人给你机会，当然要抓住了。"

王瑞清楚，如果弗朗索瓦·达纽的竞选团队获胜，王立杰就有望当选副区长或议员。

王瑞是2011年大学毕业的，学的是经商管理专业地产方向。2008年，美国前四大投资银行之一的雷曼兄弟倒闭，引发了全球金融海啸，法国地产业萎靡不振，王瑞也就懒得去找工作。2012年，法国华裔青年协会起诉《观点》，发言人王瑞频频接受媒体采访而风云一时。

法国的一家汽车配件公司想开发中国市场，线上递来橄榄枝——发了一封邮件，邀请法国华裔青年协会的年轻人到他们那工作。王瑞过去面试时直言不讳地说："我对汽配一窍不通。"

"不懂没关系，只要你肯学就可以。"老板说。

王瑞就这样有了第一份工作，后来被派到了广州。2014年3月30日，弗朗索瓦·达纽的竞选团队胜出，王立杰当选为第十九区议员。4月13日，该区42位议员大会选举产生一名区长，再由区长任命16位副区长。王立杰被任命为分管商业的副区长，他成了巴黎华人律师从政第一人。

第十九区位于巴黎的东北区，为巴黎第二大华人聚居区，在那儿做生意的温州人也比较多，王立杰想给他们创造更好的经商环境。

施伟民他们也获得了成功，他被任命为第二十区分管商业的副区长。

王瑞觉得这件事等于发出一个信号，这是有可能的，也是很可以做的，以前父辈经常说这是不可能的，法国人不可能给的，事实证明不是这样的。没过多久，王瑞就辞去广州的工作回到了巴黎，接下了法国华裔青年协会会长一职。

2016年8月，巴黎又发生了一起暴力抢劫命案，欧拜赫维利耶市张朝林遭遇抢劫，反抗时被击倒，5天后在医院离世。张朝林是丽岙下呈村人，12年前来到法国，2015年刚获得法国居留权。

如媒体所说，"法国华人一向被看作荷包满满的'软柿子'，长期低调，在沉默中忍受歧视、暴力，法国华人社区常年忍受随意的种族歧视，被定性为'好欺负'。现在他们忍无可忍，终于爆发"。他们一次次举行声势浩大的游行，华二代成了最引人瞩目的存在，王瑞站在引导车上领喊口号，法语和中文自如切换，组织下边成千上万的华人抗议。

王瑞是游行组织者之一，也是发言人。他说，抗争促使当地的政府和国家级的政府下拨了很多的资源用于改善治安，在华人社区投放了更多的警力和摄像头。法国华人以为自己孤军奋战，没想到法国政府和社区协会都站在了我们这一边。

一天，王瑞跟王立杰说，大巴黎庞坦市的市长候选人邀请他加入竞选团队。王瑞多次参加华人维权活动，为华人发声，很多人都认识他。

王立杰说："做议员或副区长会占用你很多时间，经常晚上开会开到很晚，虽然会有一点工资，不过相比之下还是吃亏的。"

王瑞清楚王立杰是律师，属于高收入阶层，他当副区长在收入上肯定吃了不少亏。

▲ "张朝林事件游行"时，王瑞在台上演讲并接受媒体采访

王瑞说："你我都不会像比尔·盖茨那么富有，不过养家糊口还是没有问题，多一点钱、少一点钱没太大区别。"

2020年，法国市镇选举时，巴黎有26位华人参选，有7人当选议员，第十九区副区长王立杰连选连任，王瑞当选为大巴黎庞坦市议员，分管庞坦市的交通治安、停车位和摄像头。作为议员，王瑞平时每周工作五小时左右，有时遇到一些事情就要投入更多的时间。

王瑞当选议员前，女儿出生了。他是2018年成的家，妻子也是温州人，是一名计算机工程师，他们是在法国华裔青年协会认识的。他当选议员后，岳父母很高兴，经常跟朋友说自己女婿如何如何。朋友羡慕地说："我的女儿要能找到这样的女婿就好了。"

王瑞的父亲很少表扬他，但他会关注当地的报纸。每次王瑞的妹妹回家说在报纸上看到哥哥了，父亲都会微微笑一下说："知道了。"

有一次，王立杰问他："你做议员的感觉怎样？"

王瑞说："我认为还是值得。这座城市因我而变化，我很自豪。"

"第一，我想带来一种声音，这种声音来自一个没有出生在法国，刚到法国时连一句法语都不会的人。第二，我就是个榜样，让那些不自信的华人不再说这是不可能的，有时需要政府为我们华人做一些事情。我希望中国人对法国有所了解，父辈文化有限，他们只知低头拉车，不大抬头看路。温州华侨有种自卑感，这种自卑会一代代传下去，我希望温州人要重视小孩的教育，要让下一代掌握法国文化，了解法国的政治系统。最后一点，很多法国人不了解中国，法国人是通过法国人了解中国的，现在开始我们这些生长在法国的中国人可以向法国人介绍中国。"当被问及除城市变化之外，还有哪些变化时，王瑞这样说。

法国史上第一位华裔国会议员陈文雄认为，华人在巴黎生活了几百年，如果没人从政，本族裔亟待解决的问题就无法与上层沟通。

随着一批批华人进入法国政坛，华裔在法国主流社会的地位将会不断提升，影响力也会不断扩大。

尾　声

　　2021年9月5日，大巴黎克雷西畔拉沙佩勒的桃花岛公馆，一间十七八世纪的木结构房间里，从棚顶垂下一盏饱浸沧桑的水晶吊灯，三支拿破仑时代的老枪穿越了二百多年前的硝烟平躺在枪架上。古色古香的写字桌上摆放着一台古董级打字机，紧挨着电脑显示器，蓦然把时光一下拽到当下，聚焦在房间中央的两个男人身上。

　　他们的背后竖立着两面国旗，一面是鲜艳的五星红旗，一面是蓝白红三色旗。肩披红蓝白三色绶带的阿其勒·乌赫德先生郑重地将"荣誉市民"奖章和证书颁发给了站在他身边的中国人。

　　乌赫德是大巴黎热涅市市长，岁月风霜像法国香水①悄然爬上他的额头、眼角、唇角和金发，黑框眼镜卡在高耸的鼻梁上，在法国浪漫底色下映现出绅士的稳重。他身着庄重的黑西服，红领带与绶带的红杠形成一个鲜红的对号，犹如对此举的赞赏。也许是在这赞赏的感染下，乌赫德亲切地将左手搭在国字脸的中国男人肩上，真诚地说道："感谢吴时敏会长在疫情最严重的时期为热涅市民众提供的援助。在法国口罩严重匮乏的时期，来自中国的防疫物资解决了市民的燃眉之急。"

　　吴时敏有着温州男人的随意、豁达与洒脱，黑西装敞怀，没系领带，淡蓝色衬领像展翅欲飞的小鸟，刚理过的浓黑头发下，圆脸浮现

---

①此处指一种木质藤本植物，亦称黄花茉莉、卡罗莱纳茉莉、常绿钩吻等。如靠墙栽培，其顺墙爬上，将会出现一面法国香水花墙，一片浪漫。

▲2021年9月5日，在巴黎桃花岛公馆，大巴黎热涅市市长乌赫德为吴时敏颁发"荣誉市民"金质奖章和"荣誉市民"证书

了笑容。2017年接任法国中法友谊互助协会会长后，高光时刻宛如埃菲尔铁塔闪耀的灯光追逐着他。不久前，巴黎第十九区为表彰他在促进中法交流中所做的积极贡献，授予他"荣誉市民"称号。

21世纪，何止吴时敏，温州侨领犹如银河系群星灿烂：

2001年，黄品松被巴黎市政府授予"巴黎市政府2000年荣誉勋章"；

2007年，林锦春、冯定献荣获"欧盟之星"金盾勋章；

2013年，叶星球荣获法国"国民之星"勋章；

2015年，陈茂国被意大利政府授予"共和国英雄勋章"；

2016年，胡永多荣获法国军工勋章；

2017年，王云弟荣获法国吉尼市"荣誉市民"勋章；

2021年，刘光华、卢锡德荣获意大利迦太基国际文化奖；

2004年以来，荷兰女王分别为胡允革、胡永央、胡季普、詹应考、黄麒麟等人颁发了"皇家绅士""皇家骑士"勋章……

2020年1月，新冠疫情暴发，国内多地相继"破防"……这牵动了6000多万海外同胞的心，他们在最短的时间将筹集到的防疫物资发回祖国。

北京时间2月14日凌晨1点，一架临时包机从布鲁塞尔机场飞往温州，飞机运载着由欧洲温籍华侨捐献的200多万件口罩、防护服、体温枪等医用防疫物资。

早在1月18日，法国中法友谊互助协会会长吴时敏就号召会员为家乡捐款购买口罩。吴时敏说："虽然我们在国外，但不能忘记自己的根在中国。祖国需要我们的时候，必须无偿奉献。我们也不能忘记法国，这是我们打拼过的地方，我人生三分之一的时间是在法国度过的。做人要懂得感恩，要知恩必报。"

　　法国中法友谊互助协会向法国一家公司订购了 5 万只 N95 口罩。随着疫情蔓延，口罩的价钱像风筝似的一飞上天，越来越高。那家公司把协会订购的口罩高价卖给了他人。后来，在吴时敏他们的交涉下，1 月底才把拿到的一批医用口罩发回温州。协会又订购了 1.8 万只口罩，这时已顾不得问价，只要有货就行。吴时敏个人买了两万只口罩。他们共为家乡捐了 15.3 万只口罩，还有部分防护服。

　　意大利普拉托温州商会会长黄品哓一边筹集防疫物资运往国内，一边用公司的服装生产线加工口罩。黄品哓是普拉托温州商会的发起人和组织者，这家商会拥有 200 多家会员企业。

　　2 月 5 日，王云弟将一批防疫物资从巴黎带回温州，还向家乡捐款 50 万元。

　　王云弟是 2016 年当选为丽岙侨联主席的。

　　"对此家里所有人都反对，说我做这个耽误了自己的事情，还要搭钱。我对我的小孩说，我们的美好生活从哪里来？有老前辈的付出才有我们的今天，所以我们一定要回馈社会。"

　　王云弟放弃法国的生意回到家乡，做了"百忙官"①和"白

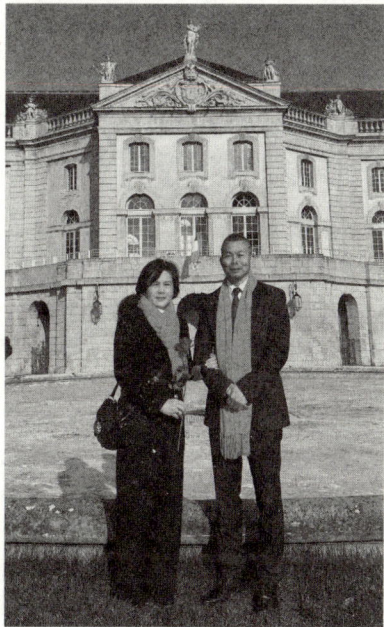

▲2024 年 3 月 8 日妇女节，王云弟与夫人在法国梅兹合影

————————
①社团侨领事无巨细都要管，所以被称为"百忙官"。

忙官"①。他的上一任是黄品松，黄品松当了13年丽昂侨联主席。2018年，他荣获"中国侨界杰出人物提名奖"。

"在国外赚到了钱，也要认清自己是谁，来自哪里。无论发展得是好是坏，不能忘本和忘祖。祖国需要时，我们必须出一份力。我先后为国务院侨办中国教育基金会捐资100万元人民币，为中国侨联基金会捐资110万元人民币，为温州肯恩大学发展基金会捐资100万元人民币，为家乡公益事业累计捐资超过400万元人民币。我想，人呀，只要心中有梦想，远方就会有属于你的太阳。"王云弟说。

2020年3月的一天，电话响起，戴国荣接听时，对面传来恓惶焦躁的声音："您好！我是巴黎国立高等音乐学院的留学生，我们买不到口罩……"

疫情暴发后，作为公益组织法国侨胞服务中心主任的戴国荣到处买口罩捐给中国。3月，法国疫情暴发，戴国荣开车到处送口罩，送药，送菜。知道他的人越来越多，他的电话不断，车跑得越来越远……

接到留学生电话时，戴国荣也没有口罩了，这些远离祖国和亲人的孩子没口罩不敢出门，可是他们要吃，要喝，要购买生活日用品，还要上课，不出门怎么行？

戴国荣调用了自己的人脉关系到处找口罩，终于找到了。那时，口罩已涨到两三欧元一只，他花五六千欧元买了两三千只口罩，开车给他们送去。那十几个孩子收到口罩的那一刻，感动得热泪盈眶。

巴黎国立高等音乐学院的留学生摔断了腿，戴国荣帮忙找了医生。有个留学生连租的房子都没退就跑回了国，打电话请戴国荣帮忙退掉。

---

① 社团侨领一分钱工资都没有，还要自己搭钱，所以被称为"白忙官"。

戴国荣跟房东谈好，先帮忙垫上房租，又去把东西打包装箱，寄存到一位朋友开的餐馆。留学生们给戴国荣发来一封封感谢信，有一个留学生还为他谱写了一首曲子。

巴黎封城了。祖国没忘记海外游子，寄来了防疫物资和中草药。戴国荣他们成立了一支志愿者小分队把祖国的温暖送到各家各户。商铺关了，路上无人无车，空空荡荡，街道像死了一般，让人恐惧；有的感染了，没有吃的，他们送去青菜、水果、泡面和米……

后来，戴国荣被中国驻法国大使馆授予法国侨界抗击新冠疫情"先进个人"称号。

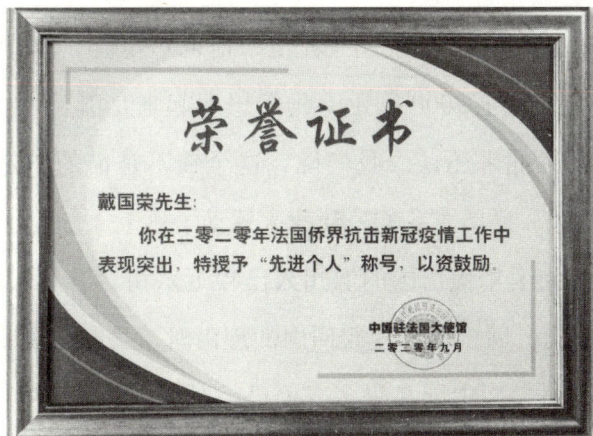

▲戴国荣的"先进个人"荣誉证书

2023年，疫情三年没回国的人陆续回来了，丽岙变得熙熙攘攘了。

林加者和应爱玲回来了。林加者连任两届法国华侨华人会主席，卸任后仍然活跃在中法侨界，为中法友谊做贡献。退休后，林加者夫妇为江西井冈山一所小学捐资20万元，还给全校学生赠送了校服和书包。

在丽岙的街头，有人说："你是林加长①，你第一次回来时给了我3800块人民币，没你的帮助，我现在还不知道怎么样。"他话没说完，眼泪就下来了。

林加者已想不起来他是谁了。

"今天和我先生吃早餐，有人要替我们付钱。我说：'不要，不要。'他说：'那个时候，你们常常叫我和爸爸妈妈去你家里吃饭，你还借过钱给我。'我说：'啊？我还借过钱给你？'他是村里人，也是从巴黎回来的。我们没有把钱看得太重，能帮忙我们一定帮，钱借出去后，还不还都没有关系。有一年，有个人对我说：'有6瓶酒在我儿子家里，是给你们的。'我说：'6瓶酒，谁啊？'他说：'我也不知道，你问你先生，他也许知道。'我问我先生，他也不知道。他去拿回来，里边有一个信封，装了2000欧元。我们想不起来是哪位朋友。事隔30年，他的儿子替他来还钱。我们说，这个钱不是借的，是送给他的。他儿子赚到了钱，还给了我们，让我太感动了。"

20世纪八九十年代出国的温州人已年近六旬，有些人把公司、工厂移交给下一代，回国了。说起回国的理由时，吴时敏说："第一，我的根在中国；第二，中国在很多方面已经超过法国；第三，中国的环境越来越好，比如，我们丽岙有山有水，交通也很方便；第四，我的爸爸妈妈都八十多岁了，我很内疚，这些年来没时间陪陪他们，也没好好地照顾他们。"

后来，吴时敏把主要精力投入"丽岙五社后东区的村庄改造"上。

---

①林加者出国前的名字。

张朝斌在意大利拿到合法居留后，在米兰办厂开店，成了第一个打进米兰商城的华人，并当选米兰华人企业家联谊会副会长。他的服装店像地瓜藤蔓似的在意大利蔓延，拥有十几家连锁店。1998年，张朝斌在老家后东村建房修路，带头完成了温州市重点项目"丽岙五社村后东区块一期改造"工程。

当年，法国华侨华人会最年轻的副主席刘若进同表兄林加者竞选主席后，创办了法国温州商会，并连任三届会长。2014年，他又创办了欧洲华商理事会，当选理事长。欧洲华商理事会是欧洲具有影响力的精英社团之一。

王立杰、王瑞等具有本科以上学历，有思想、有追求的华二代已在各领域有所建树，像榕树一样生长，气根相连，枝叶扩展，独木成林。

时代如潮，一波接一波地过去，又一波接一波地涌来。

后　记

敲完最后一个字符，我长长地舒了口气，犹如被压在五指山下的孙悟空跳了出来。

这是我写作生涯中最为艰难的一次写作。三年前，为降"三高"，我尝试减肥，少食多动，游泳、走路，好一番折腾，体重减掉4公斤后就岿然不动了。这次写作让我的体重减掉9公斤，看来写作是最好的减肥方式。

作为非虚构文体的报告文学，真实是首位，关键在于"深扎"。为采写好这部作品，我们在丽岙租了一间民房，像村民似的生活——到菜场买菜，回家烧饭，晚上在村巷散步，闲暇时到咖啡厅喝杯咖啡，与回乡的华侨聊天，跟当地人搭话，找机会到侨领家坐坐。"深扎"期间，我们跑了六七个村子，采访了从国外回来的林加者夫妇、刘若进、阿坦、刘林春、黄品晓等几十位侨领。

三个月后，我开始采访在法国的张达义夫妇、黄品松、黄学胜、陈时达、王瑞、王立杰、黄学铭、施伟民等十几人，根据录音整理出近百万字，查阅300多万字的资料，作了大量的笔记。我遇到的最大的障碍是方言问题。有人说，温州话是中国十大最难听懂的方言之一，这次真的领教了。接受采访的侨领知道我是北方人，尽量把他们的"温州版"普通话说得慢一点、标准一点，我仍然时常一头雾水。

采访结束后，我躲到天目山封闭写作，像笔下在法国打工的温州人似的，早晨四五点钟起床，下午3点散步，晚上10点睡觉，每天干十几个小时。

在此，感谢王手兄。王手兄是我最敬重的作家之一，我在东北时就读过他的小说。我调入浙江理工大学后，我和王手兄有了见面的机会。2023年3月的一天，我接到王手兄的电话，邀我去温州瓯海采风。王手担任过温州市文联副主席，在瓯海采风时，发现这一重要选题。没有王手兄，也就没有这部作品。

感谢浙江省委宣传部的鼓励与支持，在百忙之中赴温州出席项目的启动仪式。感谢浙江省作家协会党组书记叶彤，党组成员、秘书长晋杜娟，创联部主任王咏琴的扶持。感谢省作协领导和专家的厚爱与支持，这一项目得以入选浙江省作家协会2023年度定点深入生活扶持项目，强化了我的写作信心。

感谢温州市委宣传部曾伟副部长、孟晓晨副部长，温州市文联党组书记、主席周新波等领导的鼎力支持！感谢瓯海区委、瓯海区政府、瓯海区委宣传部、瓯海区文学艺术界联合会、瓯海区归国华侨联合会，没有他们的邀请和支持，就没有这部作品，还要感谢瓯海区委常委、宣传部部长胡晓立，瓯海区文学艺术界联合会周卢琴主席、周吉敏与周胜春副主席，瓯海区归国华侨联合会党组书记翁蔡恩、主席秦毅，丽岙街道党工委委员滕挺树等领导给予的大力帮助！

感谢杭州电子科技大学主题出版发展研究院韩建民院长，王卉、李婷、蒋玎玎副院长给予高屋建瓴的指导。

感谢浙江教育出版集团董事长、社长周俊，总编辑蒋婷给予的大力支持，感谢责任编辑邢洁等为作品出版付出的艰辛劳动。

感谢《北京文学》，感谢师力斌主编和张哲编辑的厚爱。《北京文学》被称为"中国报告文学的重镇"，他们竟从我的作品中节选十余万字，发表在2024年第一期和第二期，并在第一期封面刊发了我的头像。

这是我第三次出现在《北京文学》的封面，我感到莫大的荣幸与鞭策。

最后，感谢作品的主人公和他们的家人在采访中给予的配合与帮助。感谢浙江省侨联兼职副主席、意大利光华集团董事长刘光华；法国华侨华人爱心会名誉主任蔡足焕；全国归侨侨眷先进个人、瓯海区丽岙街道下呈村归国华侨联合会原主席张柳花；丽岙街道归国华侨联合会名誉主席郑日形，副主席邵大新、王学建、陈建秋，秘书长孙芸荪；丽岙街道下辖的茶堂村、河头村、五社村、下呈村等村级归国华侨联合会的热忱帮助。因篇幅及本人能力有限，挂一漏万，甚至有许多华侨接受采访后，未在作品中呈现，对此我深表歉意。

对本书有所贡献的人还有很多，无法在此一一致谢，我会铭记于心。

图书在版编目（ＣＩＰ）数据

巴黎有片榕树林：海外温州人的家国情怀 / 朱晓军
著. -- 杭州：浙江教育出版社，2024.4
ISBN 978-7-5722-7705-4

Ⅰ．①巴… Ⅱ．①朱… Ⅲ．①报告文学－中国－当代
Ⅳ．①I25

中国国家版本馆CIP数据核字(2024)第060544号

巴黎有片榕树林——海外温州人的家国情怀
BALI YOU PIAN RONGSHULIN——HAIWAI WENZHOUREN DE JIAGUO QINGHUAI
朱晓军 著
杭州电子科技大学融媒体与主题出版研究院 策划

总 策 划	韩建民 蒋 婷
策划编辑	邢 洁 滕建红
责任编辑	邢 洁
文字编辑	周嘉宁 江 来
美术编辑	曾国兴 吴 瑕
装帧设计	李 繁
责任校对	余晓克
责任印务	刘 建
出版发行	浙江教育出版社
	（杭州市天目山路40号 电话:0571-85170300-81197）
图文制作	杭州兴邦电子印务有限公司
印刷装订	浙江新华印刷技术有限公司
开 本	710mm×1000mm 1/16
印 张	21.75
字 数	300 千字
版 次	2024年4月第1版
印 次	2024年4月第1次印刷
标准书号	ISBN 978-7-5722-7705-4
定 价	78.00元

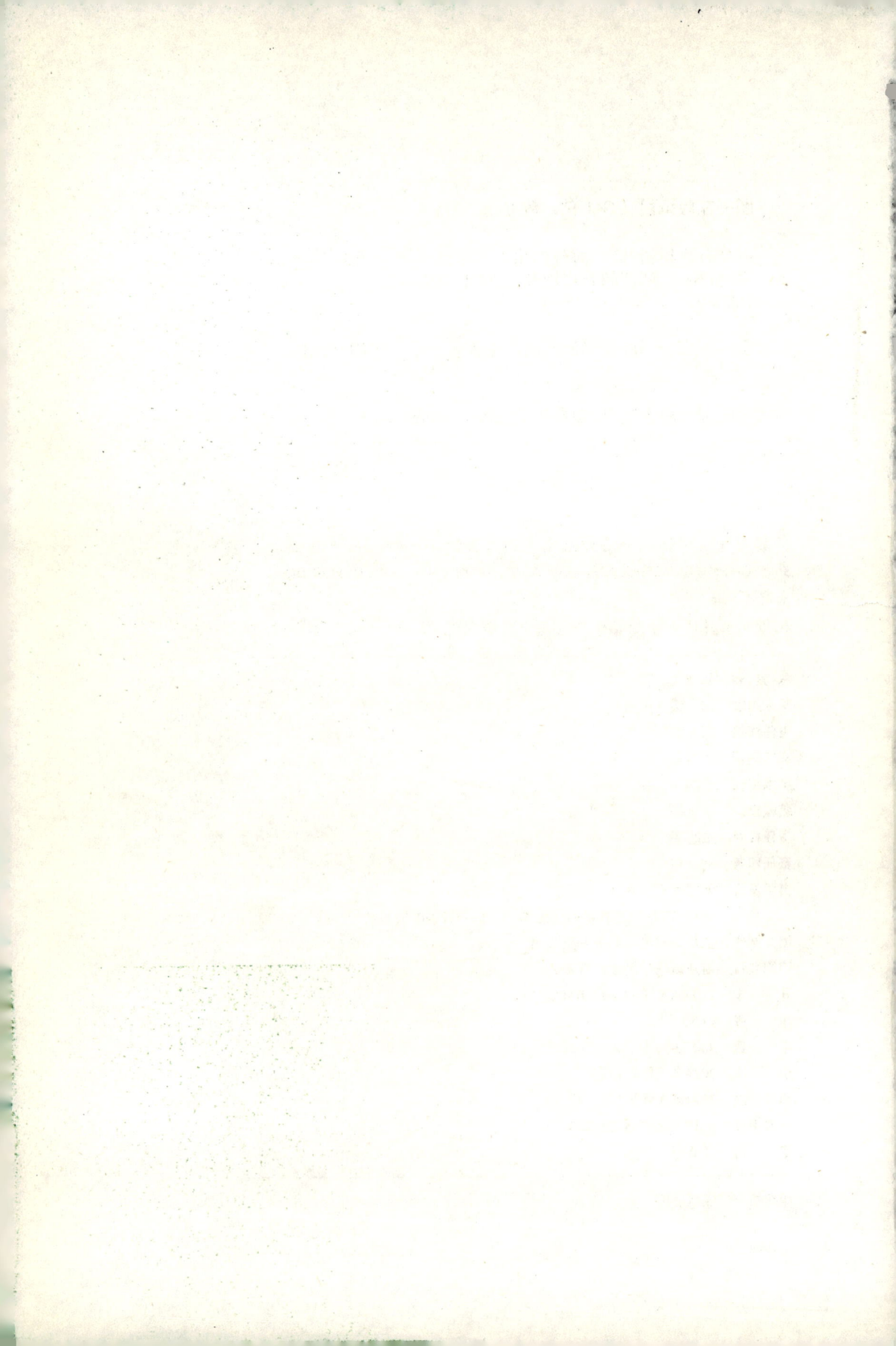